KB273522

# 조선 후기의 대중소설

임성래 저

보고사

# 책을 다시 내며

그동안 한국의 학계에서는 조선 후기에 등장한 방각본 소설을 전통적 소설이라는 시각에서 '고전소설'이란 이름으로 연구하는 태도가 보편화되어 있었다. 그러나 필자는 조선 후기에 등장한 방각본 소설은 여러 가지 면에서 대중소설의 특징을 보이고 있으므로, 이를 대중소설의 시각에서 연구하는 것이 그 진면목을 파악할 수 있는 지름길이라 생각하였다. 이 같은 필자의 시각을 구체화한 것이 이 책이다.

이 같은 필자의 시도는 그동안 필자가 가졌던 대중소설에 대한 관심에서 비롯되었다. 필자는 '대중문학론'을 강의하면서 조선 후기의 방각본 소설을 대중소설의 시각에서 정리하려고 했다. 마침 필자가 파리 7대학에 머무는 동안 대중소설을 전공하는 프랑스인 교수를 만나 그곳에서 어떻게 대중소설을 역사적으로 정리했는지 의견을 들었다. 또 이제는 고인이 되신 이옥 교수께서 한국의 방각본 소설을 대중소설의 시각에서 정리하여 프랑스어로 된 책을 한 권 내자는 제안을 하셨다.

귀국 후 필자는 시간에 쫓기고 지면의 제약 때문에 조선 후기 방각본 소설을 모두 대상으로 삼지 못하고, 여덟 편의 작품만을 논의의 대상으로 삼아 원고를 탈고하였다. 그 후에 여러 면에서 엉성한 원고 그대로 먼저 우리말로 된 책을 1995년에 출판하고, 파리대학에 보냈더니 이를 검토한 프랑스 학자들의 주문 사항이 나로서는 감당하기 어려울 정도로 여러 가지여서 프랑스에서의 책 출간은 포기하고 말았다.

이런 사정 때문에 이 책은 필자의 관심 밖에 놓여 있었다. 그런데 얼마 전 이 책이 절판된 지 오래고 아직도 수요가 있으므로 재판을 내자는 제안이 있었다. 갑작스런 제안을 받고 다시 책을 꺼내서 읽어보니 중복이 많고 문장도 꼬인 곳이 있어서 그대로 출판하기에는 무리가 있었다. 그러나 이를 다시 수정해서 책을 낸다는 것도 쉬운 일이 아니었다. 이런 사정 때문에 후일 개정판을 내기로 약속하면서 부끄러움을 무릅쓰고 틀린 글자만 고쳐서 염치없이 다시 책을 내기로 했다. 많은 분들의 질정을 바란다.

2008. 1.  임 성 래

# 목 차

조선 후기의 대중소설

# 들어가는 말

소설은 이야기의 한 종류로, 어느 문학 장르보다도 흥미성이 줄 거리의 전개에서 중요한 역할을 한다. 그리고 소설이 이야기라는 사실을 강조하는 이면에는 이야기는 재미있어야 한다는 의식이 내포되어 있다. 따라서 정도의 차이는 있겠지만 소설에서 줄거리의 구성 방식을 결정하는 데 우선 고려되는 것이 바로 이 흥미성의 유발과 유지를 어떻게 할 것인가 하는 점일 것이다. 말하자면 작자의 입장에서는 줄거리를 어떤 방법으로 재미있게 이끌어나갈 것인가 하는 점이 작품을 구성하는 데 대단히 중요한 고려 사항이 된다. 특히 소설의 상품성을 강조하는 경우에 소설의 예술성보다는 이 점이 가장 중요한 고려의 대상이 될 것이다.

소설의 흥미성은 상품으로서의 소설의 성패를 좌우하는 중요한 요소이다. 따라서 많은 소설은 상업적 측면을 강조하여 소설 구성의 기법 가운데 하나로 이 흥미성을 적절히 활용하고 있다. 그리고 소설이 재미있는 이야기라는 사실은 여러 종류의 문학 장르 가운데서 특히 소설을 상업주의적 속성이 강한 문학일 수 있게 한다.

일반적으로 소설 가운데서도 상업주의적 속성이 강한 소설을 대중소설[1]이라 일컫는다. 그 이유는 대중소설이 이야기의 예술성보다는 흥미성에 초점을 맞추어 줄거리를 전개시킨다는 점과, 독자의 흥미를 유지하기 위한 적절한 요소들을 소설 구성에 최대한 활용한다는 점 때문이다. 말하자면 대중소설은 이야기의 처음부터 끝에 이르기까지 독자의 흥미를 얼마나 오랫동안 효과적으로 유지하느냐에 따라 상품으로서의 소설의 성패가 달려 있으므로, 이를 최대한 활용하는 것을 그 특징으로 한다. 그러므로 대중소설은 독자를 끊임없이 긴장시키고 자극함으로써 줄거리에 몰입하도록 하는데, 그 몰입의 정도에 따라 작품의 상품성이 결정된다고 할 수 있다.

따라서 대중소설에 대한 논의는 상업주의적 속성을 제외한 소설의 미학적 특성만으로 이루어질 수는 없다. 또한 소설의 출발이 부르주아 계층의 대두와 때를 같이하고 있다는 사실과, 문학을 상품화한 대중소설의 출현이 당시 부르주아의 소설적 욕구와 상인 계층의 소설의 상품화의 욕구가 결합하여 나타난 역사적 산물이라는 사실을 고려하지 않을 수 없다. 이것은 대중소설의 특성이 그 출발부터 부르주아 계층의 소설적 욕구의 상업적 활용물로서의 성격을 내포하지 않을 수 없었음을 뜻한다. 그리고 대중소설은 이러한 배경 아래서 탄생하였으므로 자연히 예술성보다는 상업성을 우선하지 않

---

1) 대중소설에 대한 자세한 논의는 대중문학연구회(편), 『대중문학이란 무엇인가?』 (평민사, 1995)에 미룬다. 다만 이 글에서 논의되는 대중소설이란 용어의 이해를 위해 대중소설의 특징을 몇 가지 소개하면 다음과 같다. 첫째, 대중소설의 주인공은 초인적이거나 비범한 능력을 갖고 있으며, 정의를 위해 일한다. 둘째, 작품의 구조는 도식적이며, 해피 엔딩의 결말을 갖는다. 셋째, 선행은 보상받고 악행은 징벌을 받는다는 권선징악을 주제로 하고 있다. 넷째, 일반적으로 줄거리에 애정담이 포함된다.

을 수 없었다. 이런 까닭에 이 점을 고려하지 않은 어떠한 대중소설 논의도 대중소설의 본질을 올바르게 파악한 것이라고 할 수는 없을 것이다.

따라서 조선 후기 소설의 성격을 대중소설이라는 관점에서 고찰하기 위해서는 이러한 점을 중심으로 논의를 전개해야 한다고 본다. 그리고 이것이 조선 후기 소설의 대중소설로서의 특징을 올바르게 파악하는 길일 것이다.

조선 후기의 소설을 논함에 있어서 가장 중요한 사실은 당시 소설에 대한 대중들의 관심과 소설의 상품화이다. 조선 중기의 소설은 일부 사대부 계층의 한정된 독자를 확보하고 있었다. 이에 반해 조선 후기에는 소설의 독자가 다양한 계층으로 확대되었다. 이러한 독자층의 확대에 크게 기여한 것은 당시 직업 이야기꾼인 전기수(傳奇叟)[2]의 등장과 판소리의 보급, 세책가(貰冊家)의 출현 따위였다. 특히 전기수와 판소리 광대는 낭독과 창이라는 이야기 전달 방식을 통해 중인층뿐만 아니라 문자 미해득층까지 소설 독자로 흡수함으로써 소설 독자층의 확대에 기여하였다. 또한 세책가는 소설 독자층을 여성까지 확대하는 데 중요한 역할을 한 것으로 보인다. 이처럼 소설을 즐길 수 있는 다양한 방법이 마련됨에 따라 양반계층에서 중인계층과 서민계층에 이르기까지 소설에 대한 관심이 고조되었다.

---

2) 그동안 학계에서는 강독사, 강담사, 전기수, 이야기꾼 등의 용어를 사용할 때, 혼용하기도 하고 구별하기도 했다. 필자는 강독사와 강담사라는 용어가 일본에서 온 말이므로 사용하지 않고, 전기수나 이야기꾼이란 용어를 사용하겠다. 그러나 전기수와 이야기꾼이란 용어를 소설 낭독자와 이야기꾼으로 구별하여 사용하는 것은 아님을 밝힌다.

이처럼 모든 계층으로 소설의 독자층이 확장된 것은 방각본 소설의 성립을 가능하게 했다. 이 방각본 소설의 성립 요인 가운데는 여성 독자의 확대가 중요한 몫을 한 것이 사실이다. 그렇지만 무엇보다도 상인을 중심으로 한 중인계층의 소설에 대한 욕구를 충족시키는 방안으로 등장한 것이 방각본 소설이었다는 사실을 무시할 수는 없다. 그런 점에서 바로 이러한 여성과 상인을 중심으로 한 중간 계층으로 이루어진 독자층의 소설 욕구를 상품화한 것이 바로 방각본 소설이라고 할 수 있다. 따라서 방각본 소설은 당대 독자층의 소설 욕구를 작품에 충실히 반영하면서 소설 상품화의 길을 열었다는 점에서 상업주의적 특성을 가진 대중소설이라고 할 수 있다. 이러한 사실은 방각본 소설이 당시 독자층의 욕구를 작품 내용에 구체적으로 반영하고 있다는 점에서 쉽사리 파악할 수 있다.

이러한 점들을 고려하면서 이 글은 한국의 대중소설의 출발을 조선 후기에 간행된 방각본 소설에서 그 연원을 찾아, 이를 중심으로 한국의 대중소설에 대한 논의를 전개하려고 한다. 그 까닭은 방각본 소설이 대중예술의 특징이라 할 수 있는, 동일한 구조를 가진 대량 생산품으로서의 소설 작품이라는 사실에 주목했기 때문이다. 말하자면 오늘날 대중예술의 중요한 특징의 하나로 논의되고 있는 동일한 감상층에게 동일한 유형을 팔아넘길 수 있는 기준이 될 하나의 생산도식을 당시의 방각본 소설에서 발견할 수 있기 때문이다. 곧, 같은 종류의 생산품이 잘 팔릴 경우 그것은 상당한 시간이 경과한 후에야 비로소 현실적인 수익성을 보장해주기 때문에, 방각본 소설의 출판업자들은 보통 그들이 확보한 몇 유형을 가능한 한 오랫동안 상품으로 출판하는 일을 고수했다는 사실에서 그 근거를 확인할 수 있다. 하지만 그와 함께 그들은 소비를 늘리기 위해서 새로운 유형에 대한 욕구와 빠르게 교체되는 유형에 대한 독자들의 갈망을 인위적으로 조작하기도 했다.[3] 이런 점 때문에 방각본 소설은, 앞으로의 논의에서 이러한 사실이 구체적으로 밝혀지겠지만, 유사한 줄거리와 유사한 표현의 소설을 다량 출현시켰고, 조악한 구성의 도식성과 인물의 전형성을 낳기도 했다.

이상에서 언급한 점을 고려하여 필자는 조선 후기 대중소설의 출현이 가능했던 사회사적 맥락에서 전기수의 등장과 판소리의 유행, 세책가의 등장을 중심으로 소설의 상품화를 모색하는 단계를 검토하고, 이 같은 토대에서 소설 방각본의 출현과 상업주의에 토대를 둔 소설의 대중화 현상을 시대 상황과 작품의 내용을 중심으로 검토해 보려고 한다. 그리고 방각본의 등장 이후 독자층의 기호에 영합하기 위하여, 방각본 소설 작품들이 어떤 내용을 주로 다루었으며, 이것이 당시 독자들의 사회적 관심사와 어떻게 연관되어 있는가를 살펴보려고 한다. 또한 상업주의적 소설이 독자들의 흥미를 유지하기 위한 요소로 어떤 것을 어떻게 활용하였는가를 고찰하려고 한다. 아울러 방각본 업자들의 조급한 소설 상품화의 욕구 때문에 발생한 것으로 보이는 유사한 줄거리와 표현, 구성의 도식성과 인물의 전형성에 대하여도 살펴보고자 한다.

이러한 작업은 지금까지 조선 후기 방각본 소설의 연구가 주로 순문학적 입장에서 이루어진 데 대한 필자의 비판적 시각과 밀접한 관

---

3) 아놀드 하우저, 『예술의 사회학』, 최성만・이병진 역, 한길사, 1983, 269쪽.

련이 있다. 소설이란 그 발생의 원인과 발달의 특성상 상업성을 무시하고 존재할 수 있는 문학 예술이 아니라는 점을 필자는 강조하고자 한다. 곧 필자는 소설의 본질을 순문예학의 시각에서 파악하려는 기존의 시각과는 다른 입장에서 이 작업을 진행하려고 한다. 따라서 이 글은 조선 후기에 등장한 방각본 소설을 중심으로 이러한 상업성에 초점을 맞추어 논의를 전개하려고 한다.

그런데 이 글은 지면의 제약 때문에 모든 방각본 소설을 대상으로 하지 못하고, 전기수 목록에 실려 있는 〈숙향전〉, 〈소대성전〉, 〈임장군전〉을 비롯하여 〈유충열전〉, 〈조웅전〉, 〈이대봉전〉, 〈황운전〉, 〈정수정전〉 등 모두 여덟 편만을 논의의 대상으로 삼았다.

# 제1장 대중소설의 탄생

## 1. 한국의 대중소설 이해를 위한 예비 지식

한국의 대중소설을 이해하기 위해서는 먼저 조선 후기의 사회와 문학에 대한 예비 지식이 필요하다. 그 이유는 대중소설이 등장한 18세기를 전후하여 한국 사회는 여러 면에서 많은 변화가 나타나는데, 대중소설의 등장도 당시의 사회 경제적, 문학적 환경 변화와 밀접한 관련이 있기 때문이다. 따라서 여기서는 조선 후기에 대중소설이 등장한 배경을 이해하기 위하여 조선 후기의 사회와 문학에 대하여 간략히 살펴보고자 한다.

### 1) 사회

조선왕조는 임진왜란과 병자호란이라는 미증유의 전쟁을 치렀다. 이 두 차례의 전쟁은 양반 중심의 굳건한 지배 체제에 급격한 변화를 촉발시키기에 이르렀다. 정치적으로는 기구상의 변개가 이루어졌고, 사회적으로는 양반을 포함한 신분층의 변화가 나타났으며,

경제적으로는 수취체제의 변혁과 상공업의 진취적 활동이 활발해졌다. 한편 권력에서 소외된 지식층은 실학이라는 새로운 사상운동을 전개하였다. 이러한 실학 운동의 전개는 양반 중심의 문화를 서민층까지 확대하는 계기를 마련하였고, 이것이 서민 문화의 등장을 촉발시켰다.

임진왜란과 병자호란의 두 전쟁은 지배층의 권위를 무너뜨리는 계기가 되었다. 특히 그동안 오랑캐라고 멸시하던 여진족에게 무조건 항복하고 그 속국이 된 병자호란은 조선 왕조의 명분과 권위를 땅에 떨어뜨렸다.[4] 그러나 조정에서는 당쟁이 계속되면서 권력이 소수에게 독점되었고, 청에게 항복한 외교 정책의 실패에 대한 책임 회피와 왕권의 강화를 위해 북벌론을 들고 나왔다. 그런 점에서 북벌론은 백성들을 긴장시키고 그들의 관심을 밖으로 돌려 패배한 전쟁의 책임과 전쟁 뒤의 정치적 경제적 위기를 모면하려는 지배계층의 논리였다.[5] 이러한 성격을 지닌 북벌론이 등장하자 백성들은 병자호란의 패배에서 비롯된 청나라에 대한 적개심 때문에 이것에 열광하였다. 이로 인해 북벌론은 실제적으로는 현종 이후에 폐지되었지만, 그 영향은 매우 오랫동안 지속되었다.

두 차례의 전쟁을 겪은 후에 사회적으로는 신분제의 붕괴가 나타났다. 신분제의 붕괴과정은 두 가지로 나타났다. 하나는 신분적으로 양반계층이나 경제적으로 몰락하여 서민화해 가는 하향과정이었고, 다른 하나는 신분적으로 서민계층에 속하나 경제적으로 부유해

---

4) 강만길, 『한국근대사』, 창작과비평사, 1984, 60쪽.
5) 정신문화연구원(편), 『한국민족문화대백과사전』10, 1994, 369쪽.

져서 양반신분으로 진출해 나가는 상향과정이었다.

먼저 신분적으로 양반계층이 경제적으로 몰락하는 하향과정을 살펴보자. 양반은 과거를 통해 정치와 행정에 종사하는 지배계층이었다. 그러나 사대부의 인구 증가로 인해 모든 양반을 정부에서 관리로 등용할 수 없게 되었다. 이에 따라 이들 사이에 관직 다툼이 발생하였고, 이것이 당쟁으로 이어졌다. 당쟁의 심화는 결국 양반계층을 세습적 특권층과 실세한 몰락양반층으로 양극화시켰다. 이 실세한 양반층 가운데 양심적이고 개혁적인 인물들은 실학파를 형성하였고, 일부는 세책가와 같은 그 나름의 생계수단을 찾기도 했다.

신분적으로 서민계층에 속하면서 경제력의 향상 덕분에 양반 신분으로 진출해가는 상향과정을 살펴보자. 부유한 서민계층은 정부의 재정적 곤란 때문에 돈을 이용하여 양반의 지위로 진출할 수 있었다. 곧 납속수직(納贖授職), 면천첩(免賤帖) 발행, 대구속신(代口贖身) 따위의 합법적인 상승의 길과 비합법적인 모속(冒屬)현상이 있었다. 그 밖에 노비종모법(奴婢從母法)의 제정으로 양녀(良女)와 혼인하면 그 자녀는 노비신분을 벗어날 수 있었다. 그 결과 경제력을 갖춘 서민계층의 신분 상향과정이 크게 진행되었다.

실학자들은 서민층의 신분 상향운동에 적극 호응하여 평등사상을 주창하였다. 곧 유형원은 '노비법은 혁파되어야 한다'면서 노비종모법(奴婢從母法)을 제창하였고, 유수원은 비생산적인 양반계층의 폐절을, 정약용은 평등사회론을 주장하였다.6) 이러한 주장이 등장할 수

---

6) 국사편찬위원회(편), 『한국사』14, 국사편찬위원회, 1981, 154–63쪽. 양반층의 수
   적 증가에 대해서는 그동안 四方博과 정석종의 연구 등 많은 업적이 축적되어 있으

있었던 배경에는 조선 후기의 사회 경제적 변화가 밑받침이 되었다.

조선 후기 사회 경제의 특징은 한 마디로 농민층의 분해와 화폐·상품 경제의 발전이라고 할 수 있다.

이 가운데 농민층의 분해를 가속화시킨 것은 농업 생산 기술의 변혁이었다. 농업 생산 기술의 발달은 소수의 인력만으로도 더 넓은 토지를 경작할 수 있게 했다. 지주들은 소수의 인력으로 넓은 땅을 경작할 수 있었다. 따라서 지주들은 소작 대신에 직접 경영을 통해 경작 규모를 확대시켜 나갔다. 또한 자작농뿐만 아니라 일부 소작농도 더 많은 농토를 경작할 수 있게 되었다. 이로 인해 농가의 소득이 높아지고 경제적 여유가 생기면서 자작농의 일부는 부농층으로, 소작농의 일부는 자작 소농으로 상승하였다. 그 결과 토지는 소수의 지주에게 집중되었고 다수는 빈농으로 전락하였다.

이처럼 농촌 사회가 소수의 지주 부농과 다수의 빈농으로 분화되자 빈농 가운데 일부는 소작인으로 남지만 다수는 농촌을 떠나 도시로 가서 상공업에 종사하거나 품팔이 노동자, 광산 노동자가 된다. 이로 인해 다수의 지역이 인구 집중화가 일어나면서 대도시화한다. 이러한 도시화와 비농업 인구의 증가는 농산물의 상품화를 촉진하면서 상업 발전을 이룬다. 이 과정에서 경영형 부농 혹은 자영 농민이 상업적 농업을 통해서 성장했다.[7]

한편 화폐·상품 경제가 등장한 배경 가운데 중요한 것은 수취제도의 개편이었다. 정부에서는 수취 제도를 대동법으로 개편하면서

---

므로 여기서는 언급하지 않는다.

7) 윗책, 135-43쪽.

그동안 물납(物納) 중심의 납세제에서 대동전(大同錢)이라는 화폐납(貨幣納)을 실시하기도 했다. 이것은 화폐의 유통을 활성화시키는 계기가 되었다. 이에 따라 대동법이 전국적으로 실시되던 17세기 후반에는 금속화폐의 유통이 전국적으로 이루어질 만큼 상품화폐 경제가 발달하였다.[8] 특히 화폐의 발달에 따라 고리대자본이 성장하면서 농민은 빈곤화를 초래하였고, 사회적으로는 농민의 몰락과 상업자본의 급속한 집적이 이루어졌다.

상업자본의 집적이 일어나면서 전국적으로 상품 교역이 활발하게 일어났다. 조선 후기인 1770년에 편찬된『동국문헌비고』에 의하면 전국의 장시 수는 1,064개인데, 1777년 당시 전국 고을 수는 339개였다. 따라서 평균 한 고을에 3개의 장시가 있었다.[9] 이처럼 상품 교역의 활성화로 여러 지역의 장시가 상설화하였다.

상품 교역의 활성화는 수공업의 발달을 가속화시켰다. 곧 그동안의 관청 중심의 수공업이 민영화하면서 관아 도시에 한정되어 있던 제품 생산이 상품 생산의 단계로까지 발달하였다. 상품 생산의 발달은 제품 종류의 다양함과 함께 공급 지역의 확대를 낳았다.[10] 또한 상품 종류의 다양화는 그 동안 여인들의 일이었던 직조나 간장과 메주 담기 등과 같은 가사용품까지도 상품화함으로써 여성들에게 많은 여가를 제공했다.

지금까지 살핀 바와 같이 조선 후기의 사회는 상품 경제의 발달로

---

8) 강만길, 『한국근대사』, 창작과비평사, 1984, 26쪽.

9) 윗책, 94쪽.

10) 당시 상품으로 거래된 물품 목록은 이우성, 『한국의 역사상』, 창작과비평사, 1983, 42-48쪽을 참조하라.

자본 축적이 이루어졌다. 이 자본 축적 과정에서 중요한 역할을 한 계층이 경주인을 비롯한 서리계층이었다. 이들은 관청과 서민 사이에서 각종 이권에 개입하여 이득을 취하여 토호세력화하였다. 이들 가운데는 시간적 여유가 생김에 따라 축적된 부를 바탕으로 하여 문예에 취미를 갖는 사람들도 등장하였다. 그에 따라 양반의 전유물이었던 문예는 향유 계층의 폭이 점차 확대되었다. 곧 중인 중심의 시사가 형성되기도 했고,[11] 판소리를 후원하는 인물도 나왔으며,[12] 사설시조를 비롯한 서민 문예가 등장하기도 했다.

여기서 일어난 일 가운데 문학사적으로 중요한 것은 여가를 가진 계층의 등장과 서적의 상품화 현상이다. 특히 여가층의 형성은 그동안 양반 중심의 문학이 서민계층까지 확대되면서 문학의 상품화를 가능하게 했다. 또한 서민문학의 등장도 독자층의 확대를 촉진함으로써 서적의 상품화를 가능하게 했다.

이처럼 대중소설이 등장하기 위해서는 사회적으로 여러 요인들의 밑바탕이 필요했다.


## 2) 문학

한국의 대중소설을 이해하기 위해서는 우선 몇 가지 점에 주목할 필요가 있다. 첫째, 조선시대의 소설은 대부분 작자가 알려져 있지 않다는 점이다. 사실 작자가 알려져 있지 않다는 사실의 이면에는

---

11) 18세기 말의 玉溪詩社를 비롯한 다수의 서민 시사가 생겨났다.
12) 신재효는 고창의 이방이었다.

소설 작가의 직업화가 이루어지지 않았음을 뜻한다. 곧 조선시대에는 오늘날과 같은 개념의 소설 창작 전문 직업인으로서의 소설가는 거의 존재하지 않았고, 조선시대 소설의 대부분은 주로 아마추어 작가들에 의해 창작된 작품이다. 그 결과 조선시대 소설의 대부분은 구성이나 인물 설정 등 여러 가지 면에서 서툴게 짜인 작품일 수밖에 없었다. 우리가 논의하려고 하는 조선 후기의 대중소설의 경우도 이러한 범주를 크게 벗어나지 않는다. 그리고 소설의 상업화는 이러한 종류의 소설 양산을 가속화하였다.

둘째, 한국의 서사문학의 구조는 둘로 나뉘어 그 변천과정을 거쳤다는 점이다. 곧 하나는 주로 지배층의 체제 수호를 위한 이데올로기를 강조하는 신화의 구조를 계승한 일대기 구조의 소설이고, 다른 하나는 끊임없이 지배층의 날조된 지배 이데올로기의 권위에 대한 풍자와 희화화의 구조, 곧 민담의 구조를 계승한 단면 구조의 소설이다. 그런데 이 두 경향이 같은 시대에 공존하면서 각기 나름의 영역 안에서 사회의 욕구를 반영하면서 발전하였다.[13] 그리고 후에는 서로 영향을 주고받음으로써 중간적인 또는 반대의 취향을 추구하는 경향의 작품들이 등장했다. 일대기 구조의 소설은 영웅소설이나 가정소설이 주류를 이루는데, 대체로 사회와 가정의 윤리 수호를 근간으로 하는 내용의 소설들이다. 반면에 단면 구조의 소설은 판소리계 소설과 우화소설이 주류를 이루는데, 이들은 당대 사회와 인간에 대한 풍자를 주 내용으로 하고 있다.

셋째, 한국의 조선시대 소설은 통상적인 대중소설의 결말과 마찬

---

13) 임성래, "고전소설의 유형 분류 시론"『논문집』제4집, 순천대학교, 1985, 43–53쪽.

가지로 거의 대부분 행복한 결구로 작품이 마무리되는 것이 특징이
다. 대부분의 소설은 권선징악을 작품의 주제로 삼고 있으며, 주인
공은 마지막에 가서 악인을 징계하고, 자신의 선행에 대한 보답을
받는다. 그 선행에 대한 보답의 내용은 결연과 부귀영화인데, 부귀
영화는 주인공의 자손들에게까지 계속되는 것이 보편적이다.

마지막으로는 조선 후기의 영웅소설과 병자호란의 관련 양상이
다. 조선인들에게 병자호란은 정신적으로 엄청난 충격을 준 사건이
었다. 또 명나라의 멸망은 임진왜란 때 명에게 큰 은혜를 입었다고
생각했던 다수의 조선인들에게 엄청난 충격을 주었다. 이에 따라
다수의 조선인들은 청을 정벌하여 민족적 수치심을 씻고, 부수적으
로 은혜의 나라인 명도 재건해야 한다는 생각을 갖게 되었다. 이것
이 청에 대한 적대감으로 표현되면서 대두된 것이 북벌론이다. 정
부에서는 민족적 자존심을 회복하기 위하여 청을 치려고 북벌을 준
비했는데, 그 책임자는 송시열이었다. 북벌론은 오랑캐라 여겼던
청에게 패했다는 수치심에 가득 찬 조선인들을 열광시켰다. 이러한
북벌론의 환상은 청을 쳐서 복수함으로써 민족적 자존심을 회복할
뿐만 아니라 은혜의 나라인 명을 재건해야 한다는 방향으로 나아갔
다. 물론 당시의 북벌론은 정치적으로 악용된 정책으로 후일 평가
되고 있으나, 서민들에게는 북벌에 대한 환상을 심어준 것이 사실
이다. 이러한 상황에서 북벌론에 대한 서민들의 환상은 영웅 출현
에 대한 기대와 열망으로 표출되었다. 따라서 군담을 소재로 한 영
웅소설은 서민들의 영웅 출현에 대한 기대와 열망을 충족시키는 데
적절한 소설이었고, 이것이 상업주의와 결합하면서 대중소설이라

는 새로운 양식의 소설로 발전할 수 있었을 것이다.[14]

영웅소설의 내용은 주로 숭명배청 의식에 토대하여 주인공이 반역자를 물리치고 황실을 재건하는 과정을 다룸으로써 당시 대중들의 열망을 충족시킬 수 있었다. 따라서 영웅소설은 소설 상품화의 첨병 역할을 한 것이 사실이다. 그 결과 영웅소설은 방각을 통해 소설 상품화를 가속화하였고, 이것이 조선 후기 소설의 절대 다수를 점유하게 됨에 따라 유사한 구성의 소설들의 유행과 양산을 초래한 것으로 볼 수 있다. 그리고 이 부류가 조선 후기 대중소설의 주류를 이루었다.


## 2. 전사(前史)

한국에서 대중소설이 시작된 때는 대체로 18세기부터라고 할 수 있다. 그 까닭은 이 시기에 대중소설의 등장을 알리는 몇 가지 현상이 나타났기 때문이다. 곧, 사회적으로 중인 세력이 18세기부터 부상하기 시작했고, 문학적으로 판소리의 등장과 직업 이야기꾼인 전

---

14) 북벌론과 영웅소설의 관련에 대해서는 학자들에 따라 견해가 다르다. 일부 학자들은 효종의 북벌계획이 17세기 중엽에 있었고, 영웅소설이 대체로 조선 후기인 18세기 이후에 유행하였으므로, 영웅소설의 내용을 북벌론과 관련시켜 논의하는 것이 타당하지 않다고 주장하기도 한다. 그러나 영웅소설은 북벌에 대한 환상이 한창 세를 얻던 18세기에 크게 유행하기 시작했다. 『상서기문』에 〈임장군충렬전〉과 〈소대성전〉 등의 영웅소설 제목이 나오는 것으로 보아 그렇게 볼 수 있다. 그리고 북벌론이 우리나라 사람들의 인식에 끼친 영향은 매우 오랫동안 지속되었다고 본다. 일제시대까지 청나라를 '떼국' 청나라 사람을 '되놈'이라고 불렀는데, 이것은 그 영향의 증거이다.

기수가 출현했으며, 영리를 목적으로 한 세책가의 등장이 이루어졌다. 18세기에 나타난 이러한 현상은 17세기까지 소설의 독자가 주로 사대부 계층을 중심으로 한 귀족 계층의 여성들이 주류를 이루고 있던 데서 벗어나 중인층에 이르기까지 독자층의 확장을 이룩한 것과, 17세기 소설 작품이 주로 귀족 계층의 지적 취향에 부합되는 내용이던 것이[15] 다양한 내용으로의 변화를 보이는 것에서 그 일단을 발견할 수 있다. 이것은 교훈성 위주의 소설이 오락성 위주의 소설로 변화되었음을 뜻하고, 이 오락성 위주의 소설이 내용의 변화뿐만 아니라 독자층의 확대에 크게 기여하였음을 뜻한다.

조선 후기의 상업주의 소설인 방각본 소설의 출현과 발달을 가능하게 한 요인이 되었던 이러한 현상은 결국 소설 독자의 확대에 기여함으로써 소설의 상품화를 가능하게 하였다. 특히 판소리와 전기수의 출현은 문맹으로 인해 당시 소설 감상에서 소외되어 있던 계층에게 소설을 접할 수 있는 계기를 마련하여줌으로써 소설의 대중화에 획기적인 기여를 한 것으로 평가할 수 있다. 또 이것은 다음 시기의 대중소설 성장의 토양을 마련하였다. 이로 인해 조선 후기 소설은 대중화를 가속화하였고, 그 결과 방각본 소설이라는 소설 상품화의 길이 열렸다고 볼 수 있다.

## 1) 전기수의 출현

마땅한 소일거리가 없던 조선 후기 사람들은 소설에 대하여 대단

---

15) 大谷森繁, 『조선후기 소설독자 연구』, 고려대 민족문화연구소, 1985, 70쪽.

한 관심을 가졌던 것으로 보인다. 이 같은 사실은 신분의 높고 낮음을 막론하고, 때와 장소를 가리지 않고 그들의 화제의 대상이 소설이었다는 기록에서 이를 확인할 수 있다. 또한 당시 소설이 낭독되었던 장소를 보면 활터[16]나 약방[17], 담배가게[18], 사랑방[19], 규방[20] 따위와 같은 곳이었다. 규방을 제외한 나머지 장소는 쉽게 사람이 모일 수 있는 곳인데, 이곳에서 화제의 대상이 소설이었다는 사실은 사람이 모이는 곳에서는 늘 소설이 화제의 대상이었음을 입증하는 것이다. 이러한 현상은 소설에 대한 당시 사람들의 열기를 반영한다. 그리고 이런 장소에 모이는 사람들은 모든 계층의 인물이라고 할 수 있으므로, 소설에 대한 관심은 모든 계층에 걸쳐서 나타난 현상이라고 볼 수 있다. 이러한 점을 고려할 때 당시 소설의 독자는 모든 계층으로 확대되고 있었을 것으로 추정된다.

그러나 현실적으로 세책가나 방각본 소설이 출현하기 전까지 소설을 읽는다는 것은 매우 고가의 오락이었다.[21] 그 까닭은 세책가의 출현이나 방각본 소설이 등장하기 전까지 소설 독서의 형태는 주로 필사본에 의지했기 때문에 책이 드물어서 다른 사람에게 책을 빌려서 본인이 스스로 베껴 보거나[22] 그렇지 않으면 남들을 시켜서

---

16) 임형택, 「18·9세기의 〈이야기꾼〉과 소설의 발달」, 김열규 외3인(편), 『고전문학을 찾아서』, 문학과지성사, 1976, 320쪽.
17) 윗책, 321쪽에 두 가지 사례가 나온다.
18) 이덕무, 『아정유고』 권3 〈은애전〉, 윗책, 323쪽에서 다시 따옴.
19) 윗책, 327쪽.
20) 윗책, 317–18쪽.
21) 大谷森繁, 앞책, 84쪽.
22) "閭巷의 無識한 사람들이 諺文을 배워서 옛사람들에게 相傳하는 이야기들을 베껴

베낀 것을 보거나 할 수밖에 없었다는 점 때문이다. 우선 스스로 소설을 베끼는 경우 시간도 많이 걸리고 공력도 많이 드는 일이었다. 다른 사람에게 베끼게 하는 경우에도 그 비용이 적지 않았을 것이다. 만일 그렇게 할 수 없는 경우에 소설을 즐기려면 개인적으로 이야기꾼을 불러서 그 대가를 지불하고 소설을 즐겨야만 했을 것이다. 물론 이러한 방법으로 소설을 즐긴다는 것은 비용이 많이 들 수밖에 없었다. 그래서 경제적으로 여유 있는 계층을 제외한 대부분의 사람들의 경우에 소설을 접하기가 매우 어려웠을 것이다.

그러나 이들 가운데도 소설에 대한 관심을 가진 사람들은 있기 마련이다. 이들이 적은 비용으로 소설에 접근하기 위하여 쉽게 택할 수 있는 방법은 아는 사람에게 소설책을 빌려 보거나 다른 사람이 낭독하는 것을 곁에서 듣는 수밖에 없었을 것이다. 이들은 이러한 방법으로 소설 독자의 역할을 했을 것이다. 그러나 귀한 소설을 빌려보거나 곁에서 듣는 방법으로 비용을 들이지 않고 소설을 즐기기에는 한계가 있기 마련이다. 그러므로 이 같은 계층을 겨냥한 직업 이야기꾼이나 세책가가 등장할 여건은 당연히 마련될 수밖에 없었다.

당시 이 역할을 수행한 대표적인 인물들로 판소리의 광대와 전기수, 세책가 등을 꼽을 수 있다. 특히 판소리의 광대가 창하거나 전기수가 낭독하는 소설을 듣는 방식으로 소설 독자의 역할을 한 경우라면 문맹 여부와 관계없이 소설을 즐기는 것이 가능했다. 그래서

---

서 밤낮 가릴 것 없이 이야기함을 보았다."(洛西居士, 五倫全集序, 유탁일, 「고소설의 유통구조」, 한국고소설연구회(편), 『한국고소설론』, 아세아문화사, 1991, 351쪽에서 다시 따옴).

이런 종류의 이야기꾼은 모든 계층에게 환영받았을 것이므로 직업
화의 가능성이 가장 컸을 것이다.

당연히 소설에 대한 이러한 방식의 관심 때문에 결국 소설을 재미
있게 읽는 능력을 지닌 인물이 당시 사람들에게 인기를 끌었을 것이
다. 『요로원야화기』에 나오는 김호주가 바로 그런 인물이다. 김호
주는 언문 실력과 소설을 많이 아는 것으로 호주를 오랫동안 했을
뿐만 아니라, 이로써 이름을 날렸다고 한다.[23] 그리고 일부 이야기
꾼은 재상가나 부자집에 드나들면서 이야기를 해주고 돈을 받는 일
을 하기도 했다.[24] 뿐만 아니라 경제적으로 여유가 있던 서리 계층
의 사람들도 이들을 불러다 이야기를 듣고 그 대가를 지불한 경우가
있었다.[25]

이러한 사실로 볼 때 전문 이야기꾼의 등장은 소설의 상품화의 가
능성을 보여주는 사례이다. 또 이러한 현상은 소설 대중화의 싹을
트게 한 것으로 볼 수 있다. 특히 재력을 갖춘 양반들이 이들을 불
러다 소설을 읽히고, 그 값을 주었을 것으로 추정되는 기록이 상당
히 많다는[26] 점은 그런 가능성을 뒷받침하기에 충분한 근거라고 할
수 있다. 그러므로 이야기꾼들은 그들의 고객인 당시 독자들에게
인기 있는 이야기꾼이 되기 위하여 소설을 좀더 재미있게 낭독하는
기법이나 기교를 개발하기 위하여 상당한 노력을 했을 것으로 보인

---

23) 이병기(선해), 『요로원야화기』, 을유문화사, 1958, 18쪽, 임형택, 앞책, 318쪽에
　　서 다시 따옴.

24) 이우성·임형택, 『이조한문단편집』(상), 일조각, 1981, 189쪽.

25) 윗책, 271쪽.

26) 임형택, 앞책, 316-319쪽.

다.27) 그리고 이러한 노력의 결과로 인기를 끈 이야기꾼이 될 수 있었을 것이다. 당시 기록을 보면 오(吳)가 성을 가진 인물28)이나 이업복이란 겸인29), 이자상이란 인물30), 이름이 밝혀지지 않은 상놈31) 등이 그 같은 인물들이다.

당시 소설을 읽어주는 이야기꾼이 그처럼 인기를 끌 수 있었던 것은 결국 위의 기록을 검토해 볼 때, 이들이 소설을 재미있게 읽는 그들 나름의 기법을 활용했기 때문인 것으로 보인다. 말하자면 이들의 인기는 소설 내용의 재미와 긴장감 넘치는 줄거리 전개의 기교에 토대를 둔 것이라고 할 수 있다. 그와 같은 예로 "전에 한 남자가 종가(鐘街)의 담배가게에서 어떤 사람이 소설을 읽는 것을 듣다가 영웅(英雄)이 극도로 실의에 빠진 대목에 이르러 문득 눈을 부릅뜨고 입거품을 내뿜더니 담배 써는 칼을 들어 소설을 읽던 사람을 찔러 즉사시킨 일이 있었다"32)는 기록을 들 수 있다. 이것은 정조(正祖) 연간에 실제로 일어났던 사건이다. 이는 어떤 사람이 담배가게에서 소설을 낭독할 때 발발된 사건이다. 소설의 낭독을 듣던 독자가 고도의 실감과 감명을 주는 낭독자의 구연술(口演術)에 너무 감동한 나머지 소설의 세계를 현실로 착각하여 살인을 저지른 사건이었다.33) 그런데 이 사건은 독자가 그처럼 소설에 대하여 열광했다

---

27) 윗책, 312쪽. 316-17쪽.
28) 윗책, 312쪽.
29) 윗책, 316-17쪽.
30) 윗책, 317쪽.
31) 윗책, 317-18쪽.
32) 윗책, 323-24쪽.
33) 윗책, 323-24쪽.

는 점에서 그 사람의 낭독 기법이 그만큼 뛰어났음을 간접적으로 증명하고 있다.

위의 사건에서 볼 수 있듯이 이야기꾼의 이야기가 매우 재미있었기 때문에 사대부가의 남성들이나 여성들은 그들을 집으로 불러다 이야기를 들었을 것이다. 특히 규방에서 이야기꾼이 환영받았다는 사실은 당시 사대부가의 여성들에게 마땅한 소일거리가 없었다는 사실과 관련이 있다. 말하자면 할 일이 없던 여성들이 소일거리로 택한 것이 소설이었기 때문에 자연히 소설을 재미있게 낭독할 수 있는 이야기꾼이 이들의 인기를 끌 수 있었던 것으로 보인다.

소설 낭독이 많은 사람들에게 인기를 얻게 되자 자연히 소설을 읽어주는 일이 전문화하면서 직업화의 길로 들어선다. 곧 많은 노력을 기울인 이들의 소설 낭독 기법이 여러 사람에게 인기를 끌게 됨에 따라 어느 정도 자립할 수 있다고 판단한 이야기꾼들이 직업 이야기꾼으로 나서게 된 것으로 보인다. 이것은 앞에서 살펴본 바와는 달리 소설 낭독으로 생계를 꾸려가는 직업 이야기꾼이 등장했다는 뜻이다. 곧 앞의 기록들은 이야기꾼들이 주로 경제적으로 여유 있던 계층의 집에 출입하면서 이야기를 읽어주고 약간의 금전을 받은 데 비해 다음에 등장하는 이야기꾼은 주로 사람들이 많이 모이는 곳에서 서민들을 상대로 이야기를 들려주고 그 대가를 여러 사람에게 조금씩 받는다는 점에서 앞의 이야기꾼들과는 그 성격이 다르다.

전기수가 출현한 시기는 18세기 중엽일 것으로 추정된다. 현재 전기수의 활약 시기를 파악할 수 있는 기록이 몇 군데 있다. 그 가운데 박지원의 〈열하일기〉에 〈임장군전〉의 구송에 관한 기록이 나온다.[34] 연암은 중국에서 이야기꾼이 〈서상기〉를 읽는 것을 보고, 그것이 마치 네거리에서 〈임장군전〉을 구송하는 것 같다고 했다. 연암이 중국에 갔을 때는 1780년이었다. 그렇다면 1780년 이전에 전기수의 활약이 매우 두드러진 것으로 볼 수 있다. 사회 경제적인 면에서도 이 무렵에는 이미 상공업이 상당한 수준으로 발달해 있었다. 이로 인해 농업 인구의 도시 집중화가 상당 수준 이루어졌고, 또 상당수의 서민계층이 여기에서 생업의 터전을 삼고 있었다. 그러므로 이 직업 이야기꾼은 서울이라는 도회를 배경으로 하여 나타난 것으로 보인다. 그 까닭은 이 같은 이야기꾼들의 전문 직업화는 경제적으로 여유가 있던 계층이 아닌 도시의 서민계층이 그들의 실질적 후원자였다는 점에서 상당한 청중(聽衆)이 없이는 이루어질 수 없는 일이었기 때문이다. 그러므로 18세기 중엽에는 사회 경제적 발달 때문에 소설 낭독이 직업으로 등장할 수 있었을 것이다.

전기수가 돈을 받는 방법도 소설의 상품화와 관련시켜 보면 아주 재미있는 방법이었다. 그들은 청중들에게 돈을 받기 위하여 이야기를 낭독하다가 사건이 긴박한 대목에 이르렀을 때 갑자기 읽기를 멈추는 것이다. 그러면 이야기를 듣던 청중들은 다음 이야기가 궁금하기 때문에 이야기꾼에게 돈을 던져주지 않을 수 없었다. 이것은 전기수가 직업 이야기꾼으로서 다중을 상대로 낭독의 대가를 받는 독특한 방법을 나름대로 개발한 것이다. 전기수가 개발한 돈 받는 방법은 독자를 작중으로 몰입시킴으로써 긴장감을 최고조로 이끈 다음에 이야기를 중단하여 궁금증을 자극시킨 후 이야기를 계속하

---

34) 이가원(역), 『국역 열하일기』I, 민족문화추진회, 1977, 94쪽.

여 궁금증을 해소하는 대중소설의 특징을 잘 활용한 기법의 하나라고 할 수 있다. 말하자면 전기수는 이미 오늘날 신문소설이나 텔레비전 연속극에서 볼 수 있듯이, 줄거리의 긴장감을 고조시킨 후 이야기를 중단하고 다음 회로 넘겨 작품에 대한 독자들의 흥미를 유지하는 수법을 당시에 활용하고 있었던 셈이다.

전기수라는 이 직업 이야기꾼이 일정한 장소를 정해두고 정기적으로 그 곳을 순회하면서 소설을 낭독했다는 점은 주목을 요한다. 그는 동대문 밖에 살고 있었는데, 종루(鐘樓)에서 동대문(東大門) 사이, 지금의 종로(鐘路)를 6일 간격으로 오르내리면서 청중에 둘러싸여 매일 소설을 낭독하였다. 그의 흥행 장소는 대체로 일정한 곳인데, 곧 제1교(第一橋), 제2교(第二橋), 배우개(梨峴), 교동 입구(校洞 入口), 대사동 입구(大寺洞 入口), 종루(鐘樓) 앞 등이 그 장소였다. 그가 이곳을 주기적으로 오르내리면서 소설을 낭독했다는 점에서 그의 흥행은 정기적인 것으로 보인다. 곧 전기수는 일정한 장소에서 정기적으로 소설을 낭송하였다고 결론지을 수 있다.[35] 이것은 전기수에게 어느 정도 정기적인 수입을 가능하게 하였고, 결국 소설 낭독을 하나의 직업으로 삼는 것이 가능하도록 한 것으로 볼 수 있다. 이는 전기수가 서울이라는 도시를 배경으로 하여 다양한 계층의 청중을 상대하면서 시정인(市井人)의 취향에 영합하는 소설을 낭독했기 때문에 가능한 현상으로 보인다. 예를 들어 당시 전기수가 낭송하던 작품은 〈숙향전〉·〈소대성전〉·〈심청전〉·〈설인귀전〉 따위인데,[36] 이들은 모두 국문소설로, 그 내용이 주로 영

---

35) 임형택, 앞책, 316쪽.

웅의 활약과 애정을 소설화한 것이다. 그런데 이들 작품의 내용이 독자의 긴장과 몰입을 가능하게 하는 점 때문에 당시 사람들에게 인기가 높았고, 또 전기수는 이를 효과적으로 이용하여 낭독의 대가를 받을 수 있었던 것으로 보인다. 결국 전기수의 이 같은 직업적 활약은 소설 독자를 모든 계층으로 확대함으로써 소설의 상업화를 촉진하였고, 대중소설의 등장에 기여한 것으로 보인다.

## 2) 판소리의 등장

한국에서 초기 대중소설이 등장하기까지 소설 독자의 확대에 중요한 역할을 한 예술의 한 가지로 판소리가 있다. 판소리는 광대가 열린 공간에 대중을 모아놓고 강창하는 이야기의 한 형태이다. 그래서 흔히 판소리를 외정문학(外庭文學)이라고 한다.[37] 판소리의 바로 이 같은 점이 누구에게나 이야기를 들을 수 있는 기회를 제공함으로써 독자층의 확대에 기여하였다. 특히 판소리가 창이라는 이야기의 새로운 전달 방식을 사용하여 대중들의 호기심을 유발함으로써 다양한 계층의 사람들을 독자로 확보하는 데 성공한 것으로 보인다.

흔히 판소리를 양반을 패트론으로 한 문학이라고 한다. 그런데 판소리의 발달사에서 볼 때 판소리가 발생 초기부터 양반의 후원을 받은 것은 아닌 것으로 추정된다. 그 같은 근거는 18세기 중엽까지만 해도 판소리를 듣고 그것을 한시로 지은 것 자체가 당시 선비들

---

36) 윗책, 326쪽.
37) 김동욱, 「판소리사 연구의 제문제」, 『판소리의 이해』, 창작과비평사, 1982, 81쪽.

의 모함을 받았다는 사실[38]에서 확인할 수 있다. 그러므로 판소리는 발생 초기에는 주로 평민층과 중인들의 후원을 받다가 판소리가 보편화된 19세기에 이르러 양반들의 비호를 받은 것으로 볼 수 있다. 이제 그 과정을 간략히 살펴보자.

판소리의 발생 초기에 판소리의 관중은 주로 무굿의 청중이었을 것으로 추정된다. 이러한 추정의 가능성은 판소리의 창자인 광대가 대개 무당의 남편이었다는 사실에서 비롯된다. 그런데 무굿에 대한 당시 사대부들의 비판은 매우 가혹한 것이었으므로, 무굿이 주로 해안 지역의 익사자를 위한 해원굿의 형태인 씻김굿 위주로 행해졌다는 점을 고려할 때, 무굿의 관중들은 사대부들을 제외한 해안 주민 중심의 평민층이었을 것이다. 그런데 전라도 지방에서는 무당이 해안 지역부터 농촌 지역까지 정기적으로 곡식을 거둬들이는 당골판 조직을 가지고 있었던 사실을 고려할 때, 판소리의 경우도 그 발생 초기에는 광대가 해안 주민과 농민을 대상으로 창을 하고서 그 대가를 받았을 것으로 추정된다. 그러다가 판소리가 놀이로서의 기능을 가미하면서 독자적인 영역을 확장해 가는 과정에서 기존 세력인 당골 조직과 영역 침범의 갈등 때문에 독자적으로 소리를 들려주고 돈을 받을 수 있는 곳을 찾아 나서게 된 것으로 추정된다.

따라서 광대의 활동 영역은 당연히 돈과 사람이 모이는 곳일 수밖에 없었을 것이다. 그 대표적인 곳으로 등장한 곳이 초기에는 시장

---

38) 유진한은 전라도 여행 중 판소리로 들었던 〈춘향가〉를 한시로 지은 사실 때문에 당시 선비들의 비난을 받았다(김흥규, 「판소리의 사회적 성격과 그 변모」, 정양·최동현(엮음), 『판소리의바탕과아름다움』, 인동, 1986, 60쪽).

이나 세미(稅米)를 수납하는 창촌(倉村) 등지였던 것으로 보인다. 정약용의 글에 조창(漕倉)이 있는 곳과 기타 해안 지역에서 광대를 포함한 잡류들을 엄중하게 금해야 한다는 내용[39]이 나오는 것으로 보아 그러한 추정이 가능하다. 그리고 이러한 전후 사정과 관련하여 당시 판소리 청자의 신분을 추정해 보면, 이들은 주로 하층민을 중심으로 한 평민층이었던 것으로 보인다. 그리고 조창의 운영과 연관지어 살펴보면 역시 당시의 서리층인 중인들도 그 향유자였던 것으로 추정된다. 정약용이 당시 판소리의 향유층으로, 창촌의 수납 관리, 뱃사람, 남쪽 지방의 하리, 포교, 관가의 안식구, 백성들을 지명하고 있는[40] 것으로 보아 18세기에는 하층민에서 중인에 이르기까지 그 향유층이 형성되어 있었던 것으로 보인다. 특히 관가의 안식구가 글 내용에 등장하는 것을 보면 남쪽 지방의 경우 수령 등을 포함한 일부 사대부가도 판소리의 향유층에 포함되기 시작한 것으로 보인다. 그러나 무엇보다도 18세기 무렵 판소리의 향유자는 중인들이었을 것으로 추정된다. 훗날 이들이 주목받는 판소리 후원자였다는 사실과 관련지어 볼 때 무엇보다도 이들을 그 향유층으로 확신할 근거가 된다. 예를 들어 판소리를 후원하고 이를 여섯 마당으로 정리한 신재효가 고창의 이방으로 있으면서 광대들을 후원하고 양성한 경우라든가, 권삼득(1771-1841)이 활약하던 당시의 백이방이 권삼득을 후원한 사례들을 통하여 그러한 사실을 확인할 수 있다. 후자의 경우를 살펴보면 다음과 같다.

---

39) 윗책, 116쪽.
40) 윗책, 67쪽.

훗날의 국창 김창환(金昌煥 1854-1927)의 문도였던 백성환(白星煥 1893-1970)은 한량 명창으로 전주아전(全州衙前)의 후예인데 그의 전하는 바에 의하면, 백성환 명창의 고조(高祖)는 전주감영의 이방(吏房)이었을 때, 전북 김제군 백산면 야산에 대를 마련하여 차일을 치고 권삼득이 소리를 하는데 날마다 모여드는 사람이 인산인해를 이루고 있다는 소문을 듣고 백이방은 동료와 사령 몇 사람을 데리고 가본즉, 과연 수천 군중이 모여 있으며 권삼득이 소리를 하는데 과연 희대의 명창이었다.

백이방은 전라감사의 분부라 하고 권삼득을 가마에 태워 감영으로 돌아왔다. 감사는 크게 기뻐하여 권삼득을 맞아들였고, 권삼득은 선화당(宣化堂)에서 춘향가를 불렀는데 첫소리 한 바탕에 청중을 감동시켜 명창으로서의 그 이름을 떨쳤다. 그 후 권삼득은 전주에 근거하고 전라감사의 비호를 받았고, 가끔 전라도 각 고을 수령의 부름을 받아 동헌(東軒)에서 소리를 하였다.[41]

위의 기록을 보면 백이방이 중간에서 중요한 역할을 한 것을 알 수 있다. 또 당시 전라도 지역의 감사를 포함한 각 고을 수령들이 판소리의 향유자가 되었던 사실도 윗글에서 부분적으로 확인할 수 있다. 그렇지만 역시 전라도 지역을 제외하면 판소리는 당시 양반들에게 큰 호응을 받지 못한 것이 확실하다. 앞에서 언급한 유진한의 경우라든지, 권삼득의 일화를 통해 볼 때 그렇다. 권삼득의 경우 향반의 자제였는데, 광대가 되자 그의 부형은 가문의 일대 치욕이라 하여 그를 죽이려 했으나 차마 죽이지는 못하고 족보에서 그의 이름을

---

41) 박황, 『판소리200년사』, 사사연, 1987, 54-55쪽, 이상택, 「조선후기 중인층의 판소리 문학」, 『한국문화』13, 서울대 한국문화연구소, 1992, 163쪽에서 다시 따옴.

파고 축출시키는 것으로 일을 마무리했다고 한다.[42] 이 일화를 보면 당시 판소리는 하층민과 중인층의 향유물이었던 것이 확실하다.

판소리는 19세기 초에 이르면 양반들에게도 상당한 인기를 얻은 것으로 보인다. 당시 과거 급제자의 축하연에 반드시 이들을 초청하여 공연을 하였다는 사실은 판소리가 대중성을 크게 획득했음을 보여주는 사례라고 할 수 있다. 그리고 전국의 실력 있는 광대들이 과거 시험장에 가서 자신들의 실력을 뽐내면서 자신을 부를 손님을 구했다는 사실은 판소리의 인기가 양반층까지 미쳤음을 증명하는 것이다. 이러한 현상은 판소리가 사대부가의 잔치집에서 필수적으로 불렸음을 뜻하며, 마침내 양반 문예로의 전환이 시작된 것으로 보인다. 이 무렵 고수관(高秀寬)·송흥록(宋興祿)·염계달(廉季達)·모흥갑(牟興甲) 등이 순조(純祖; 1801-1834)년간에 판소리로서 명성을 일국에 울렸다[43]는 점은 당시의 실정을 짐작하게 한다.

이러한 맥락에서 볼 때 판소리의 이야기에 당시 많은 관객들이 관심을 가졌던 것은 자명하다. 특히 판소리 가운데 〈춘향가〉의 경우 어느 작품보다 인기가 높았던 것으로 보인다. 현재까지 밝혀진 〈춘향전〉의 여러 이본 가운데 가장 오래된 것은 흔히 만화본(晩華本) 〈춘향가〉로 일컫는 작품이다. 이 작품은 1754년에 이루어진 것인데, 19세기 중엽의 방각본 소설 〈춘향전〉의 줄거리를 완전하게 지니고 있다. 이로 보아 늦어도 1754년 이전에 〈춘향전〉이란 작품이 판소리로 대중들 앞에서 불린 것은 확실하다. 또한 만화본 〈춘향

---

42) 정노식, 『조선창극사』, 조선일보사, 1940, 18-19쪽.
43) 임형택, 앞책, 315쪽.

가〉보다 2년 뒤에 쓰인 양주익의 행록에 그가 〈춘몽연〉을 지었다는 기록이 있는데, 이로 미루어보면 판소리가 광대의 외정예술로 그친 것이 아니라 양반들이 이를 한역해서 감상할 만큼 대중화 하였음을 의미한다. 이는 〈춘향전〉이 당시 모든 계층의 사람들에게 보편적으로 그 줄거리가 알려졌을 정도로 인기가 있었음을 증명한다. 아울러 창이라는 새로운 형태의 이야기 문예인 광대의 판소리가 일정한 단계로 성장하고 있었음을 보여준다. 이것은 천민들의 예술 형태에 양반들이 관심을 가지게 된 것을 말하는 것이며,[44] 동시에 새로운 형태의 이야기 문학이 모든 계층의 기호에 영합하면서 발달하고 있었음을 뜻한다.

지금까지 살핀 바를 고려할 때 판소리의 청중은 하층민에서 시작하여 양반에 이르기까지 변화를 겪었다. 곧 모든 계층이 판소리의 청중으로 참여하여 광대가 노래하는 이야기를 들을 수 있었다.[45] 따라서 판소리는 특정한 계층만이 향유한 예술이 아니라 거의 모든 계층이 즐긴 것이어서 조선 후기 문학 예술사에서 그 역사적 위상은 대단히 중요하다고 할 수 있다.[46] 판소리의 이와 같은 성장과 역할로 인해 소설 독자층은 급격히 확대될 수 있었으리라 추정된다. 말

---

44) 김동욱, 앞책, 87-88쪽.

45) 초기의 판소리는 화려한 창보다는 주로 줄거리 전달에 치중했던 것으로 추정된다. 그렇게 추정할 수 있는 근거는 판소리가 잡희(雜戱) 과정의 일부로 불렸다는 점과, 만화본 〈춘향가〉의 줄거리가 오늘날 〈춘향전〉의 줄거리와 일치한다는 점을 들 수 있다. 필자는 유진한이 여행 중에 완전한 줄거리의 〈춘향가〉를 듣고 이를 기록으로 남겼다는 사실을 통해서 볼 때, 당시 〈춘향가〉가 오늘날처럼 화려한 창 위주의 판소리로 불리기보다는 줄거리 위주의 판소리로 불렸을 가능성이 더 크다고 본다.

46) 이상택, 앞책, 161쪽.

하자면 판소리는 단순한 민속예술로 머물렀던 것이 아니고, 대중적 인기를 바탕으로 한 대중예술로 성장[47]하여 소설 독자층의 확대에 획기적인 기여를 함으로써 소설의 상업화를 촉진하는 역할을 한 것으로 볼 수 있다.


### 3) 세책가의 등장

소설에 대한 독자들의 관심 증대가 가져온 또 다른 직업 가운데 하나가 세책가(貰冊家)이다. 이것은 서양의 도서대출실과 마찬가지로 여러 종류의 책을 구비하여 이를 빌려주고 돈을 받는 직업인데, 이를 흔히 세책가라고 한다.

당시 소설책이 매우 귀하였으므로 그것을 빌려보거나 베껴 보기가 쉽지 않았을 것이다. 설혹 베껴 보거나 이야기꾼을 개인적으로 불러다 소설을 읽히는 경우가 있다 하더라도 비용이 많이 들었을 것이다. 그래서 중인이나 일반 가정의 아녀자들이 많은 돈을 지불하면서까지 소설을 즐기기에는 현실적인 어려움이 있었을 것이다. 따라서 이런 계층의 사람들이 값싸게 소설을 즐길 수 있는 좋은 방법으로 이용한 것이 세책이었을 것이다. 또 세책가는 독자들이 값싸게 소설을 빌려다 볼 수 있는 거의 유일한 곳이었다. 그런 점에서 세책가는 소설의 인기를 상업적으로 활용함으로써 나타난 직업의 한 종류라 할 수 있다.

한국에서 세책가의 출현 시기는 지금까지 나타난 문헌의 기록을

---

47) 윗책, 164쪽.

검토해 볼 때 18세기에 들어서인 것으로 보인다. 그 같은 증거로 채제공(蔡濟恭; 1720-1799)이 쓴 〈여사서서(女四書序)〉의 세책가와 관련된 이야기를 들 수 있다.[48] 곧 채제공은 18세기 사람인데, 그가 쓴 글에 세책에 대한 기록이 나오므로, 그가 살던 18세기에는 이미 세책가가 존재했음을 알 수 있다. 한편 이덕무(李德懋; 1741-1793)의 〈사소절(士小節)〉에도 소설을 빌려 보느라고 집안 재산이 기운 자가 있다고 한 것으로 보아, 『사소절』이 쓰인 18세기 후반[49]에는 세책이 존재했음을 알 수 있다. 그러므로 세책(貰冊)에 관한 위의 두 기록으로 미루어 보면 세책가의 출현 시기는 18세기에 들어와서라고 추정되며, 좀더 좁히면 18세기 중엽 무렵이었을 것으로 추정된다.[50]

그러면 어떤 사람들이 이 세책가의 일에 종사했을까? 조윤제는 세책의 제작자(製作者)에 관하여 다음과 같이 설명하고 있다.

> 원고료에 대하어는 현대적 판권 소유의 원고료 문제가 아니라 사기가 창작하여 그것을 필사하여서 시장에 방매하였다는 것인데, 전일 서울 시내의 소위 貰冊집이라 하는 것은 그리하여 발달된 것이 아닌가 한다. 즉 가난한 선비가 小說冊을 만들어서 팔기도 하고 또 그것을 세

---

48) 채제공, 여사서서, 大谷森繁, 앞책, 79쪽 참조.

49) "이 『士小節』의 自序에 쓰인 연대가 1775년이므로 『사소절』의 執筆年代는 1775년 이전임을 알 수 있다. 따라서 이덕무가 세책 소설과 관련하여 언급한 사안은, 『사소절』에 時期가 明示되어 있지 않으나, 대개 18세기에 있어서의 時俗이라고 할 수 있다. 특히 記事 중에 책을 빌리기 위하여 돈(錢)을 지불하였다고 하였는데, 금속화폐가 법제화되어 전국적으로 유통된 때가 肅宗 4년(1678)이었다는 사실도 時期設定의 중요한 傍證이 된다"(윗책, 79-80쪽).

50) 윗책, 79-80쪽.

놓는 한편, 타인의 저작물까지도 또한 필사하여서 같이 세를 놓아서 그것으로 호구책을 삼았으리라는 것이다. 이것은 그 당시 사회제도에 있어서 소위 양반이 아니고는 사환도 할 수 없고 따라서 어디 취직을 하여서 생활을 한다는 것은 극히 곤란한 일이었기 때문에 그런 짓이라도 하지 아니하고는 살 수 없는 형편이었으니까, 당시 서류 계급인물로서 유식한 사람에게는 그것이 가장 좋은 직업이었을 것이고 또 당연히 있을 수 있는 일이다. 오늘날 많은 소설이 그 작자가 누구인지 알지 못한다는 것도 상상컨대 이름도 없는 시민계급 인물들이 저작하였기 때문이 아닌가 한다.[51]

조윤제의 견해를 고려할 때 당시 세책가에 종사하거나 세책가에 공급된 소설의 작자 혹은 필사자는 대체로 서류나 몰락 양반의 후예 등의 유식층이었을 것이다. 김동욱도 이들 사본의 필사는 물론 창작도 남북촌의 빈한한 양반의 후예나 서리들의 손으로 이루어진 것이니, 여기에 이러한 창작이나 서사(書寫)에 대한 보수가 나가고 다시 세책을 놓는 집이 생기게 되었던 것이라고[52] 하여 대체로 조윤제와 비슷한 견해를 표명하면서 덧붙여 서리들도 이 일에 참여한 것으로 보았다. 이러한 내용들을 고려할 때 당시 세책가는 대체로 경제적으로 궁핍한 생활을 하던 유식층에 속한 인물들이 경영한 것으로 보인다. 그리고 당시 경제적 형편이 어려운 양반 자제가 자신보다 신분이 낮은 서리 계층인 이방의 대서 일을 해주면서 생계를 이어가는 이야기가 기록에 남아있는 것으로 보아 이러한 추정은 타당

---

51) 조윤제, 『한국문학사』, 탐구당, 1976, 307쪽.
52) 김동욱, 「한글소설 방각본의 성립에 대하여」, 『증보 춘향전연구』, 연세대출판부, 1976, 381쪽.

성이 있는 것으로 보인다.[53)]

세책가의 단골 고객은 주로 여자가 많았던 것으로 보인다. 그것은 물론 소설 독자의 다수를 여성이 차지했기 때문에 나타난 현상이기도 하겠지만 당시 여성들에게 마땅한 소일거리가 없었다는 점도 하나의 요인이라고 할 수 있다. 산업의 변화로 인해 그동안 여성들의 일이었던 직조나 가정사의 중요한 것들이 대부분 사라져서 여성들이 시간적 여유를 가지면서 자연스럽게 소설에 관심을 기울인 것으로 보인다.[54)] 그러한 사실은 당시의 세책가에 대한 기록을 통해서 살필 수 있다. 예를 들어 채제공이 쓴 〈여사서서(女四書序)〉에는 다음과 같은 기록이 보인다.

요즘 여자들이 다투면서 일로 삼을 수 있는 것은 오직 소설뿐인데, 이것이 숭앙을 받는다. 날이 가고 달이 갈수록 늘어서 그 종류가 천백여종에 이른다. 거간꾼이 이것을 깨끗이 베껴 무릇 빌려주고 그로 매번 돈을 받아 이익을 얻는다. 부녀들은 견식이 없어서 혹 비녀나 팔찌를 팔기도 하고 혹은 빚을 얻어서 서로 다투어 빌리러 와서 긴날을 보내니 주식지의가 있는지조차 알지 못한다.[55)]

---

53) "어느 고을 읍내에 한 양반 소년이 있었다. 그는 부모 구몰하고 의지없이 외로웠다. 약간 문자를 해득하는 덕분에 그 고을 이방(吏房) 집에 가서 장부를 대서(代書)하며 근근히 호구하고 있었다."(이우성·임형택, 앞책, 310쪽).

54) 사대부가의 여인들은 문밖 출입이 매우 제한되어 있었으므로 전기수의 이야기 낭독이나 판소리의 강창 무대인 외정에서 소설을 접하는 데는 어려움이 있었다. 따라서 그들은 적은 비용으로 쉽게 소설을 즐기기 위하여 세책가를 이용했을 것으로 추정된다. 당시 소설의 내용도 이들을 중요한 고객으로 인식함에 따라 이들의 기호에 맞춘 것이 주류를 이룬 것으로 보인다. 자세한 것은 작품 분석에서 다루어질 것이다.

55) "이 記事는 29세라는 젊은 나이에 病死한 아내 同福 吳氏의 책상에서 絶筆이 되고만 「諺書女四書」를 발견했던 往年을 回想하면서 새삼 夫人의 賢淑 하였음을 추모하

위의 기록에서 보듯이 당시 규방의 여성들이 소설 읽기를 좋아하여 세책가의 소설 종류가 차차 늘어 천 백여종에 이르렀고, 이익을 얻는 데 눈치 빠른 장사치들이 소설을 다투어 베껴서 돈을 받고 빌려주는 습속(習俗)이 나타났다는 것이다. 이 글을 통해 세책가는 여성 고객을 대상으로 영업을 했음을 알 수 있다. 한편 이덕무도『사소절』에서 "우리말로 번역한 전기는 눈뜨고 볼 수 없는데, 집안 일을 팽개쳐두고, 여인의 일을 게을리 하여 버려두고, 그걸 돈을 주고 빌려보기에 이르렀으며, 깊이 빠져서 집안 재산이 기운 자도 있다"[56]고 했다. 그가 이 책을 쓴 목적은 당대의 사대부 집안에서 유행되고 있던 일들을 예로 들어 이에 대한 교훈을 주려는 데 있었다.[57] 그런데 당시 여자들이 소설 읽기를 좋아하여 집안 일을 돌보지 않고, 또 너무 소설을 많이 빌려 보아서 재산이 기운 자가 있을 정도였다는 것이다. 물론 이러한 내용은 이덕무가 당대인들에게 교훈을 주려고 사실을 과장하여 기록한 것으로 보이지만 여성들이 소설 읽기를 좋아한 것은 분명하다. 이 같은 기록을 통하여 확인할 수 있는 사실은 당시 세책가의 단골 고객이 여성들이었다는 것이다.

그렇다면 무엇 때문에 여성들이 이처럼 세책가에서 산다는 말을 들으면서까지 소설을 읽었을까? 그것은 세책의 내용 때문이었을 것이다. 이 기록들은 한결같이 부녀들이 소설 읽기를 좋아한다는 사실을 지적하고 있다. 소설 읽기를 좋아할 뿐만 아니라 세책집에서

---

여 쓴 글의 일부이다. 그런데 記事 가운데 내포되어 있는 貰冊에 관한 자료는 크게 주목을 끌게 한다."(大谷森繁, 앞책, 79쪽에서 옮겨 다시 따옴).

56) 윗책, 79쪽에서 옮겨 다시 따옴.

57) 윗책, 79-80쪽.

주식지의를 잊고 소일한다고 했다. 또 소설을 읽는 여성들 때문에 날마다 소설의 종류가 늘어가고 있다고 했다. 이러한 기록에서 추정할 수 있는 사실은 당시 세책가의 소설 내용이 여성들의 취향을 반영했으리라는 점이다. 곧 세책가가 여성들의 취향을 상업적으로 활용하기 위하여 그녀들의 취향을 반영한 작품들을 구비하지 않을 수 없었을 것이다. 그렇기 때문에 당시 여성들이 주식지의를 잊고 세책가에서 소일하면서 소설책을 읽었을 것이고, 세책값을 지불하느라고 재산이 기울기도 했을 것이다. 그렇다면 세책가에서 많이 구비해둔 소설의 내용은 어떤 것들이었을까? 이에 대하여 이덕무는 내용이 간사하고 음란해서 눈뜨고 볼 수 없다고 했으며, 또 남녀간의 풍정을 이야기했다고도 했다. 곧 이들 작품의 내용이 남녀간의 애정 갈등을 주로 다루었기 때문에 유학자인 이덕무는 간사하고 음란해서 눈뜨고 볼 수 없다고 한 듯하다. 따라서 세책가에서 구비한 소설의 상당수가 애정물이었을 것으로 추정된다. 이 같은 점은 세책가의 소설 내용을 검토하는 데 중요한 의미를 지닐 것으로 보인다.

　한편 세책가의 분포와 관련하여 볼 때, 서울 이외의 송도(松都;개성)·대구·평양 같은 주요 도시에 세책가가 존재하지 않았다는 것은58) 무엇을 의미하는 것일까. 이는 세책이 당시 서울의 일부 독자층 사이에서만 유행되고 있었음을 시사해 주는 것이라고 생각한다. 이러한 사실은 18세기에 대두된 세책이 당시 서울에 거주하고 있던 사류(士流)나 기타 경제적으로 부유한 계층의 부녀자들을 대상으로 하여 그들의 소설 독서 의욕의 확대에 따른 수요를 충족시키면서,

---

58) 모리스 꾸랑, 『한국의 서지와 문화』, 박상규(역), 신구문화사, 1976, 18쪽.

종전의 개인적인 필사로부터 하나의 상업적인 대량 생산의 형태로 전환시키고자 하는 새로운 의도에 따라 이루어졌던 현상이라 볼 수 있을 것이다. 이와 같은 세책의 점진적인 확대는 그 수용자들의 확산과 더불어 독서 의욕을 한층 더 고취시켰음은 물론, 세책가를 통한 구작(舊作)의 대량필사59)와 아울러 독자층의 다양화에 따른 수요를 충족시키기 위하여 새로운 작품도 많이 창작되는 계기를 마련한 것으로 보인다.60)

따라서 한글 방각본이 나오기 이전인 18세기의 세책가의 출현은 영리를 목적으로 한 소설의 상품화 과정이었다. 또 세책가는 역사적인 측면에서 볼 때 필사본을 위주로 한 초기의 출판업, 초기의 서점의 한 형태라고 할 수 있다.61) 이러한 세책가는 18세기의 경우 외에도 19세기에는 더욱 번창하였다가 일제시대 초기에 딱지본 소설과 신소설의 출현 등으로 인해 그 자취가 사라진 것으로 보인다.62)

지금까지 살핀 바와 같이 당시 세책가의 성행은 소설 독자의 확장에 중요한 역할을 하였다. 이처럼 세책가의 출현이 가져온 소설 독자층의 확장은 소설의 상업화를 촉진함으로써 대중소설의 출현을

---

59) "이 같은 轉寫는 貰를 놓는 冊店에서 영리를 목적으로 전사하였던 것임을 알 수 있다." 유탁일, 앞책, 352쪽.

60) 大谷森繁, 앞책, 80-81쪽.

61) 윗책, 84쪽.

62) 현재 일본의 동양문고에는 세책본 소설이 상당수 있다. 이것은 서울의 세책을 일본인이 한꺼번에 사갔기 때문인 것으로 추정된다. 세책가에서 장사가 안 되자 이것을 일본인에게 처분한 것으로 보인다. 이 세책가는 시대의 변화에 따라 만화가게로 변했다가 최근의 경우 대본소로 변해 그 명맥을 유지하고 있다. 대본소에서 취급하는 소설 목록을 보면 주로 무협소설과 애정물 따위의 대중소설이 주류를 이루고 있다. 이것은 대중소설의 성격을 파악하는 데 참고할 만하다.

가능하게 하였을 것이다.


### 4) 독자층

앞에서 간략히 살핀 바와 같이 조선 후기 소설의 독자층은 사회의 모든 계층에 퍼져 있었다. 그렇지만 그 가운데는 주로 여성과 중인 계층의 사람들이 많았다. 그것은 까닭이 있었다. 곧 조선 후기에 이르면 많은 여성들이 그동안 여성들의 일이었던 가정용품의 상품화에 따라 여가를 즐길 시간이 많아졌다. 그러나 여성들에게는 여러 가지로 사회적 제약이 심하였던 탓에 규방에 갇혀 지내야만 했고, 마땅한 소일거리도 없었다. 이로 인해 대부분의 여성들은 집안에서 그녀들의 욕구를 충족시킬 수 있는 방안을 찾았을 것이다. 그 방법 가운데 하나가 소설을 읽는 일이었다. 소설은 간접적인 방법이기는 했지만 현실적으로 그녀들의 욕구를 충족시켜줄 수 있는 유일한 것이었다. 따라서 소설에 매력을 느낀 다수의 여성이 소설의 독자가 되었을 것이다. 중인층 가운데서도 경제적 부를 축적한 사람들이 경제적 여력에 힘입어 여가를 즐길 수 있었다. 이들이 여가를 즐기는 방법에는 여러 종류의 유흥이 있었을 것이다. 그런데 이들이 주로 활용한 것 가운데는 문예와 관련된 시사(詩社)와 판소리, 소설 따위도 포함되었다. 이로 인해 이들 가운데 상당수가 소설에 대한 관심이 높아지면서 소설의 독자가 되었을 것이다. 또한 하층민들 가운데도 상당수의 독자가 있었던 것으로 보인다. 물론 이들은 엄격한 의미에서 독자가 아닌 청자(聽者)의 위치에 있었지만 전기수의 낭독을 통해 소설의 독자 역할을 한 것으로 보인다. 이에 대해서는 좀더 구체적인 근거를 중심으로 살펴보자.

소설의 독자가 모든 계층에 퍼져 있었다고 하더라도 그 중에서 우세한 쪽은 역시 여성쪽이었다. 이덕무가 『사소절』에서 여자가 지켜야 할 도리의 하나로 소설을 탐독하지 말 것을 든 것을 보아도 부녀자들이 소설을 많이 읽었음을 알 수 있다. 심지어 가정사를 돌보지 않고 돈을 주고 세책을 빌려 보느라 가산을 기울인 여자까지 있다고 했다. 이것은 당시 여성들이 대체로 한문의 교양에 부족했던 점과 봉건 도덕에 속박당하던 처지에서 그 도피처를 소설에서 찾음으로써 쉽사리 소설의 독자로 흡수될 수 있었기 때문일 것이다.[63]

다음으로는 서리들이 중심인 중인계층의 사람들이 소설의 독자였던 예를 몇 가지 찾아보겠다. 이업복이 여유 있는 서리(胥吏)의 집에 자주 드나들었던 기록이 좋은 증거가 된다. 또 서류였던 홍희복은 신분 때문에 벼슬을 하지 못했으나 온 가족이 소설을 읽으면서 즐겁게 지냈다는 기록이 있다.[64] 이러한 기록들을 통하여 당시 독자층에 중인계층의 인물들이 많았음을 추정할 수 있다. 그런데 대중소설의 발달에서 중요한 역할을 한 계층은 역시 이들 중인층이었다. 왜냐하면 이 중인층은 대중소설 발달에서 두 가지 점에서 중요한 역할을 했기 때문이다. 첫째는 이들이 방각본 업자로서 소설을 상품화함으로써 대중소설의 발달을 촉진시키는 역할을 했다는 점이

---

63) 방각본 소설의 다수가 한글본 영웅소설이라는 사실은 당시 한문 교양이 부족했던 독자들, 곧 중인층과 여성 독자들의 관심사와 출신 욕구를 작품에 반영하여 상업적 목적을 달성하려는 방각본 출판업자들의 의도와 무관하지 않다.

64) 大谷森繁, 앞책, 117쪽.

다. 둘째는 이들이 소설의 독자층이 됨으로써 소설의 상품화가 가능해졌다는 점이다.

하층민들 가운데도 소설의 독자층이 형성되어 있었다. 그들은 전기수라는 직업 이야기꾼의 단골 고객이었을 것이다. 전기수는 소설이 인기를 얻고 독자층이 확대되면서 소설 낭독을 직업으로 삼은 사람들인데,[65] 종로에서 활약하던 전기수가 대표적 인물이다. 그들의 청중은 대체로 도시의 하층민들이었을 가능성이 크다. 곧 그들이 시가(市街)의 일정한 장소에서 정기적으로 청중을 상대로 흥행을 하였다는 것은 상당한 청중이 있었음을 뜻한다. 그런데 이 청중들이 약간의 돈을 내면서까지 노상에서 이야기를 들을 수밖에 없었다는 사실은 대체로 이들이 글을 모르거나 경제적으로 여유가 없는 하층민이었을 가능성을 시사하는 것이다. 만일 그들이 하층민이 아니었다면 그처럼 불편하게 소설을 즐기지는 않았을 것이다. 그리고 전기수가 활약하던 곳이 서울의 상점이 밀집한 중심가이자 서민들의 주된 통행로였다는 점을 고려할 때 청중은 도시의 서민계층의 사람들이었을 가능성이 크다. 이러한 하층민들이 소설의 독자에 포함되었을 가능성이 클 것이라는 근거로 신위의 글을 들 수 있다. 그는 나무꾼인 이가가 밤에는 소설을 읽는 것으로 낙을 삼았다고 했다.[66] 이런 점을 고려할 때 하층민들 가운데도 소설의 독자가 많았을 것으로 추정된다.

---

65) 임형택, 앞책, 323–24쪽.

66) "내가 살던 곳에서 얼마 떨어지지 않은 곳에 이가라는 나무꾼이 있었다. 그는 낮이면 산에 가서 나무를 하고 밤이 되면 관솔불을 켜놓고 소설을 읽는 것으로 낙을 삼았다."(신위, 『경수당집』, 이초부서, 大谷森繁, 앞책, 110쪽에서 다시 따옴).

이상에서 살핀 바와 같이 17세기까지의 소설 독자층이 주로 귀족 계층이었던 데 비하여 18, 19세기에 들어와서는 여성들과 중인층, 하층민 등에 이르기까지 소설의 독자층이 확대되었음을 알 수 있다. 이 과정에서 대중소설 성장의 밑거름이 된 것은 전기수의 활약과 판소리의 광대, 세책가였다. 그러나 대중소설의 발달에서 중요한 역할을 한 계층은 역시 중인층이었다. 이처럼 소설 독자층의 확대는 책거간꾼의 등장을 가져왔고,[67] 전기수와 세책가의 증가를 촉진함으로써 소설의 상품화를 가속화시킨 것으로 볼 수 있다.

또한 이 같은 소설 독자층의 변화는 당시 사회의 변화를 소설이 상당히 수용하고 있었음을 보여주는 것이다.

## 3. 방각본 소설의 등장

지금 남아 있는 방각본의 간행시기를 검토해 보면 17세기 중엽에 전라도 태인현의 아전이었던 전이채·박치유의 간기가 방각본 출현의 효시인 것으로 보인다.[68] 물론 그 전에도 서적의 판매가 이루어지기는 했다. 그러나 그것들의 대부분은 주문품이어서 엄밀한 의미에서 상품이라고 할 수는 없다. 그러므로 한국에서 서책(書冊)이 상

---

67) 책 거간꾼의 활약에 대해서는 유탁일, 앞책, 357-59쪽을 볼 것.

68) 방각본의 원류는 현존 물증으로 해서는 전주판 『童蒙先習』이다. 이 책은 崇禎紀元之後甲午(1654)년에 전주에서 개판되었다. 또한 태인에서 손기조의 『明心寶鑑』이 1664년에 간행되었다. 이로써 상품으로서의 서책은 이 때부터 간행된 것으로 볼 수 있다(김동욱, 「방각본에 대하여」, 『고소설의 저작과 전파』, 아세아문화사, 1994, 231-32쪽).

품으로 출판된 것은 대개 17세기 중엽부터로 볼 수 있다.

초기에 나타난 상품으로서의 방각본은 서당에서 교과서로 쓰던 천자문·동몽선습·사략·통감·사서 등이 주된 것이었다. 그밖에 시·서·역·소학과 같은 것 중에도 방각본이 있었다. 이로 보면 방각본은 처음부터 소설을 대상으로 출현한 것이 아니었음을 알 수 있다.

이렇게 전라도를 중심으로 하여 발생한 방각본은 처음에는 부업에 지나지 않는 것이었다. 그러나 이것이 상인들의 손으로 옮겨지자, 상업적 수단으로 전환되면서 급속히 퍼져 나갔다. 이런 방각본은 서쾌행상[69]의 손에 의해 서당이 있는 곳에서 문방사우와 함께 판매되었고, 전국적으로 보급되어 나갔다. 그리고 소설이 발달하면서 소설에 대한 수요가 많아지자 이러한 수요에 토대를 둔 상품으로 등장한 것이 소설 방각본이다. 그러므로 방각본 소설의 등장은 앞에서 살핀 바와 같이 소설의 상품화와 관련된 세책가의 발달 따위의 사회 현상으로 인해 일어난 소설 독자층의 확대 현상을 상업적으로 활용한 데서 비롯되었다.

현재까지 출판된 소설에 대하여 밝혀진 바는 중국의 전등신화를 명종4년(1549)에 임기(林芑, 生歿未詳)가 주해(註解)한 〈전등신화구해(剪燈新話句解)〉가 국가기관인 교서관(校書館)에서 활자로 인행(印行)되었고, 그 뒤 인조 5년(1627)에 〈삼국지통속연의(三國志通俗衍義)〉가 제주도에서 간행되었다는 것이다. 한편 우리 나라 사람이 쓴 소설 작품 가운데 최초로 간행된 소설은 영조 1년(1725)에

---

69) 조선시대의 떠돌이 장사꾼으로, 이들의 취급 품목은 책과 필기구, 먹, 종이류 따위였다.

전라도 나주에서 간행된 한문본 〈구운몽(九雲夢)〉(崇禎再度己巳錦城午門新刊)이다. 그리고 한글본으로 출판된 소설은 〈소대성전〉일 것으로 추정된다.[70] 그런데 〈구운몽〉이나 〈소대성전〉이 상업의 발달에 의하여 상품으로 간행된 '시장(市場)을 위한 생산품'이었는지는 지금까지 밝혀지지 않았다. 그러나 현재까지 조사된 자료에 의하면 우리나라 소설 가운데 〈구운몽〉은 한문으로 표기된 소설로서, 〈소대성전〉은 국문으로 표기된 소설로서 각각 처음으로 인쇄·유통된 것으로 보인다.[71] 특히 〈소대성전〉의 경우 김려의 기록을 검토해 볼 때 늦어도 19세기 초엽 이전에 인쇄본이 존재했던 것은 분명하다.[72]

상업주의적 성격을 지닌 방각본 소설 가운데 현재까지 밝혀진 것으로 가장 오래된 판본은 1803년에 간행된 한문본 〈구운몽〉이다.[73] 한글본의 경우 현재까지 이 무렵에 판각된 작품은 발견된 것이 없다.[74] 다만 그보다 20년 뒤인 1823년에 간행된 〈別월봉기〉

---

70) "李鈺(1760-1812)이 1799-1800년 사이에 지은 「鳳城文餘」의 〈諺稗〉에 대한 기록에 근거한 것이다. 그러나 이 실물은 아직까지 발견되지 않았다."(유탁일, 앞책, 353쪽).

71) 윗책, 353쪽.

72) 「講談」에서 인용한 바 있던 김려(1770경-1821)의 기술이다. 人有以諺稗來 爲余消長夜者 視之 乃印本 而曰蘇大成傳 此其京師煙肆中拍扇而 朗讀者歟.(김려, 『담정총서』 권28, 〈봉성문여〉, 장27, 언패, 이가원, 『연암소설연구』, 115쪽에서 다시 따옴.) 여기서 확인할 수 있는 것은 어떤 사람이 가지고 온 〈소대성전〉이 한글로 씌어진 인본이었고 연사 중에서 낭독이 되었다는 사실이다. 이 기사는 김려의 몇 살 때 일이었다는 것이 명시되어 있지 않으므로, 〈소대성전〉의 간행시기가 18세기 말인지, 혹은 19세기 초인지 분명하게 판정할 수는 없다. 그러나 김동욱의 헌종14년이라고 지적한 연대보다는 방각본의 출현 시기를 좀더 소급하여 설정할 수 있는 자료가 된다고 본다(大谷森繁, 앞책, 108-109쪽).

73) 한문본 방각본 소설은 〈구운몽〉을 제외하고 현재 남아 있는 작품이 거의 없다.

74) 황패강은 김동욱의 「한글소설 방각본의 성립」을 인용하여 〈사씨남정기〉를 1815

(하)가 현재까지 발견된 한글본으로는 가장 오래된 작품이다.[75] 그
런데 한글본 방각본 소설 가운데 이 시기 이후인 19세기 중엽에 판
각된 방각본 소설이 현재 많이 남아 있는 것으로 보아 19세기 초엽부
터는 한글 방각본 소설이 상당히 많이 간행되었을 것으로 추정된다.
반면에 당시 한문으로 간행된 방각본 소설은 거의 없다. 이러한 사실
을 고려할 때 방각본 소설의 주류는 역시 한글본인 것으로 보인다.

방각본 소설의 성행은 그 특성상 당시의 경제적 흐름과 밀접한 관
련을 맺는다. 그 까닭은 소설의 상품화에는 공급자의 공급 능력뿐
만 아니라 수요층의 형성이 필요하기 때문이다. 그런 점에서 큰 도
회가 아니고는 방각본 소설의 출판이 현실적으로 어려웠다. 특히
상품 생산 능력을 갖추려면 여러 종류의 기술자가 필요했으므로 수
공업이 발달한 도시가 아니면 방각본이 출판될 수 없었다. 이런 조
건들 때문에 조선 후기 소설의 상품화는 수공업의 발달이 활발하게
이루어진 지역에서만 이루어질 수 있었다.

따라서 방각본 소설은 경제 활동이 활발했던 지역을 중심으로 판
각이 이루어졌다. 그 대표적인 곳이 서울과 안성,[76] 전주였다. 그
래서 지금 전하는 방각본 소설의 종류는 판각된 지역명을 따서 경

---

년에 유동에서 방각된 국문본으로 보고(황패강, 「고소설의 서지및 유통」, 『한국고
전소설론』, 새문사, 1990, 70쪽.) 있으나, 이는 1875년의 오류로 보인다.

75) 박순호 교수 소장본 『別월봉기』(하)는 道光3년 4月 日로 간행 연대가 명시되어
있으며, 石龜谷 開板 48장본이다.

76) 안성의 경우 상업적인 지역 여건 때문에 방각본 소설이 등장했으나 서울에 가깝
고, 시장 규모 때문에 크게 성행하지 못한 것으로 보인다. 그리고 그 판본도 경판과
차별성을 보이지는 못했다. 그 결과 간행된 작품이나 남아 있는 작품의 숫자가 많지
는 않다.

판, 안성판, 완판으로 구분한다. 그런데 이들 작품은 판각 지역의 경제적 여건 때문에 서로 상품으로서의 특성에 차이를 보인다.

서울과 안성은 상품 교역이 활발하던 상업 도시였다. 따라서 독자들 가운데 상인들은 직업적으로 오랫동안 소설을 붙잡고 읽을 여가가 없었을 것이다. 경판과 안성판의 소설들은 대체로 단편인데, 이것은 그 같은 상황에 있던 독자들의 생활 여건이 작품에 반영된 것으로 추정된다. 한편 전주는 서울이나 안성과는 달리 농업 중심 도시였다. 전주는 한국 최대의 곡창 지대의 중심에 위치한 도시였고, 다수의 지주들이 몰려 산 도시였다. 방각본 소설은 이들에게 농한기의 소일거리를 제공하는 데 안성마춤이었다. 완판 소설들이 대체로 경판에 비해 장편으로 이루어진 것은 농한기를 보내야 했던 독자들의 상황과 밀접한 관련이 있는 것으로 보인다.

방각본 소설 가운데 지금 남아 있는 경판본으로 가장 오래된 작품은 1848년 유동에서 간행된 〈삼설기〉란 것이 통설이었다. 그러나 경판 49장본 〈님경업전〉이 1840년에 판각된 것으로 추정되므로,[77] 경판본의 경우 〈삼설기〉의 간행 전에도 다수의 소설이 방각본으로 간행되었을 것으로 추정된다. 그리고 위의 두 작품 외에도 19세기 중엽에 간행된 작품들은 현재 많이 남아 있다. 예를 들어 1851년 유동 신간의 〈사씨남정기〉와 무교 신간의 〈옥주호연〉, 1852년 미동 중간의 〈장경전〉, 1856년 화산 신간의 〈서유기〉, 1858년 야동 신간

---

77) 이윤석, 『임경업전연구』, 정음사, 1985, 35쪽. 주8을 보라. 첨언: 이 원고는 1994
   년 2월에 탈고했다. 이창헌의 『경판방각소설 판본 연구』(서울대 박사논문, 1995)에
   서는 〈임경업전〉의 방각년도를 1780년으로 보았다. 이에 대해서는 검토의 여지가
   있지만 그대로 둔다.

의 〈숙향전〉과 홍수동 신간의 〈당태종전〉과 〈양풍전〉과 〈장풍운전〉, 1859년 홍수동, 미동 신간의 〈삼국지〉와 석교 간행의 〈용문전〉, 1860년 홍수동 신간의 〈숙영낭자전〉과 〈수호지〉, 1861년 홍수동 신간의 〈신미록〉, 1864년의 〈울지경덕전〉 따위가 〈삼설기〉보다 약간 늦은 시기에 간행된 작품들이다. 그리고 이보다 조금 뒤진 시기의 작품이래야 1875년에 간행된 〈임장군전〉을 들 수 있다. 특히 〈장경전〉이 1852년에 중간되었다는 것은 이 무렵에 방각본 소설이 집중적으로 간행되었음을 반증하는 하나의 예라 할 수 있다.

위의 목록들을 살펴볼 때, 중국소설의 번역 작품도 일부 있으나 대부분의 작품들은 애정류와 군담류가 주류를 차지하고 있다. 이러한 사실은 경판 방각본 소설이 이야기의 소재로 애정과 군담을 택하여 당시 독자의 취향에 영합하려는 의도를 드러낸 것이라고 할 수 있다. 바로 이 점으로 경판 방각본 소설은 상업성의 추구를 통한 대중소설이었음을 증명한다.

완판본의 경우 경판본에 비해 간행된 작품의 종류가 적고 간행 연대가 밝혀진 작품의 숫자도 적다. 그러나 완판본의 간행시기는 대체로 경판의 간행 시기보다 앞선 것으로 보인다.[78] 우선 한문본 〈구운몽〉이 1803년에 간행된 것을 필두로 1823년에 〈별월봉기〉가 한글본으로 간행되었다. 그 후에는 주로 한글본 소설들인데, 그 뒤

---

[78) 이것은 김동욱 등이 방각본 소설의 성립 시기에 대하여 경판이 완판보다 앞섰다고 한 기존 견해와는 반대의 주장이다. 김동욱은 〈삼설기〉를 중심으로 이런 논의를 폈으나 현재까지 밝혀진 방각본 소설의 간행 연대는 오히려 완판이 앞선다. 게다가 방각본이 전라도 지방에서 발달했다는 사실을 고려하면 방각본 소설도 완판이 경판보다 앞섰을 가능성이 크다고 본다. 따라서 필자는 방각본 소설의 발달은 완판에서 경판으로 이어졌다고 본다.

를 이은 작품이 1846년에 간행된 완산개간의 〈조웅전〉이다.[79] 이
〈조웅전〉은 1857년과[80] 1866년, 1892년, 1898년, 1903년에 이르
기까지 여러 해 동안 계속해서 간행되었다. 한글본 〈구운몽〉의 경
우 완산개판의 1862년 본이 있고, 또 1847년 혹은 1907년에 간행된
본이 있다. 1846년 간행의 〈춘향전〉과 1859년 간행의 〈용문전〉,
1864년 간행의 〈태종전〉, 1877년 간행의 〈삼국지〉가 있다. 그리고
〈화용도〉는 1907년과 1908년, 〈초한전〉은 1907년, 〈소대성전〉은
1908년으로 일부 학자들이 그 간행시기를 추정하고 있는데, 이들
작품의 경우 60년을 소급할 가능성도 있으므로, 19세기 중엽에 간
행되었을 가능성도 배제할 수는 없다.

완판본의 경우도 경판본과 마찬가지로 애정류와 군담류가 주류를
이루고 있음을 확인할 수 있다. 이것은 경판본 소설과 마찬가지로
완판본 소설도 독자의 인기에 영합함으로써 상업성을 추구하는 대
중소설임을 증명한다.

지금까지 살핀 바와 같이 경판본과 완판본 소설은 독자의 인기에
영합한 상업주의적 소설이었다. 이처럼 방각본 소설이 상품화할 수
있었던 중요한 요인은 소설 독자층의 확대였다. 곧 앞에서 살펴본
바와 같이 전기수와 판소리의 광대, 세책가의 활동은 소설의 독자
를 크게 증가시켰고, 상업주의적 대중소설인 방각본 소설의 출현과
유행은 이러한 사회적 변화 때문에 가능하였다.

그런데 이처럼 짧은 기간에 수많은 소설이 방각본으로 간행되었

---

79) 유탁일, 앞책, 85쪽.
80) 윗책, 98쪽.

다는 사실은 당시 소설에 대한 독자층의 인기에 영합하려는 내용의
소설들이 다량으로 출현하였을 가능성과 줄거리의 유형이 유사한
작품이 다량으로 나타났을 가능성이 크다는 것을 시사한다. 이러한
사실은 앞으로 작품 분석을 통해 구체적으로 밝혀지겠지만 방각본
소설 가운데 애정소설과 영웅소설이 절대 다수를 점하고 있다는 사
실은 이 두 가지 점을 확인할 수 있는 좋은 증거임에 틀림없다. 그
리고 바로 이 점이 당시 방각본 소설의 상업성을 설명해주는 근거이
므로, 앞으로 논의과정에서 이 점을 밝히고자 한다.

# 제2장 초기 대중소설

　필자는 앞 장에서 조선 후기에 방각본 소설이 등장하기까지 주로 전기수와 판소리 창자인 광대, 그리고 세책가의 활약을 중심으로 소설 독자층의 확대 문제 따위에 관하여 살펴보았다. 당시 이들이 소설을 상품으로 인식하고 있었다면 당연히 독자의 인기도와 소설 내용은 밀접한 관련이 있었을 것이다. 그 까닭은 소설이 상품화되는 과정에서 이들은 당연히 상업성을 최우선으로 고려했을 것이기 때문이다. 따라서 당시 소설들이 독자들의 관심사를 주로 다룬 것은 지극히 당연한 것으로 여겨진다. 특히 당시 소설 독자의 다수가 여성들이었으므로, 이들의 관심사를 어떻게든 작품에 반영하였을 것이다. 뿐만 아니라 이들은 독자들의 취향이나 기호에 영합하려 했을 것이므로, 이런 점들도 작품에서 찾을 수 있을 것이다.

　당시 전기수들이 주로 낭독했던 소설은 〈숙향전〉, 〈소대성전〉, 〈임장군전〉 따위였다. 그러므로 먼저 이 작품들의 분석을 통하여, 어떤 점 때문에 당시 이 소설들이 독자들에게 인기를 끌었는가를 알아볼 필요가 있다. 또한 이들 작품이 후대의 방각본 소설들과는 어떤 점에서 같고 다른가도 아울러 살펴보아야 할 것이다. 따라서 필자는 이러한 작업을 통해서 조선 후기 대중소설의 성격을 구체적으로 밝힘으로써 한국의 대중소설의 초기 모습을 밝히는 데 주력하고자 한다. 아울러 이들 작품에 나타나는 전기수 등 직업적 이야기꾼들의 낭독본으로서의 특징은 어떤 점이었는가를 살펴보고자 한다.

## 1. 〈숙향전〉

〈숙향전〉[81]은 숙향과 이선이란 인물이 하늘에서 맺은 연분을 지상에서 이루기 위하여 적강한 후 수많은 난관을 극복하고 마침내 배우자를 찾아 결연을 이루기까지의 과정을 줄거리로 한 작품이다. 〈숙향전〉의 이 같은 내용 때문에 선학들의 연구는 염정소설이라는 점을 강조한 경우가 많았다. 그런데 〈숙향전〉의 내용은 단순히 염정만을 이야기하는 것이 아니다. 〈숙향전〉에서는 천상의 연분이 강조되면서도 이 연분을 이루기 위한 고난의 내용이 중요한 역할을 하고 있다. 또 그 과정에서 천상적 요소의 도움과 보은도 줄거리 전개 과정에서 중요한 역할을 하고 있다.

특히 〈숙향전〉이 전기수의 목록에 들어있었다는 사실을 고려할 때, 〈숙향전〉의 줄거리 흐름 가운데 당시 독자들에게 가장 관심의 초점이 되었던 것은 결연을 이루기 위한 숙향의 온갖 고난이었을 것이다. 고난은 극적 긴장감을 조성하여 작품의 흥미를 유지하면서

---

81) 대본은 김동욱 외 2인, 『영인고소설판각본전집』4(나손서옥, 1975, 이하 전집이라 약칭하고 뒷부분에 권수를 표시하여 구별하기로 한다.)에 실린 동양어학교 소장 3 책, 64장 경판본이다.

독자의 동정심을 유발하기 마련이다. 그러므로 〈숙향전〉은 숙향의 고난이 당대인들의 동정심을 유발하여 그들의 심금을 울림으로써 대중소설로서 성공을 거둘 수 있었을 것이다. 이러한 점은 전기수가 독자들의 감정을 자극함으로써 감정이입의 효과를 극대화하는 대중소설의 통상적 수법을 〈숙향전〉에서 적절히 활용한 것이라고 할 수 있다.

다음으로 중요한 것은 역시 애정의 문제이다. 숙향이 하늘이 정해준 배우자를 찾기 위해 수많은 난관을 극복할 때마다 당시 독자들은 그녀에게 큰 위로의 박수를 보냈을 것이다. 물론 숙향의 고난은 하늘이 정한 것이긴 하지만, 숙향이 그의 배우자인 이선을 만나기까지 겪은 고난은 초월적 존재의 도움이 없었다면 극복하기 어려운 것이었다. 그러므로 숙향이 그 같은 고난을 극복하고 이선과 결합한다는 사실은 결연의 중요성을 강조한 측면이 크다. 아울러 주인공이 온갖 난관을 극복하고 자신의 연분을 찾아 결연한다는 것은 그 결연을 고귀하게 한다. 〈숙향전〉의 바로 이 같은 점 때문에 독자의 인기를 끌었었을 가능성이 크다.

이러한 점은 남녀간의 결연에 대한 당대인들의 사고와 밀접하게 관련되어 있는 것으로 보인다. 특히 천정 연분을 이루기 위한 숙향의 고난과 그 극복 과정을 살펴보면, 모든 것을 천명에 돌리고 살아가던 당대인들의 사고의 일단을 발견할 수 있다. 그리고 〈숙향전〉이 당대인들에게 인기를 끌었던 요인도 바로 이러한 천분설과 숙명론에 충실한 주인공의 행동 때문인 것으로 보인다. 특히 그 천분이 주인공들의 의사에 따른 결연이었다는 점은 〈숙향전〉의 독자층을 고려할 때 당대 젊은이들의 이상적 결연의 형태로 환영받았을 가능성이 크다. 또한 숙향 부친의 선행이 숙향의 고난을 극복하는 요인으로 작용했다는 사실은 선인선과(善人善果)의 필연성을 믿었던 당시 서민들의 소박한 사고와 관련된 것으로 보인다. 이러한 여러 요인들을 고려할 때 〈숙향전〉은 당대인들의 염원을 이데올로기화하여 작품의 내용에 충실히 반영하였기 때문에 상업적으로 성공을 거두었을 것이다.

## 1) 구성 요소

〈숙향전〉에서 가장 중요한 줄거리의 구성 요소는 셋이다.

첫째는 이선과 숙향의 천정연분이다. 이 천정연분은 작품의 처음부터 거론되기 시작하고, 중간 중간에 이를 자주 반복함으로써 그들의 결연이 하늘의 뜻임을 강조한다. 이는 독자들이 그들의 결연을 원하도록 함으로써 줄거리의 전개를 돕는 역할을 하고 있다.

둘째는 숙향의 고난이다. 물론 숙향의 고난은 결연을 이루기 위한 과정이면서 동시에 그녀가 천상에 있을 때 지은 죄에 대한 형벌의 형태이기도 하다. 따라서 그녀가 결연을 이루기 위해서는 하늘이 정한 고난을 겪으면서 죄값을 치르는 과정이 필요하다. 그리고 이 고난의 과정 때문에 독자들의 연민과 동정을 통한 감정이입의 효과가 나타난다. 이를 위해 작자는 〈숙향전〉의 흥미를 유지하기 위하여 긴장과 이완의 기법을 적절하게 활용하고 있는 것으로 보인다.

셋째는 이 사건과 관련되면서 그들의 결연 과정을 돕는 천상적 존재의 지속적 보은이다. 특히 이 천상적 존재의 보은은 매우 장황하면서도 지속적으로 나타난다. 그것은 위기에 빠진 숙향을 계속해서 구해주거나, 숙향이 어려움에 처할 때마다 도움을 주는 형태로 나타나며, 후에는 숙향의 남편인 이선의 성공을 가능하게 하고 있다. 그리고 숙향도 결연 후 그동안 자신이 어려움에 처해 있을 때 받았던 은혜를 일일이 찾아서 보은하고 있다. 이러한 점에서 〈숙향전〉은 어느 작품보다 보은의 중요성을 강조한 것으로 보인다. 이것은 고전소설에서 통상적으로 발견할 수 있는 요소 가운데 하나인 대중성 확보를 위한 권선징악적 주제 구현의 의도와 관련된 것이다.

## (1) 결연

〈숙향전〉의 핵심은 앞에서 언급한 바와 같이 숙향과 이선의 결연 성취이다. 그들의 결연은 필연적인 것으로, 이미 하늘에서 서로 연분이 있었다. 그렇기 때문에 하늘은 그들의 결연을 미리 준비하고 있었다. 따라서 그들의 결연은 하늘의 뜻이라는 사실이 작품의 여러 곳에서 자주 강조되고 있다. 다만 숙향이 천상에서 선녀로 있을 때 죄를 지었기 때문에 결연을 이루기 위해서는 그 과정에서 많은 고난을 겪어야 한다. 그러므로 〈숙향전〉의 경우 결연의 화소를 중심으로 줄거리를 전개해 나가는 과정에서 자주 강조되는 사항은 그들의 결연이 하늘이 정한 바라는 사실과, 숙향이 하늘에서 지은 죄 때문에 그녀의 연분인 이선을 만나기 위해서는 지상에서 여러 차례의 고난을 겪을 수밖에 없다는 사실이다.

　숙향과 이선의 결연이 하늘의 뜻이라는 내용은 작품의 여러 곳에서 강조되고 있다. 그 가운데 첫번째는 숙향이 태어날 때 선녀가 내려와서 숙향의 부모에게 이 사실을 알려주는 부분이다.[82] 숙향과 이선의 전생 신분은 천상에서 소아라는 선녀와 태을이라는 선관인데, 천상에서 상제에게 죄를 지은 소아가 그 벌로 지상에 내려와 숙향이 되고, 태을 선관은 그녀와 천정의 연을 이루기 위해 적강하여 이선이 된다. 따라서 천상의 예정을 이루기 위해서 숙향이 태어날 때 선녀가 나타나 그녀의 부모에게 이러한 사실을 전달한다. 이는 그들의 결연이 상제의 뜻에 따라 이루어져야 한다는 뜻이다. 선녀가 숙향의 이름과 자(字)까지도 미리 정해서 알려주는 것은 그들의 모든 행동이 철저하게 하늘의 예정에 따라 이루어져야 함을 예시한 것이다. 이 같은 내용은 태을 선관이 적강하여 이선으로 태어날 때 선녀가 내려와 그의 모친에게 김전의 딸 숙향이 그의 배필임을 알려주는 부분에서도 확인할 수 있다.[83] 곧 숙향과 이선은 천상의 선녀와 선관인데, 그들의 결연은 하늘의 뜻이라는 점이다. 따라서 두 사람의 결연은 하늘이 정한 바이므로 하늘의 뜻에 따라 그들의 결연을 이루라는 것을 그들의 부모에게 지시한 내용이다.

　그런데 그들의 부모들이 그 결연을 이루어줄 수 없는 상황이 발생

---

82) "이 아희는 월궁소애라 샹졔끠 득죄ᄒ고 티을션군과 인간의 젹강ᄒ엿시니 귀히 길너 텬졍을 어긔지 말으소셔 이 아희 비필은 낙양 니상셔 집 아지니 이는 티을이라니 이제 그리로 가ᄂ니 이 아희 일홈은 슉향이라 ᄒ고 ᄌᄂ 소이라 ᄒ소셔"(전집4, 460−61쪽, 띄어쓰기 필자, 이하 같음.)

83) "금일 티을션군이 하강ᄒ기로 왓거니와 이 아희 비필은 낙양ᄾ 김젼의 녀아 숙향이니 월궁소아로셔 하강ᄒ기로 이제 그리로 가ᄂ이다 ᄒ고 문득 간ᄃ업더라"(윗책, 469쪽.)

한다. 숙향은 5세에 부모와 헤어졌기 때문에 하늘이 지시한 내용을 모르고 있었다. 숙향을 잃은 그녀의 부모도 선녀의 말을 실행할 수 있는 처지가 아니었다. 결국 이 문제를 해결하기 위해서는 후토부인과 선녀가 등장하여 숙향에게 직접 그녀의 배필 태을은 낙양 땅에 사는 위공의 자제임을 알려주어서 그들의 연분을 다시 확인시키고, 숙향이 그녀의 배우자를 찾아가도록 하는 부분이 필요하게 되었다. 말하자면 천상계의 입장에서 천상의 예정을 이루기 위해서는 숙향이 하늘의 뜻을 인식하고 있어야 하며, 고난이 있을 때마다 이를 극복할 의지가 필요하다고 본 것이다. 그에 따라 천상적 존재가 등장하여 그녀에게 하늘의 뜻과 앞으로 일어날 일에 대한 언급이 필요하였을 것이다.

> 댱승샹 집의 가 젼싱 은혜를 갑흔 후의 티을〃 만나야 부모 거쳐롤 알거시니 그러흐면 즈연 십오년이 되리이다 슉향이 탄왈 인간 고힝이 일각이 여삼츄여놀 이졔 십오년을 어이 지니리오 부인이 위로왈 그디 아모리 밧부나 이믜 하날이 졍흐신 쉬니 이졔 드셧번 죽을 익을 지닌 후야 즈연 지히 되리니 밧비 가소셔[84]

> 션녀왈 부인이 인간 진의의 잠겨 우리를 모르시도다 흐고 술ㅅ튼 츳를 쥬며 굴오디 이롤 먹으면 즈연 알으시리이다 슉향이 밧아먹으니 그졔야 월궁소아로셔 티을과 글지어 챵화흐고 월연단을 도젹흐여 티을〃 쥰 죄로 인간의 젹강흔 닐과 …션녀왈 부인은 한치 마르소셔 이거시 도시 텬졍이니 댱승샹집 인연도 다만 십년쑌이여니와 …압희 쏘 두 횡

---

84) 윗책, 462쪽.

익이 〃스니 조심ᄒ소셔…션녀왈 이 다 텬졍이니 임의로 못홀거시니
ᄒ물며 티을 잇ᄂ 곳이 댱승샹집과 샹게 삼쳔삼빅니〃 셔로 만날 길이
아득ᄒ고 티을이 아니면 인간 부모도 ᄃ시 못보리이다 슉향왈 티을이
어듸 잇스며 인간 셩명은 무어시요 션녀왈 져젹 항아의 말삼을 드르니
티을은 낙양ᄯ희 위공의 ᄌ졔되여 부귀롤 누린다 ᄒ더이다[85]

첫 번째 인용문은 후토부인이 숙향에게 그녀의 배우자가 태을임
을 밝히고, 그를 만나야 모든 액이 제하여질 것이라고 설명하는 내
용이다. 두 번째 인용문은 장승상 집을 나온 숙향이 강물에 뛰어 들
었다가 살아났을 때, 그녀를 구한 선녀가 숙향에게 말한 내용이다.
그런데 위의 인용문에서 확인할 수 있는 것은 그들의 적강이 단지
천정의 인연을 이루기 위한 것만이 아니라는 점이다. 숙향은 천상
에서 소아라는 선녀로 있을 때 태을과 글을 지어 창화하고, 또 월연
단을 훔쳐서 그에게 준 죄를 지었기 때문에 그 벌로 적강했다. 그러
므로 숙향이 이선과 결연을 이루기 위해서는 그 죄에 합당한 징벌로
서의 고난을 겪지 않을 수 없었다. 그래서 숙향의 결연 과정에는 어
린 시절에 부모와 헤어지는 고통과 장승상 집에서 쫓겨나는 고통,
노전에서 화재를 만나 죽을 뻔한 고통, 낙양 옥중에서 타살 위기를
겪는 고통이 예정되어 있었다. 이것은 상제가 숙향이 지상에서 고
난을 겪은 후에 결연을 이루도록 이미 예정했음을 뜻한다. 그리고
숙향이 앞으로 겪을, 결연을 포함한 모든 일들은 숙향의 의지에 따
라 결정되는 것이 아니라 하늘이 정한 바에 따라 이루어질 것이라는

---

85) 윗책, 465쪽.

사실을 강조하고 있다.

　두 사람의 천정연분의 중요성을 강조하는 내용은 이선의 경우에도 그대로 적용된다. 이선은 자신의 배우자가 천상의 소아라는 사실을 알고 어떻게 하든 그녀를 찾아 결연을 이루려고 하며, 그 결의도 매우 굳세다. 마고할미가 숙향은 천상의 죄가 중하여 천인의 자식으로 태어나 고아가 되었으며, 몸까지 병신이 되었다고 설명했음에도 불구하고 이선은 천정연분이 중하니 소아를 찾겠다고 한다.[86] 이 같은 이선의 행동은 부모의 지시에서 비롯된 것이 아니라 자신의 의지를 통해 천정연분을 찾아 이를 성취하겠다는 결의를 보인 것이다. 여기에서 이 작품의 결연의 특징을 찾을 수 있다. 곧 이 작품의 주인공은 결연의 문제에서 부모의 의사보다는 자신의 의사를 중시하고 있다. 따라서 그는 마고할미가 남양 김전의 딸이 소아라고 일러주자 그녀를 찾기 위해 온갖 노력을 다한다. 그는 화덕진군의 도움으로 그녀가 마고할미의 집에 있다는 사실을 알아낸다. 그는 마고할미를 찾아가 천정의 인연을 이루겠다는 의사를 다시 밝힌다. 마고할미가 다시 그에게 구태여 병든 걸인을 찾지 말고 숙녀를 취하여 동락하라고 한다. 그러자 그는 전생의 인연을 이루고자 한다면서, 만일 숙향을 찾지 못하면 세상에 머물지 않겠다[87]고 할 정도로 굳건한 결의를 보인다. 이 같은 이선의 결의는 사실 숙향이 온갖 고난을 겪으면서까지 이선을 찾아 결연을 이루려는 자세와 짝한 것으

---

86) 윗책, 468쪽.

87) "할미소왈 슉녀롤 취ᄒ여 동낙홀 거시여늘 굿ᄒ여 병든 걸인을 괴슬이 츳ᄂ뇨 니랑왈 어진 비필이 업ᄉ미 아니라 임의 젼싱 닐을 알진디 엇지 슉향을 싱각지 아니리오 니 츳지 못ᄒ면 밍셰코 셰샹의 머무지 아니ᄒ리라"(윗책, 473쪽.)

로 볼 수 있다.

이선의 굳은 결의를 본 마고할미는 숙향과의 혼인을 받아들이기로 한다. 그래서 이 사실을 숙향에게 전하자 그녀는 천상에서 일어난 진주 사건[88]을 통해 그가 자신의 배우자인지의 여부를 확인하려고 한다. 숙향의 이러한 행동은 그들의 결연이 오직 하늘의 뜻에 따라 이루어져야 함을 표현한 것으로 보인다. 이 말을 들은 이선이 그동안 보관하고 있던 진주를 숙향에게 보여주도록 한다.[89] 마침내 그들은 진주를 통해 서로가 천정연분임을 확인하고 결연을 성취한다. 이것은 그들이 그동안 서로를 찾기 위해 고생했던 일들이 결연의 성취를 통해 보상되었음을 뜻한다.

그들의 결연이 천정이란 사실을 다시 확인하는 과정으로 이선 고모의 꿈이 등장한다.[90] 이 같은 천정의 확인 과정은 그 후 이선의 부모가 숙향을 며느리로 받아들이는 과정에서도 등장한다.[91] 이러한 과정을 거쳐 마침내 숙향과 이선의 결연은 완전히 성취될 수 있

---

88) "샹졔왈 티을아 인간고락이 엇더ᄒ며 소아ᄅᆞᆯ 보앗ᄂᆞᆫ다 티을이 황공샤죄ᄒᆞᆫ디 항의쥬왈 소애 누ᄎᆞ ᄉᆞ익을 지니엿ᄉᆞ오니 그만 죄를 샤ᄒᆞ소셔 …샹졔 소아ᄅᆞᆯ 명ᄒᆞ샤 반도와 계화를 티을ᄭᅦ 쥬라 ᄒᆞ시니 티을이 두손으로 밧으며 소아ᄅᆞᆯ 눈쥬어 보니 소이 붓그려 몸을 두루혀다가 옥지환의 진쥐 ᄯᅥ러지니 집고져 홀시 티을이 몬져 집어 손의 쥐ᄂᆞᆫ지라 소이 홀일업셔 젼샹의 도라올 즈음의"(윗책, 468쪽.)

89) "니르디 니 비필은 진쥬 가져간 사람이니 진쥬를 보아야 허락ᄒᆞ리라 ᄒᆞ더이다 니랑이 디희왈 필시 요지의 가실적 반도 쥬던 션녀로다 슈고로이 〃 진쥬ᄅᆞᆯ 갓다가 뵈라 ᄒᆞ고"(윗책, 473쪽.)

90) "부인이 싱ᄃᆞ려 니르디 니 거야 몽중의 옥토ᄅᆞᆯ 타고 광한젼의 드러가니 ᄒᆞᆫ 션네 니르디 니 ᄉᆞ랑ᄒᆞ던 소아로 그디ᄅᆞᆯ 쥬ᄂᆞ니 며느리를 삼으라 ᄒᆞᄆᆡ 니 너를 싱각ᄒᆞ고 그 녀ᄌᆞ를 ᄃᆞ려와 뵈니 네 일졍 슉녀ᄅᆞᆯ 취할가 ᄒᆞ노라"(윗책, 474쪽.)

91) "션을 나홀 ᄯᅦ의 션녀의 니르던 말을 긔록ᄒᆞ엿노라 ᄒᆞ고 젹은 거슬 가져다가 샹셔ᄭᅴ 드리니 샹셰보니 이 아희 비필은 남양ᄯᅡ 김젼의 ᄯᅩᆯ 숙향이라 ᄒᆞ엿거늘"(윗책, 477쪽.)

었다. 그러므로 숙향과 이선의 천정연분은 많은 난관을 극복한 후에 이루어진 것이며, 이것이 〈숙향전〉의 주된 구성이다.

숙향과 이선의 결연에서 가장 문제가 되었던 것은 하늘이 맺어준 연분을 그들의 부모가 이루어줄 수 없었다는 점이다. 김전의 경우 숙향이 다섯 살 때 숙향을 잃어버렸으므로, 숙향의 배우자를 찾아줄 수 없었다. 이선의 경우 그의 아버지가 이미 양왕과 허혼하고 있었고, 숙향을 전혀 생각하지 않았기 때문에 문제가 심각해졌다. 하늘이 이미 그들의 탄생 때 부모들에게 선녀를 보내 그들의 짝을 알려주었음에도 불구하고, 그 부모들이 하늘의 뜻을 제대로 실천할 수 없는 처지에 놓였거나 실천할 의지가 없었다는 데서 심각한 문제가 일어난 것이다. 따라서 그들의 결연은 부모의 의지와 상관없이 두 사람의 의지와 하늘의 도움으로 이루어져야 한다는 점에서 이미 갈등을 내포하고 있었다.

이선이 하늘이 정한 그의 배우자를 스스로 찾아 결연했음에도 불구하고 그의 부친은 이 결연을 인정하지 않으려는 데 문제가 있었다. 오히려 이선의 부친 위공은 이선 몰래 숙향을 죽이도록 명령했다. 그것은 물론 겉으로는 부모에게 고하지 않고 혼인한 사실을 명분으로 하고 있지만, 실제로는 술파는 집의 딸이라는 사실, 어쩌면 근본조차 알 수 없는 여자라는 점이 더 크게 작용했을 것이다. 더구나 부친 위공은 황제의 아우인 양왕의 딸과 아들의 혼인을 이미 언약하고 있었다. 이런 사실 때문에 이선 부친의 입장에서는 숙향의 등장이 몰고 올 파장을 염려하지 않을 수 없었을 것이다. 그것은 그동안 누리던 기득권을 상실할 위험마저 내포하고 있었다. 그러므로 숙향과 이선의 결연이 비록 천정이라고 하더라도 자유의사에 따라 이루어진 혼인이므로 위공으로서는 도저히 받아들이기 어려운 혼인이었음이 분명하다. 이러한 위공의 생각은 남녀의 자유의사에 의한 혼인을 반인륜적 행위로 생각했던 조선 시대 사대부들의 보편적 인식과 다르지 않다.

〈숙향전〉에서는 주인공들의 결연이 하늘의 뜻이라고 강조하고 있다. 또한 주인공들은 그들의 결연이 하늘의 뜻임을 빌어 자신의 의사대로 혼사를 결정한 후 이를 실행에 옮기고 있다. 이것은 부모의 의사에 따라 혼인이 이루어지던 조선시대의 혼인 관습과는 차이를 보인다. 곧 부모의 의사에 반해 자신들의 의지와 관점에 따라 혼인이 이루어지고 있다는 점에서 당시인들에게, 특히 여성들에게 환영받는 결연의 모습이었을 것이다. 〈숙향전〉이 당시 독자들에게 인기를 끌었던 것은 바로 이러한 점 때문이었을 것으로 추정된다. 이러한 관점에서 볼 때 〈숙향전〉은 천정이라는 틀을 빌어 자신들의 의사에 따라 결연이 이루어져야 함을 이야기한 것이고, 스스로의 의사에 따라 결연하고 싶어하던 당대 젊은이들의 욕구를 그들의 결연을 통한 간접적인 방법으로나마 표출시킬 수 있었기 때문에 인기를 얻을 수 있었다.

이것은 당대 사회 인식의 변화를 작품의 내용에 밀접하게 관련시켰기 때문에 가능한 것으로 보인다. 특히 고난을 통한 결연의 성취는 모든 인간의 결연이 하늘의 뜻이라는 사실을 강조하는 측면과 자신들의 삶의 고난을 하늘에서 지은 죄값을 치르는 것으로 강변함으로써 현실의 괴로움을 잊게 하려는 작자의 창작 의도와 독자들의 욕구가 작품에 반영된 것이라고 할 수 있다. 이러한 사실은 당대를 살아가던 여인들의 현실 도피 욕구가 작품에 반영되어 나타난 결과로 보인다. 이러한 점을 고려할 때 〈숙향전〉은 숙향과 이선의 결연을 통하여 독자들의 욕구를 대리 충족시킬 수 있었기 때문에 인기 있는 작품이 되었을 것이다.

### (2) 고난

숙향의 고난은 그녀가 천상에서 상제에게 지은 죄값을 치르는 과정이었다. 그러므로 그녀의 고난 과정은 징벌의 과정이며, 죄값의 해소과정이었다. 곧 그녀의 고난은 죄값을 치르면서 배우자를 찾아가도록 하늘이 모든 일을 결정한 과정의 일부로 이해된다.

숙향의 고난은 그녀의 탄생 전에 일어난 사건을 통해 이미 예시되어 있었다. 숙향의 부모가 완월루에 있을 때 "홀연 하늘에서 흰 꽃 하나가 떨어져 장씨 앞에 놓였는데 자세히 본즉 행화나 매화는 아니었다. 또 그 꽃에서 맑은 향취가 웅비하므로 부부가 이상히 여겼는데, 문득 광풍이 크게 일어나 그 꽃을 흩어버렸다."[92] 이 사건에는 숙향의 운명적 고난이 예시되어 있다. 숙향을 흰 꽃으로, 그리고 그녀의 고난을 광풍에 의해 꽃이 흩어지는 것으로 형상화한 것이다. 꽃이 광풍에 흩어진 것은 결국 숙향이 운명적으로 부모와 헤어질 것을 예시한다.

이 예시에 따라 그녀는 다섯 살 때 부모와 헤어진다. 숙향이 5세

---

92) 윗책, 460쪽.

에 이르렀을 때 병란이 일어난다. 김전 부부는 병란을 피하다가 도적이 뒤쫓아와 위급한 지경에 빠지자 숙향의 옷고름에 옥지환을 채운 후 그녀를 바위틈에 두고 도망간다. 바로 이것이 숙향에겐 고난의 시작이었다. 이 고난은 그녀가 하늘에서 지은 죄의 대가로 치러야 할 징벌과 관련을 맺고 있다. 곧 숙향의 고난은 그녀가 천상에서 태을을 위해 월연단을 훔친 사건의 연장선에 있다. 말하자면 상제가, 천상에서 지은 죄를 징벌하기 위하여, 그녀를 적강시켜 고난을 겪도록 함으로써 고난을 통한 그녀와 태을의 연분을 성취하도록 운명화했다. 이러한 구성은 숙향의 고난을 일종의 징벌을 통한 죄값의 해소 과정으로 이해할 수 있도록 형상화한 것이다.

숙향의 고난은 독자의 긴장감을 고조시키기 마련이다. 다섯 살의 어린 숙향이 부모와 헤어져 이제 도적의 칼날 앞에 놓임으로써 긴장감은 고조된다. 이제 독자의 관심은 그녀의 생사여부와 다음 고난의 과정이다. 이때 도적이 그곳에 이르러 그녀를 죽이려 하자 도적 가운데 나이 먹은 사람이 그녀를 구해 마을 근처에 두고 가도록 했다. 작자는 긴장의 이완책으로 나이 먹은 도적을 설정했다. 그리고 장승상을 그녀의 구원자로 설정하여 고난을 벗어나도록 했다. 곧 작자는 소설의 흥미를 유지하기 위하여 〈숙향전〉의 구성을 긴장과 이완의 구조로 설정했다.

숙향은 전생에서 한 번의 고난으로 죄값을 다 치를 수 없을 만큼 큰 죄를 지은 것으로 보인다. 이러한 사실을 "그되 아모리 밧부나 이믜 하날이 졍ᄒ신 쉬니 이졔 두셧번 죽을 익을 지닌 후야 ᄌ연 지히 되리니 밧비 가소셔"[93]하는 후토부인의 말에서 확인할 수 있다.

숙향의 고난은 이미 하늘이 정한 것이며, 예비된 횟수는 다섯 번이고, 지은 죄값이기 때문에 피할 수 없다. 그리고 고난을 겪은 후에야 비로소 배우자를 만나게 된다는 사실을 다시 한번 확인하고 있다.

두 번째 고난은 장승상 집을 나온 숙향이 물에 뛰어들어 자살을 기도한 사건으로 나타난다. 사면을 돌아보아도 의지할 곳이 없는 절망적인 상황에서 그녀가 택할 수 있는 방법은 물에 뛰어들어 죽는 것이었다. 숙향의 자살은 위기를 설정하여 긴장감을 고조시키는 수법이다. 이 위기를 극복하는 방법으로 등장한 것이 보은이다. 곧 숙향이 절망 가운데서 물에 뛰어들자 용녀가 나타나 그녀의 목숨을 구해준다.[94] 이 사건은 그녀를 구하기 위해 상제와 용왕 사이의 관계에서 이루어진 것이지만, 그 내용은 실질적으로 숙향의 부친인 김전과 용녀 사이의 보은에 토대를 두고 있다는 점에서 보은의 성격이 강한 사건이다.

세 번째 고난은 노전에서 화재를 만난 사건이다. 갈대는 불이 잘 붙는 풀이다. 그러므로 갈밭에서 화재를 만난다는 것은 죽음을 의미한다. 숙향은 이제 죽을 수밖에 없는 절대 위기에 처했다. 이 절망의 상황에서 독자의 긴장감은 최고조에 다다르며, 그 해결책에 관심이 집중된다. 이 때 화덕진군이 나타나 그녀를 구해준다.[95] 극

---

93) 윗책, 462쪽.

94) "ᄉ면으로 도라보니 의지할 곳이 업ᄂᆞᆫ지라 하늘을 울어러 통곡ᄒᆞ다가 손의 집슈건을 쥐고 치마를 거두쳐 물 속의 ᄲᅧ여드니 힝인이 놀나 급히 구ᄒᆞ려 ᄒᆞ다가 이믜 홀 일 업ᄂᆞᆫ지라 모다 ᄎᆞ탄ᄒᆞ여 그 곡졀을 알고져 ᄒᆞ더라 이쩌 숙향이 물의 ᄲᅧ여드니 거문 소반ᄀᆞᆺ흔 거시 물밋흐로조ᄎ 나와 숙향을 틱오고 물 우희 셧시니 편ᄒᆞ기 반셕 ᄀᆞᆺ더라"(윗책, 464쪽.)

95) "일식이 져무러 ᄉ면이 어둑ᄒᆞ거늘 갈피귀롤 의지ᄒᆞ여 조으더니 이윽고 광풍이

도로 고조된 긴장감은 화덕진군이 등장하여 문제를 해결함으로써 이완된다.

숙향의 네 번째 고난은 이선과의 혼인 후에 일어난다. 이선이 부모 몰래 혼인한 사실을 안 위공은 숙향의 부친인 낙양태수 김전을 시켜 그녀를 죽이도록 한다. 김전은 숙향이 그의 딸인 줄도 모르고 위공의 지시에 따라 그녀를 죽이려고 한다. 부친을 앞에 두고도 부친인 줄 모르고 죽음의 위기에 처한 숙향과, 딸을 앞에 두고도 딸인 줄 모르고 위공의 명에 따라 그녀를 죽이려는 김전과의 대면을 통해 긴박감을 고조시킨다. 이것은 두 사람의 기구한 운명의 대면에 초점을 맞춰 독자의 긴장감을 고조시키는 구성 수법이다. 이처럼 고조된 긴장감을 해소하는 방법으로 등장한 것이 숙향 모친의 꿈과 신이한 사건이다. 숙향이 모친의 꿈에 나타나 자신을 구해달라고 함으로써 목숨을 구하는 방법과 집장사령이 매를 들지 못하는 신이한 일로 그녀를 죽이지 못하는 사건을[96] 통해 문제의 긴장감을 이완시

---

디작ᄒ고 화광이 ᄉ면으로 에워드러오거눌 숙향이 놀나 ᄭ니 텬지 아득ᄒ여 진퇴유곡이라 … 길을 그릇들어 이곳의 와 외의 화ᄌ를 만나 죽게되엿ᄉ오니 ᄇ라건더 노인은 잔명을 구졔ᄒ소셔 … 노인이 숙향을 업엇다가노젼을 건너노코 옷ᄉ미롤 ᄶ혀주며 골오더 이것ᄉ로 압홀 가리우고 동으로 가면 구휼 사롬이 이스리라 … 지ᄂ다가 숙향의 겻희 안즈며 무러왈 너ᄂ 엇던 녀ᄌ완더 벌거벗고 노변의 안겨 우ᄂ뇨"(윗책, 467쪽.)

96) "낙양틱슈의게 긔별ᄒ되 동촌 슐파ᄂ 한미집의 숙향이란 계집이 가쟝 요악ᄒ다 ᄒ니 잡아다가 죽이라 ᄒ엿시니 … 낙양태슈 김젼이 위공의 말을 듯고 즉시 관치롤 노하 숙향을 잡아오니 숙향이 오모란 줄 모로고 잡히여 관젼의 이르미 … 위공틱 공ᄌ롤 고혹ᄒ게 혼다 ᄒ여 쳐죽이라 긔별이 왓시니 날을 원치 말나 ᄒ고 ᄉ예롤 ᄒ령ᄒ여 형츄홀시 낭지 원정ᄒ되 소녜 오셰의 잔즁의 부모를 일습고 동셔지걸ᄒ다가 한미집의 〃지ᄒ엿더니 〃 랑이 빙녜로 구혼ᄒ오미 샹화체면의 거스지 못ᄒ여 셩혼ᄒ엿ᄉ오니 쳡의죄ᄂ 아니로소이다 … 집장ᄉ령이 미를 들어 치려혼즉 팔이 무거

키는 방법으로 활용했다.

지금까지 살펴본 바와 같이 〈숙향전〉의 구성은 숙향의 고난과 그 극복과정에 초점을 두고 줄거리가 진행되도록 짜여 있다. 이는 숙향의 고난과 그 해결 방법을 통해 줄거리의 긴장과 이완을 반복해서 보여줌으로써 독자를 작중에 몰입시킨 후 해방시킨다. 특히 〈숙향전〉은 숙향의 고난에 독자의 동정심을 유발하는 표현법[97]을 활용하여 독자들의 감정에 호소하고 있다. 이로 보면 〈숙향전〉은 줄거리의 긴장과 이완 기법을 통해 사건의 극적 전개에 따른 소설적 재미와 동정심으로 독자를 작중에 몰입시키는 구성 기법을 활용하였다. 따라서 〈숙향전〉은 주인공이 수많은 고난을 겪은 후에 결연을 성취하는 내용과 이러한 구성의 기법 때문에 당대 독자들에게 인기를 끈 것으로 보인다.


### (3) 보은

〈숙향전〉의 줄거리 전개에서 중요한 요소로 등장한 것이 보은이다. 이 보은은 특히 숙향을 위기에서 구하는 역할을 할 뿐만 아니라 이선의 공업 성취를 가능하게 한다는 점에서 줄거리 전개의 중요한 역할을 한다. 그리고 〈숙향전〉에서 보은을 강조한 것은 대중소설의 통상적 주제인 권선징악을 통한 사회 정의의 구현과 밀접하게 관련

---

워드지 못흔더 티쉬드로흐여 드른 스령을 가라치려흐되 또흔미곳치 쓰히붓고쩌러지〃 아니흐니 티쉬 고이히 녁여왈 필시 이미흔 사롬이나 샹셔의 긔별이미 마지 못홈이라 흐고 동혀 물의 너흐려 흐더니 츠시 부인 댱시 꿈의 숙향이 압희와 울며 굴오되 부친이 날을 죽이려 흐거눌 모친이 엇지 구치 아니시느뇨"(윗책, 474쪽.)
97) 대중소설적 표현법 항목을 볼 것.

된 것으로 보인다. 작자가 대중들의 소박한 정의감에 호소하기 위
한 의도로 〈숙향전〉에서 보은의 중요성을 강조하고 있는데, 이것은
독자들의 인기에 영합하기 위해 보은을 활용한 것으로 보인다. 예
를 들어 숙향의 아버지인 김전이 거북을 살려주었더니 그가 위기에
빠지자 거북이 나타나 그를 구해준 것이 이에 해당한다. 곧 김전이
친구를 만나고 돌아오다가 다리를 건널 때 물이 불어 위기에 빠지자
그가 구해준 거북이 나타나 그를 구해줌으로써 그의 은혜를 갚는
다.[98] 이러한 종류의 보은 이야기는 현실성보다는 보은의 중요성을
강조한 측면이 강하다. 곧 〈숙향전〉에서 작자는 당시 독자들의 윤
리의식을 고려하여 의도적으로 보은의 중요성을 강조한 것으로 보
인다. 그리고 이 같은 보은의 내용이 〈숙향전〉의 줄거리 전개에서
매우 중요한 역할을 하고 있다.

> 부왕이 알으시고 노ᄒᆞ샤 첩을 반하슈의 닉치시미 슈변으로 단니다
> 가 어부의계 즙히여 죽게 되엿더니 김샹셔의 구휼을 닙어 지금 술아
> 그 은혜롤 갑흘길이 업더니 어졔 부왕이 옥경의 조회ᄒᆞᆯ시 옥졔 말슴을
> 듯ᄉᆞ오니 소이 텬샹의 득죄ᄒᆞ여 김젼의 집의 젹강ᄒᆞ여 도적의 칼 아리
> 놀나게 ᄒᆞ고 포진강의 ᄲᅡ져 죽을 익을 당ᄒᆞ고 노젼의 화지롤 만나고
> 낙양 옥중의 죽을 익을 지는 후의 틔을〃 만나게 ᄒᆞ시더라 ᄒᆞ시고 물
> 직흰 관원을 명ᄒᆞ여 디후ᄒᆞ엿다가 죽이든 말고 욕만 비여 보너라 ᄒᆞ시

---

98) "김싱을 술니소셔 ᄒᆞ더니 문득 본즉 깁혼 물 속으로서 미판ᄀᆞᆮ흔 거시 ᄌᆞ기압희
향ᄒᆞ여 섯거눌 싱이 ᄉᆞ셰 급ᄒᆞ민 그 우희 올나셔니 그거시 변ᄒᆞ여 ᄭᅩ리를 치고 네발
을 허위여 물가홀 넘ᄒᆞ니 싱이 믓히 나려 졍신을 ᄎᆞ려보니 분명 반하슈의 넛튼 거북
이라 싱이 … 혜오디 일졍 반하슈의셔 구흔 은혜로 이 구슐을 쥬미라 ᄒᆞ고 가지고
오니라"(전집4, 460쪽.)

미 니 특별이 샹셔의 은덕을 갑고져ᄒ여 ᄌ원ᄒ여 왓더니[99]

위의 인용문은 숙향이 물에 빠졌을 때 그녀를 구한 용녀가 그녀에게 그녀를 구한 연유를 설명한 부분이다. 곧 용녀가 숙향을 구한 까닭은 김전의 은혜를 갚으려는 것이었다. 물론 용녀가 숙향을 구한 사건은 줄거리의 전개를 위해 필요한 장치의 하나로 설정된 것이지만 사건을 그처럼 설정한 까닭은 바로 보은의 중요성을 강조함으로써 당대의 지배적인 윤리 수호를 선양하는 데 그 목적이 있는 것으로 보인다. 이 같은 작자의 의도는 숙향이 결연을 성취한 후 그동안 받은 은혜를 갚는 이야기에서 확실히 드러난다. 곧 숙향은 먼저 화덕진군에게 감사의 제를 지낸다. 그런데 숙향은 감사의 제를 지낸 일 때문에 오히려 귀한 보물 곧 화주를 얻는다.[100] 이것은 보은의 중요성을 강조한 것으로, 보은의 행위는 더욱 축복받는 일이라는 사실을 의도적으로 강조한 것이다. 이와 같은 내용은 다른 곳에서도 확인할 수 있다.

제물을 갓추와 표진강 용왕의 뿐인게 제허든니 문득 슈중의로셔 난듸업논 구룸이 니러나며 힝취가 진동ᄒ기를 이시이ᄒ다가 이윽고 구름이 거두치은 곳의 제물은 산듸업고 그릇마다 금은보픾가 쇼복 쇼복이 담기고 슐잔의는 구술이 담겨시되 빗츤 불빗치요 크기는 제비알갓턴 거시라[101]

---

99) 윗책, 465쪽.

100) "노젼이라 부인이 화덕진군을 싱각ᄒ고 제문지어 졔ᄒ더니 잔의 슐이 다 업고 세우알굿혼 구술이 담겼는지라 가장 고이 녁여 거두어 차지고 가다가"(윗책, 480쪽.)

101) 윗책, 481쪽.

위의 인용문에서 볼 수 있듯이 숙향이 표진강의 용왕에게 감사의 제를 지냈더니 오히려 용왕은 그 제사를 받고 나서 금은보패와 개안주로 축복한다. 이러한 초월적 존재들의 축복 행위는 당시 윤리의식에 바탕을 둔 내용이라고 할 수 있다. 이는 곧 작자가 당대의 윤리를 수호하려는 소박한 서민계층의 윤리의식에 영합하려는 의도를 드러낸 사건이다.

한편 초월적 존재가 아닌 인간에 대한 보은의 형태는 당대의 삼강오륜이라는 유교 윤리의식과 관련된 것으로 보인다. 숙향이 십 년 동안 그녀를 길러준 장승상 부부에 대한 감사의 예를 효의 형태로 표현한 내용에서 그러한 사실을 확인할 수 있다. 숙향은 장승상 부부의 의복을 준비했다가 드리고 즉시 낙봉연을 배설하여 원근 사람들을 청하여 삼일을 즐긴다.[102] 부모에게 의복을 마련해드리고 잔치를 열어준다는 것은 자식이 부모에게 할 수 있는 최대의 효도이다. 그런데 숙향이 십 년 동안 키워준 장승상 부부를 위해 부모의 예에 맞춰 보은의 효를 다했다는 사실은 유교 윤리의 수호를 강조한 것으로 볼 수 있다. 그리고 이선이 출신한 후에 장승상을 천자에게 천거하여 벼슬에 복귀시키는 것도 이러한 맥락에서 의미 파악이 가능하다.

숙향의 보은 행위는 초월적 존재와 인간에서 멈추지 않고 동물들에게까지 미친다.[103] 심지어 숙향은 자신이 난중에 부모와 헤어졌

---

102) "시녀를 명ᄒ여 승샹 냥위 닙으실 의복을 드리고 즉시 낙봉연을 비셜ᄒ여 원근제 부인 쳥ᄒ여 삼일을 즐길식"(윗책, 483쪽.)
103) 윗책, 483쪽.

을 때 그녀를 살려준 도적을 찾아 은혜를 갚는다.[104] 이러한 사실
들을 종합해 볼 때 〈숙향전〉의 주제 가운데 하나는 보은이라 할 수
있다.

그렇다면 무엇 때문에 〈숙향전〉에서는 이처럼 보은의 중요성을
강조하고 있을까? 이는 앞에서 언급한 바와 같이 윤리 수호의 중요
성을 강조하려는 의도임을 부인할 수 없다. 그리고 당시의 시대적
분위기와 관련지어 볼 때, 좀 비약이기는 하겠지만 〈숙향전〉에서
보은의 중요성을 강조한 것은 당시 청에 대한 적개심과 명에 대한
보은의 당위성을 강조하려는 작가의 의도와 관련되어 있을 가능성
도 있다. 또한 청에 대한 적개심과 명에 대한 보은의 중요성을 강조
하는 이면에는 청과의 외교관계를 유지하면서 명을 잊고 있는 왕권
에 대한 비판과 당시 왕권에 대한 정치적 비판이 상승작용을 한 것
으로 볼 수도 있다.

지금까지 살핀 바와 같이 〈숙향전〉은 보은의 중요성을 강조하면
서 줄거리가 전개되도록 작품이 짜여 있다. 이는 작자가 의도적으
로 보은의 중요성을 강조함으로써 당시 독자들의 윤리 의식에 영합
하려는 의도를 가졌기 때문인 것으로 보인다. 그리고 〈숙향전〉이
많은 사람들에게 인기를 얻은 것도 이처럼 당대 사회 윤리와 인식을
적절하게 작품화하여 표현했기 때문인 것으로 보인다.

---

104) 윗책, 492쪽.

## 2) 구성의 특징

〈숙향전〉의 구성은 그 줄거리 전개 방식에서 다른 고전소설의 그 것과는 좀 다른 특징을 지니고 있다. 그것은 줄거리 전개 과정에서 다른 고전소설과 달리 같은 내용의 반복이 매우 두드러지게 나타난 다는 점이다. 〈숙향전〉은 전체적인 맥락에서 볼 때 숙향과 이선의 결연담을 작품의 기본 줄거리로 하면서도, 숙향의 고난에 관련되어 있는 내용이 자주 반복해서 나타나거나, 요약해서 제시되는 경우가 유난히 많다. 이로 보면 〈숙향전〉은 이미 일어났거나 앞으로 일어 날 사건을 반복해서 언급하면서 줄거리를 전개하는 특징을 지니고 있다.

이러한 사실은 숙향과 이선의 천정연분에 대한 예시와 이의 강조 를 통해 그들이 결연할 것이라는 점을 언급한 부분만을 살펴보아도 확인할 수 있다. 곧 〈숙향전〉은 줄거리의 전개 과정에서 숙향이 여 러 차례 고난을 겪은 후에 하늘이 정한 배우자 이선을 만나 혼인할 것이라는 사실을 여러 곳에서 반복해서 예시하거나 언급하고 있다. 이런 현상은 작자가 독자들에게 그동안 숙향에게 일어났던 사건들 을 반복해서 설명해야 할 필요성 때문에 생긴 것으로 보인다. 여기 서는 〈숙향전〉의 핵심이라고 할 수 있는, 숙향의 고난을 통한 결연 의 과정 가운데 반복된 부분만을 예로 들어 간략히 살펴보겠다.

숙향의 생애는 이미 후토부인의 말에 예언적으로 요약되어 있다. 숙향이 청조의 안내로 후토부인을 만나자 그녀는 숙향에게 먼저 장 승상 집에 가서 전생 은혜를 갚은 후 태을을 만나야 부모의 거처를 알 것이며, 다섯 번 죽을 액을 지내야 한다고 했다.[105) 그런데 이와 같은 숙향의 생애에 대한 설명은 그녀가 장승상 집에 가서 생활하다가 시비 사향의 모함으로 자살을 기도했을 때 그녀를 구한 용녀의 말에서 반복된다. 곧 자신은 용녀인데, 전일 김상서(숙향의 부친)의 구함을 받은 바 있어 그 은혜를 갚기 위해 숙향을 구한 것이라고 한다. 그녀의 설명에 따르면, 어제 부왕이 옥경에서 조회할 때, 옥제가 소아는 천상에서 득죄하여 김전의 집에 적강하였으며, 도적의 칼 아래 놀라게 하고, 포진강에 빠져 죽을 액을 당하게 하고, 노전의 화재를 만나게 하고, 낙양 옥중에서 죽을 액을 지내도록 한 후에 태을을 만나도록 하겠다는 말을 했으며, 그 말을 들은 부왕이 그녀에게 그 말을 하기에, 자신이 숙향을 구했다는 것이다.[106] 숙향의 고난과 관련된 이 같은 이야기는 그 후 선녀가 그녀를 구했을 때도 다시 나온다. 선녀는 사향의 죽음과 장승상 부인이 그녀의 무죄함을 알고 찾다가 찾지 못했다는 이야기와, 앞으로 두 액운이 있으니 조심하라는 말과, 태을은 낙양 위공의 자제가 되어 부귀를 누리고 있다는 말을 한다.[107] 이 같은 이야기는 이선이 술집 마고할미에게 소아를 찾는다는 말을 전했을 때, 마고할미가 그동안 소아가 겪었던 일을 설명하는 과정에서 다시 반복된다. 그리고 마지막으로는 숙향의 부친 김전이 길에서 화덕진군을 만났을 때 화덕진군이 그에게 그동안 숙향이 겪었던 고난을 설명해주면서, 만나면 이것을 확인해 보라는 이야기에서도 반복되고 있다.

---

105) 윗책, 462쪽.
106) 윗책, 464쪽.
107) 윗책, 465쪽.

지금까지 살핀 바와 같이 〈숙향전〉은 이미 예언된 대로 사건이 진행될 뿐만 아니라 이미 일어났던 일도 여러 차례 반복해서 언급하는 형태로 줄거리가 구성되어 있다. 그렇다면 어떤 이유로 〈숙향전〉에는 이처럼 이미 일어난 사건을 여러 곳에서 반복하여 들려주는가? 그것은 두 가지로 설명할 수 있을 듯하다. 하나는 〈숙향전〉의 작자가 독자들의 감정에 호소하여 작품의 흥미를 유지하기 위하여 이런 구성을 택할 수 있다. 곧 독자에게 숙향의 고난을 반복해서 들려줌으로써 독자들이 숙향의 고난에 지속적인 동정심을 표하고, 숙향이 고난에서 벗어났을 때 통쾌감을 맛보도록 하기 위하여 이런 방법을 활용한 것으로 볼 수 있다. 다른 하나는 전기수가 낭독하던 대본을 방각본 업자가 출판 과정에서 활용했을 수 있다. 이 경우라면 전기수라는 직업 이야기꾼이 〈숙향전〉을 낭독하면서 듣는 사람들의 줄거리의 이해를 돕기 위하여 숙향의 일생에서 중요한 의미를 지니고 있는 사건들을 되풀이해서 언급하도록 작품을 구성했을 것이다. 전기수가 한 장소에서 작품을 처음부터 끝까지 읽는다고 가정할 때, 도중에서 듣거나 듣다가 가는 사람들이 생기기 마련이다. 전기수는 이런 사람들의 작품에 대한 이해를 돕기 위하여 이미 지나간 줄거리의 내용이나 앞으로 전개될 사건을 반복해서 이야기하면서 줄거리를 전개해 나가는 방식을 택한 것으로 볼 수 있다. 그런데 초기에는 방각본 업자가 이것을 〈숙향전〉의 대본으로 활용했기 때문에 이런 구성 방식이 나타났을 수도 있다.[108]

---

108) 이 같은 줄거리 전개 방식은 독자의 입장에서 볼 때 자꾸 같은 내용이 반복됨에 따라 줄거리가 주는 긴장감을 느슨하게 하므로 방각본 소설 출간 이후에는 반복의

### 3) 표현법

대중소설의 특징 가운데 하나는 독자의 감정을 자극하거나 이에 호소하는 표현을 자주 쓴다는 점이다. 이것은 독자의 감정을 자극함으로써 연민과 동정을 유발하려는 의도 때문이다. 〈숙향전〉에도 독자의 감정에 호소하는 표현을 쓴 곳이 여럿 있다. 그 가운데서도 특히 숙향의 고난 장면에서 독자의 동정심을 유도하는 내용이 자주 등장한다. 이것은 작자가 독자들의 입장에 서서 적극적으로 숙향의 처지에 동정을 보냄으로써 독자들의 동정심을 유발하여 인기를 끌려는 책략을 활용한 것이다. 그 같은 예 가운데 대표적인 것을 들면 다음과 같다.

> 슉향의 화월ㄱ흔 용모의 운환을 헛트르고 눈물이 망〃하여 슬퍼우니 그 경상을 ᄎ마 못볼너라[109]

이 인용문은 눈물을 흘리며 슬피 우는 매우 아름다운 숙향의 모습을 구체적으로 형상화하였다. 여기서 작자는 화월같이 아름다운 숙향이 자세마저 흐트러뜨리고 울고 있는 모습을 묘사한 후, 독자의 입장에 서서 그녀의 모습을 차마 못보겠다고 했다. 이것은 화자가 아름다운 숙향이 슬프게 울고 있다는 사실을 강조함으로써 독자들의 동정심을 유발하여 작품의 흥미를 유지하려는 의도를 드러낸 것이다. 곧 화자가 독자로 바뀌어 슬피 우는 숙향의 경상을 차마 못보

---

횟수가 점차 감소한 것으로 보인다.
109) 전집4, 474쪽.

겠다고 이야기하고 있다. 이것은 독자의 감정을 자극하기 위하여 슬프다는 사실을 강조함으로써 많은 독자의 동정심을 유발하여 인기를 얻으려는 방법이다. 이러한 표현법은 다음 예문에서도 볼 수 있다.

> 낭지 셤 〃 약질의 큰 칼을 쓰고 누쉬 만면ㅎ여 옥의 들며[110]

이 부분은 몸이 약한 숙향이 큰 칼을 쓰고 얼굴에 가득 눈물을 흘리면서 옥으로 들어가는 애처로운 모습을 묘사함으로써 독자들의 감정에 호소하는 수법을 쓴 경우다. 이러한 수법도 역시 앞에서 언급한 바와 같이 독자의 동정심을 통한 흥미 유지법의 일종이라 할 수 있다.

> 박명 첩 슉향은 슴가 글월을 니랑 좌하의 올니ᄂ니 첩이 젼싱죄롤 ᄎ싱의 피치 못ㅎ여 속졀업시 낙양 옥즁의 흙이 되니 죽기ᄂ 셟지 아니ㅎ나 낭군을 ᄃ시 못보니 디하의 가도 눈을 감지 못ㅎ리로다[111]

위의 글은 숙향이 남편을 그리는 아내의 애절한 심정을 혈서로 써서 남편에게 보낸 편지의 일부이다. 주인공이 옥에 갇혀 있다는 사실만으로도 독자들에게는 고난의 모습이 강조될 수 있는데, 여기에다 남편을 잊지 못하겠다는 간절한 애정의 사연을 담은 편지를 혈서로 써서 보내고 있다. 이것은 여성 독자들에게 사랑의 숭고함을 강

---

110) 윗책, 475쪽.
111) 윗책, 475쪽.

조함으로써 동정심을 유발하여 감정이입의 효과를 극대화하려는 작자의 의도로 볼 수 있다. 특히 죽는 것이 서러운 것이 아니라 낭군을 다시 못 보는 것 때문에 눈을 감지 못하겠다는 표현은 그 통속적 표현에도 불구하고 독자들의 감정을 자극하여 동정심을 유발하는 절구(絶句)임에 틀림없다.

이상의 인용문에서 살핀 바와 같이 숙향이 슬피 우니 그 경상을 차마 못보겠다는 것이나, 섬섬약질에 큰 칼을 쓰고 눈물이 흘러 얼굴에 가득한 채로 옥에 들어간다는 것이나, 혈서로 편지를 써서 청조를 통해 이선에게 보냈다고 하면서 그 글의 내용을 애절하게 표현한 것 따위가 바로 독자의 감정에 호소하는 대중소설의 전형적 표현법의 좋은 예들이다. 이러한 표현법은 대중소설이 흔히 독자의 감정에 호소하여 동정심을 유발함으로써 감정이입의 효과를 극대화하기 위하여 사용하는 기법의 하나로 볼 수 있는 것들이다. 따라서 당시 독자들은 이러한 표현과 내용 때문에 〈숙향전〉에 빠져들었을 것이다. 그리고 전기수들은 이러한 요소를 잘 갖추고 있는 〈숙향전〉을 많은 사람들 앞에서 읽음으로써 이익을 얻는 일이 가능했을 것이다.


## 2. 〈소대성전〉

〈소대성전〉[112]의 기본 줄거리는 결연담이다. 그리고 소대성 가문의 몰락과 결연, 입공 과정에 초점을 두고, 소대성의 영웅적 활약을

---

112) 대본은 전집4에 실린 대영박물관 소장 경판 36장본이다.

통해 독자들의 기호에 영합하려는 성격을 갖고 있다.

이 글에서는 〈소대성전〉이, 앞에서 언급한 바와 같이 전기수의 낭독 목록에 들어 있으므로, 어떤 특징 때문에 당시 독자들에게 인기를 끌었는가를 살펴보려고 한다. 곧 당시 이 작품이 상업적 대중소설로 성공하기 위하여 작품의 구성에 어떤 요소를 어떻게 활용하고 있는가를 살펴봄으로써 대중소설로서의 〈소대성전〉의 특징을 찾아보려고 한다.

## 1) 구성 요소

〈소대성전〉은 소대성과 이채봉의 결연담을 기본 줄거리로 한 작품이다. 그 내용은 소대성이 집안의 몰락으로 고난을 겪는 과정에서 배우자를 만나지만 가난 때문에 그녀와 헤어져 고난을 겪다가 국가에 위기가 발생하자 이를 해결하는 공을 세운 후 그 배우자와 결합하여 부귀영화를 누린다는 이야기이다. 이 과정에서 중요한 것은 하늘이 정한 결연 성취의 어려움과 관련된 여러 사건들이다. 그 사건을 구성하는 요소 가운데 중요한 것으로는 주인공의 감추어진 비범성과, 선인과 악인의 무예 대결이다.

### (1) 잠룡(潛龍)[113]

소대성은 어려서 부모가 구몰하자 고아가 되어 걸식하는 처지로

---

[113] 여기서 잠룡이란 용어를 사용한 까닭은 주인공의 비범함이 감추어져 있어서 보통 사람들에게는 보이지 않기 때문이다.

몰락한다. 그런 가운데서도 그의 천정배필인 이채봉의 부친 이승상의 지인지감으로 채봉과 결연을 언약하지만 이승상의 죽음으로 결연과정에 문제가 발생한다. 곧 소대성의 걸인 형상 속에 감추어진 비범성을 알아볼 능력을 가진 이승상과 그럴 능력이 없는 왕부인의 갈등으로 문제가 야기된다. 추루한 소대성의 행색 속에 감추어진 비범성을 알아본 이승상은 그를 집으로 데려와 딸 채봉의 배필로 삼으려고 하는 데 반해 왕부인은 걸인에 불과한 그에게 귀한 딸을 주려는 이승상의 처사를 이해하지 못했다. 이것은 곧 인물을 바라보는 시각의 차이 때문에 일어난 갈등이다. 이채봉이 태어날 때 월궁선녀가 나타나 하늘이 정한 짝을 알려주었다.[114] 그런데 그 짝이 누군인가를 알아볼 수 있는 능력을 가진 이승상은 그 짝을 소대성으로 본 반면에 그렇지 못한 왕부인은 그를 다만 걸인으로 보았기 때문에 그를 딸의 배필로 인정할 수 없었다.

소대성과 이채봉이 이승상의 주선으로 혼인을 언약한 상황에서 갑자기 이승상이 죽자 그동안 그의 처사에 불만을 가졌던 왕부인은 아들들과 합세하여 소대성을 쫓아낸다. 이로 인해 대성과 이소저의 결연은 성취되지 못한다. 여기서 대성은 그의 감추어진 비범한 능력을 그들에게 보여줌으로써 그들의 판단이 잘못이었음을 깨닫게 한 후 결연을 성취해야 할 필요가 있었다.

그러므로 〈소대성전〉의 입공과정은 소대성이 감추어진 비범성을

---

114) "우리는 월궁션이러니 항이의 명을 바다 왓스오민 이 우기는 범인이 아니라 동정 룡녀로서 동희 뇽왕틱즈와 속세 연분을 밋고져 ᄒ여 부인게 의탁하여시니 귀히 길너 텬정을 어긔지 마른소셔"(전집4, 401쪽.)

발휘하도록 줄거리를 설정하고 있다. 따라서 〈소대성전〉에서 중요한 것은 주인공이 어린 시절에 고난을 겪지만 그가 머지 않아 비범함을 나타낼 인물이라는 점이다. 이것은 현실적으로 불행한 처지에 놓여 있거나 묻혀 있던 비범한 인물들의 잠재능력의 중요성을 강조한 사회의 인식에 변화의 일단이 나타난 것으로 볼 수 있다. 곧 인물을 평가하는 데는 신분보다는 능력을 본위로 해야 한다는 사회 인식의 변화와 밀접한 관련이 있다. 이러한 인식은 특히 임·병 양란 이후에 대두되기 시작했다.[115] 특히 18세기 중엽 이후에 영조와 정조의 탕평책으로 능력 있는 인물들이 대거 등용되었다. 실학자들도 능력 있는 인물들의 등용을 강력히 주장하였다. 예를 들어 홍대용은 "재능이 있고 학식이 있으면 비록 농부·상인의 아들이 정부 요직에 앉더라도 이것을 외람한 것이라 할 것이 아니고, 재능이 없고 학식이 없으면 비록 공경의 자제가 천역에 복무하더라도 이것을 원망할 것이 아니"[116]라고 했다. 이 같은 주장은 당시 인물을 평가하는 방법에 사회적 변화가 일어났기 때문에 가능한 일이었다.

실제로 당시 비범한 능력을 지니고 있었으나 등용되지 못한 인물들의 전기가 많이 나오는데,[117] 이런 전기들의 등장은 당시 인재 등

---

115) 이러한 인식의 변화는 특히 허균에게서 비롯된다. 그리고 허균의 이 같은 인식의 변화는 현실 비판으로 이어지며, 후일 실학파의 주장으로 계승된다.

116) 국사편찬위원회(편), 『한국사』14, 1981, 268쪽에서 다시 따옴.

117) 그 같은 예는 일찍이 허균에서 시작되어 연암을 거쳐 다산으로 이어졌다. 허균은 〈유재론〉이란 글을 통해, 당시 제도가 하늘의 뜻을 거스르는 것이라면서 당대 사회 제도에 비판적 태도를 보였다. 그의 다섯 편의 전은 모두 능력이 있었으나 쓰임받지 못한 불우한 인물들이 주인공이다. 그리고 이익의 경우도 〈빈소선생전〉의 뒷부분에서 그런 사실을 밝히고 있다. "나는 예나 지금이나 높은 재주를 품고 고상한 뜻을 지닌 선비의 이름이 초야에 묻혀 들나지 않는 자가 많음을 슬퍼하였던 터이므로 이

용 제도의 문제와 모순을 간접적으로 비판한 것으로 볼 수 있다. 또 가난한 사위를 박대했으나 후일 그가 비범한 인물이었음이 밝혀졌다는 내용의 이야기들은[118] 당시 사람들의 인물 평가 방법에 변화가 나타났음을 보여주는 증거이다. 따라서 〈소대성전〉에서 보여주는 내용도 당시의 그와 같은 사회적 인식 변화의 일단을 작품에 반영한 것으로 풀이할 수 있다. 곧 이승상의 부인과 아들들이 소대성을 비렁뱅이로 보았으나 대성이 후일 큰 공을 세우고 왕이 된 것은 인물의 평가 방법이 달라져야 함을 강조한 것이다. 이것은 이준경의 청지기 피가의 사위 이야기나 재상의 사위 김생 이야기의 내용과 유사한 것이다. 곧, 이들은 감추어진 능력을 발휘하지 못해 처음엔 박대를 받았으나 후일 감추어진 비범함을 발휘하였다는 것이다. 이런 인물에 관한 이야기를 통해 인물의 평가가 출신 성분이나 재력보다는 능력 위주로 이루어져야 함을 강조한 것이라고 할 수 있다.

따라서 〈소대성전〉의 의미를 이러한 맥락에서 파악할 수 있다.[119] 이것은 〈소대성전〉이 당시 독자들의 욕구와 시대의 변화를

---

글을 써서 〈동방일사전〉 뒤에 붙여두는 바이다."(이가원, 『이조한문소설선』, 교문사, 1984, 105쪽).

118) 서대석, 『군담소설의 구조와 배경』, 이화여대출판부, 1985, 77-83쪽 참조. 예를 들어 이준경이 부리던 청지기 피가가 사위를 골라달라고 해서 거지총각을 사위로 천거했다. 피가가 그 총각을 사위로 맞이했으나 걸인이라고 능멸했다. 그런데 그가 전쟁이 일어날 것을 알고 미리 산 속에 생활터전을 마련하여 온 가족을 데리고 그곳으로 들어가서 무사히 전란을 피했다. 전란이 끝난 후 그는 가족을 데리고 나와 충주에 안착시키고 어디론가 사라져 버렸다.

또 다른 이야기로, 광해조 때 한 재상이 김생이라는 곤궁한 사위를 얻었다. 김생은 비복들의 냉대와 처가의 박대를 받았으나 아내는 그를 지성으로 섬겼다. 그 후 김생은 인조반정으로 재상이 되었다. 장인은 사위 덕분에 목숨을 구했으며, 장모는 김생에게 의탁하여 여생을 마쳤다.

적극적으로 작품에 반영하여 나타난 결과로 볼 수 있다. 그리고 바로 이 같은 〈소대성전〉의 내용은 당시 독자들의 취향에 영합하려는 의도와 관련이 있는 것으로 보인다. 말하자면 전기수의 입장에서는 그의 고객인 청중들에게 인기를 끌기 위하여 소대성의 감추어진 비범성을 보여줌으로써 현재 열악한 환경에서 살아가는 청중들에게 위안을 줄 수 있었을 것이다. 청중들도 소대성의 영웅적 활약에 자신들을 투사시킴으로써 그들의 사회적 욕구를 간접적인 방법으로나마 충족시킬 수 있었을 것이다. 그런 점에서 〈소대성전〉의 이러한 내용은 당시 독자들의 현실 인식의 변화와 염원을 작품에 반영한 결과이고, 이런 점 때문에 〈소대성전〉은 당시 독자들에게 인기를 끈 작품이 되었을 것이다.

## (2) 무예와 선악의 대결

〈소대성전〉의 줄거리 전개에서 독자들의 흥미를 끌고 긴장감을 고조시키기 위하여 이용한 요소 가운데 하나는 군담이다. 이 군담은 주로 선인과 악인의 대결을 통해 독자의 흥미를 끌고 긴장감을 고조시키는 수단으로 활용되는데, 위기에 처한 선인과 이를 구하는 주인공을 중심으로 줄거리가 전개되도록 구성된다. 그리고 이들의 숨막히는 무예의 대결과정을 통해 독자의 흥미와 긴장감을 고조시킨 다음 주인공이 최후에 승리함으로써 이를 이완시키는 구성법을 쓰고 있다.

---

119) 임성래, 『영웅소설의유형연구』, 태학사, 1990, 59-60쪽.

〈소대성전〉에서 무예는 여러 인물들 사이의 대결과정으로 이루어져 있는데, 그 내용은 기본적으로 선인과 악인의 대결이다. 그리고 초기에는 주로 보조적 인물들끼리 대결이 이루어지다가 후반에 가서는 중심인물들의 대결로 귀착된다. 예를 들어 초기에 명진의 선봉장 호협과 적장 유한의 대결에서 호협이 승리하나 그는 서융에게 죽는다. 그런데 명진에서는 서융과 대적하는 자마다 패하여 죽는다. 결국 아홉 명의 장수가 죽자 서융이 항서를 올리라 하며 무수히 질욕하나 당할 자가 없었다. 이 과정은 주인공 소대성의 등장을 예비하는 과정이다. 곧 이들의 무예의 대결은 주인공의 활약을 강조하여 보여주기 위한 장치로서의 역할이 주된 것이며, 부수적으로는 이것이 독자들에게 작품의 흥미를 유지시키기 위한 역할도 한다.

작자는 독자의 관심이 어느 정도 고조되었을 때 주인공을 등장시킨다. 곧 질욕을 참지 못한 소대성이 달려나가 칼을 들고 진전에 내달으며 '반적 서융은 해동 소대성을 아느냐, 너를 죽여 구장(九將)의 원수를 갚으리라'고 한다. 소대성은 서융을 베어 머리를 꿰들고 본진으로 돌아온다. 이것은 주인공의 공식적인 출현을 알리는 동시에 독자의 흥미를 보조 인물에서 주인공에게 이동시킴으로써 주인공과 악한의 대결로 관심의 초점을 이끌기 위한 과정이다.

이제 중심인물간의 무예의 대결이 펼쳐진다. 그러나 이 대결은 쉽사리 결판이 나지 않는다. 그 까닭은 작자가 그들의 대결을 통하여 독자의 흥미를 유지시키면서 긴장감을 고조시키려는 의도에서 무예의 대결을 지속시키는 것이므로 쉽사리 결판을 내지 않기 때문이다. 이에 따라 소대성과 호왕의 대결은 다양하게 이루어지는데, 모두 승부가 나지 않는다. 따라서 독자의 흥미와 긴장감은 지속적으로 고조된다. 그러나 그들의 대결을 계속해서 보여줄 수는 없으므로 최후의 결전이 극적인 상황에서 이루어지도록 작품은 구성되어 있다.

〈소대성전〉에서는 호왕의 침입으로 황제가 항복의 위기에 빠져 있는 극적 장면에 이 같은 최후의 결전으로 소대성과 호왕의 대결을 설정했다. 황제는 악의 화신인 호왕의 공격을 받아 대적할 장수가 없는 절망의 상황에 처한다. 이 때 선의 화신인 주인공 소대성이 달려와 위기에 빠진 황제를 구하기 위해 호왕과 대결한다. 그러므로 독자의 관심은 이제 황제와 호왕의 대결에서 벗어나 소대성과 호왕의 대결로 이동한다. 따라서 이들의 대결과정은 독자의 흥미를 지속적으로 유지하면서 긴장감을 고조시키는 과정이다. 관심이 극적으로 고조된 독자들의 시선은 이들의 대결 결과에 초점을 맞추고 있다.

결국 모든 문제의 해소를 위해 소대성과 호왕의 결전이 마련된다. 이것은 물론 선과 악으로 표상된 소대성과 호왕의 대결이므로, 당연히 대중소설의 보편적 특징이라 할 수 있는 선의 최후 승리의 관습에 따라 소대성의 승리로 끝난다. 그리고 마침내 그동안 흩어졌던 질서가 제자리를 찾고, 모든 것은 정상으로 회복된다. 최후의 승자인 소대성도 천자의 위엄을 지키기 위하여 그 앞에 복지하여 신하의 예를 취한다. 이러한 내용의 구성은 철저히 왕권의 권위를 보호하려는 작자의 태도와 관련된 것이고, 결국 체제 윤리의 수호를 강조하려는 작가의 태도를 보여주는 것이다.[120] 그리고 이처럼 〈소대

---

120) 이러한 작품의 내용은 대중소설의 공통적인 것이다. 대부분의 대중소설의 결말은 권선징악에 토대를 둔 행복한 결구이다. 그런 점에서 〈소대성전〉도 예외가 아니다.

성전〉이 흩어졌던 질서의 회복으로 끝나는 것은 전통적으로 대중소설이 취했던, 선행에 대한 보상이라는 독자의 욕구를 작품에 반영한 것이다.

그러므로 〈소대성전〉의 대중소설적 기법은 이와 같은 무예와 비범한 능력이 감추어진 상황에서 결연한 배우자를 찾는 일과, 그를 능멸하던 인물에게 그의 감추어진 능력을 발휘하여 그의 비범성을 과시함으로써 상대에게 승리하는 통쾌감을 독자들에게 제공한다. 이를 통하여 독자들은 감정의 카타르시스를 맛본다. 이를 위하여 〈소대성전〉의 구성 기법은 독자들을 작품 속에 감정적으로 몰입시킨 후 이를 해소시키는 것으로 이루어졌다. 이 같은 〈소대성전〉의 구성 기법은 결국 전기수가 청중들 앞에서 작품을 낭독하면서 돈을 받기 쉽도록 하려는 의도에서 활용한 구성 방법임을 뜻한다. 따라서 〈소대성전〉은 이 같은 내용이나 기법 때문에  당시 독자들에게 인기를 끌었을 것이다.

### 2) 기법

〈소대성전〉에서 독자들의 관심을 끌기 위하여 활용된 기법은 중단기법[121]이다. 이것은 작품의 극적 긴장감이 조성될 때 이야기를 잠시 중단했다가 주인공을 등장시켜 그 위기를 벗어남으로써 긴장감을 해소하는 방법이다. 〈소대성전〉에서는 호왕의 침입으로 황제

———

[121] 중단기법이란 중요한 대목에서 이야기를 중단하여 독자의 궁금증을 자극하였다가, 간격을 둔 후 다시 이야기를 계속하여 흥미를 유지하는 방법이다. 이 기법을 활용하는 대표적인 예로 중국의 장회소설과 신문소설, 연속극 등이 있다.

가 위기에 빠진 상황에서 이야기를 중단하여 독자의 관심을 고조시
켰다가 주인공 소대성을 등장시켜 그 위기의 황제를 구하도록 했다.
이에 대하여 구체적으로 살펴보자.

> 빅셩이 다 피란ᄒᄂᆞ고 건널 비 업ᄂᆞᆫ지라 졍이 망극ᄒᆞ샤 앙텬탄왈 압희
> ᄂᆞᆫ 장강이 가리오고 뒤희ᄂᆞᆫ 츄병이 급ᄒᆞ니 이롤 장촛 엇지ᄒᆞ리오 ᄒᆞ시
> 니 삼쟝이 일시의 니다라 죽기로ᄡᅥ 딕적ᄒᆞ니 엇지 호왕을 당ᄒᆞ리오 호
> 왕의 칼이 니ᄅᆞᆫ 곳의 삼쟝의 머리 츄풍낙엽갓ᄒᆞ니 샹이 대셩통곡 왈
> 죠종 긔업이 오날〃 니기 와 망ᄒᆞᆯ 줄 엇지 알니오 ᄒᆞ시며 칼을 ᄲᅢ혀
> ᄌᆞ문코져 ᄒᆞ시더니 호왕이 발셔 압희 니ᄅᆞ러 샹의 탄 말을 질너 업지ᄅᆞ
> 니 샹이 ᄯᅡ히 ᄶᅥ러진지라 호왕이 말을 잡고 창을 드러 견우며 대즐 왈
> 잔명을 앗기거든 ᄲᆞᆯ니 항셔롤 ᄡᅥ 올나라 ᄒᆞᄂᆞᆫ 소리 진동ᄒᆞ니 샹이 창황
> 즁 갈ᄋᆞ샤디 지필이 업스니 무어스로 ᄡᅳ리오 호왕이 여셩왈 목숨을 앗
> 기거든 룡포 사미롤 ᄶᅥ히고 손가락을 ᄭᅵ무러 ᄡᅳ라 샹이 망극ᄒᆞ여 옷소
> 미롤 ᄶᅥ히시며 방셩대곡ᄒᆞ시니 텬지춤담ᄒᆞ고 초목이 슬허ᄒᆞ더라[122]

위의 장면은 황제가 호왕에게 항복의 위기에 빠진 상황이다. 곧
앞에는 장강이 막고 있는데 추병은 급히 달려오는 상황이고, 강을
건널 배도 없었다. 할 수 없이 장수들이 나가서 대적했으나 모두 호
왕에게 죽임을 당해서 이제 황제는 자살할 수밖에 없는 상황이었다.
그런데 자살도 하지 못하고 호왕에게 항서를 써서 바쳐야 할 상황이
었다. 더욱이 용포 자락을 뜯어서 혈서로 항서를 써야 할 만큼 철저
하게 패배할 수밖에 없는 절망적이고 비통한 위기의 순간이었다.

---

122) 전집4, 414쪽.

그래서 이 순간을 화자는 '천지 참담하고 초목이 슬퍼하더라'고 표현하였다.

이처럼 황제를 위기에 빠뜨리고 나서 화자는 '각설' 하면서 이야기를 전환하여 소대성에게 관심을 돌리고 있다. 곧 결정적 위기를 설정하여 독자들의 관심을 고조시켰다가 그 이야기를 중단하고 그 다음 이야기를 하면서 독자의 관심을 유도하고 있다. 다음 이야기는 소대성이 위기에 빠진 황제를 구하려고 달려오는 이야기이다.

> 쇼원쉬 군을 거느리고 장안의 니르니 호왕은 아니오고 셜한이 와 겁칙ᄒ거눌 호왕의게 속은 쥴 알고 분노ᄒ여 일합의 셜한을 버히고…황강의 다다르니 호왕이 쳔ᄌ를 핍박ᄒ여 흥망이 순식의 잇눈지라 원쉬 쇼리를 벽역갓치 지르며 ᄭ우지져 왈 반적 호왕은 ᄂ의 임군을 히치말나 쇼대셩이 녜 왓노라[123]

이처럼 극적 위기의 상황을 설정한 다음 이를 해소하기 위해 주인공 소대성을 등장시켜 위기에 빠진 황제를 구하도록 했다. 이것은 독자의 감정을 극도로 긴장시켰다가 이완시킴으로써, 다시 말하면 감정을 긴장과 이완으로 자극하여 통쾌감을 맛보도록 함으로써, 흥미를 유지하려는 대중소설적 기법을 활용한 것이다.

특히 전기수가 청중들 앞에서 〈소대성전〉을 읽다가 중간에 돈을 받았다는 사실을 상기할 때, 〈소대성전〉은 전기수의 상업주의적 욕구를 충족시키려는 목적을 이루기 위하여 중단기법적 구성 방식을 적극 활용했을 가능성이 크다. 따라서 전기수는 이처럼 독자의 궁금

---

123) 윗책, 414쪽.

증을 배가시킨 후 긴박감이 고조된 순간에 이야기를 중단하여 돈을 받도록 〈소대성전〉의 줄거리를 구성함으로써 소기의 성과를 거둘 수 있었을 것이다. 말하자면 전기수는 이 과정에서 독자의 흥미를 지속시키면서 긴장감을 최고조로 끌어올리기 위하여 천자의 명이 경각에 달려 있는 상황을 설정한 다음 이야기를 중단했다가 그 이완의 방법으로 "반적 호왕은 나의 임군을 해치지 말라, 소대성이 예 왔노라"하고 외치면서 주인공이 등장하여 호왕을 베도록 했을 것이다.124) 이처럼 더 이상 피할 수 없는 절대 절명의 긴박한 위기의 순간에 주인공 소대성이 나타나 황제를 구하도록 줄거리를 구성한 것은 대중소설의 상업적 특징과 관련이 있는 것이라 할 수 있다. 그리고 전기수는 이와 같은 상업주의적 특징, 곧 독자의 흥미를 유지하기 위하여 긴장감을 최고조로 끌어 올려 독자를 작중으로 몰입시킨 후 이야기를 중단하여 상업적 목적을 달성한 후 이야기를 계속하여 이를 해소하는 중단기법을 〈소대성전〉에서 활용한 것이라 할 수 있다.

### 3) 숭명배청의 시대적 욕구

〈소대성전〉의 내용 가운데는 당시 독자들의 욕구를 충족시키기 위한 의도에서 나온 것으로 보이는 오랑캐에 대한 적대감의 표현을 여러 곳에서 찾아볼 수 있다. 이것은 병자호란의 패배감에 대한 위

---

124) 이것은 서부극의 극적 긴장감의 조성과 이완의 수법과 같은 것이다. 인디언의 공격으로 역마차의 백인들이 위기에 빠져 있을 때, 주인공이 등장하여 인디언을 물리치고 그들을 위기에서 구하도록 장면을 설정한 것은 관객의 흥미를 긴장시켰다가 이완시켜 감정의 카타르시스를 맛보도록 하는 대표적 수법이다.

안의 차원에서 논의가 가능하다. 곧 그동안 오랑캐로 멸시하던 청에게 패배한 데서 오는 치욕감을 씻기 위하여 명나라나 우리 민족이 승리하도록 소설화한 작품들이 많이 나타난 것이다. 이것은 소설을 통해서나마 정신적으로 위안을 받음으로써 민족적 자존심을 살리려는 풍조의 유행과 관련이 있을 것이다.

많은 영웅소설의 내용은 대체로 이러한 풍조의 유행을 작품에 반영하고 있다. 예를 들어 〈임장군전〉의 내용에는 당시 오랑캐로 능멸하던 청에게 패배한 사실을 인정하지 않으려는 태도가 나타나 있는데, 이것은 이 같은 풍조에서 비롯된 정신적 감정의 처리 방법의 하나였다. 당시 북벌론이 주류를 이루었던 상황에서 임경업이 청의 침입을 몰랐기 때문에 조선이 패한 것이라는 소설의 논리는 현실의 패배를 인정하지 않으려는 당시 조선인들의 자존심을 감정적으로 작품에 반영한 것이다. 이것은 현실의 문제보다는 명분론을 중시한 조선의 윤리관, 곧 삼강오륜에 토대를 둔 군신유의의 표현이라 할 수 있는, 명에 대한 충성심과 청에 대한 적개심을 작품에 적절히 활용한 것이다. 이런 점에서 〈소대성전〉도 당시 독자들의 이 같은 열망을 작품에 반영한 것으로 볼 수 있다.

이 같은 예는 〈소대성전〉에서도 찾아볼 수 있다. 곧 명의 적대 세력으로 등장한 호왕과 명진 장졸의 대결 장면에 그러한 예가 나타난다. 명진의 장수 장문화가 서융과 싸우다가 포로로 잡혀 호왕 진중에 끌려갔을 때 호왕이 그를 꿇리려 하자 장문화가 꿇지 않고 반항하는 말에 그 같은 감정이 잘 나타나 있다.[125] 곧 '무지한 오랑캐가

---

125) "호왕이 더희ᄒ여 장뎌의 놉히 안고 문화롤 ᄭᅮᆯ닌더 문홰 ᄭᅮ지 아니코 더민 왈

강포를 믿고 천의를 항거하니 너를 죽여 한을 씻고자 하거늘 어찌 굴하겠느냐'는 말로 청에 대한 적개심을 전이시키고 있다. 특히 "너를 죽여 한을 씻고저 하거늘 어찌 굴하겠느냐"는 문장은 현실적 패배를 패배로 인정하지 않으려는 태도를 강조한 말이다.

이 같은 내용을 작품에 설정한 것은 독자들의 정신적 복수감을 충족시키는 방법의 하나라고 할 수 있다. 곧, 당시 오랑캐라 멸시하던 청에게 힘이 약해서 현실에서는 어쩔 수 없이 굴복했지만, 소중화로 자처할 정도로 문화인으로서의 자존심이 강했던 당시 조선인들로서는 정신마저 굴복할 수 없다는 자세를 이런 방식으로 표현한 것이다. 이것은 그들의 자존심의 토대인 명분을 끝까지 지킴으로써 문화적 우월성을 보여주겠다는 감정적 열망을 대변한 것이다.

이러한 내용의 설정은 기본적으로 〈소대성전〉의 권선징악의 주제 설정과 관련된 문제이다. 대중소설의 주제가 권선징악의 교훈성에 토대를 둔 윤리의 수호라는 보편적 사실에 있음을 고려할 때, 〈소대성전〉의 이러한 발상도 결국 당시 대중들의 취향에 영합한 것이라고 할 수 있다. 특히 〈소대성전〉에서 선의 화신인 소대성이 반적으로 표현된 호왕의 침략을 물리치고 명의 황제를 구하는 행위는 청의 침입으로 이미 멸망한 명에 대한 안타까움과 의리의 중요성을 강조한 문제와 관련된 것이다. 말하자면 이미 망한 명을 작품에서나마 해동 소대성이 구하도록 함으로써 천의를 거역한 청이 망해야 한다는 독자들의 열망을 작품에 반영한 것으로 볼 수 있다. 이러한

---

무지훈 오랑키 강포롤 밋고 텬의롤 항거ᄒ니 닉 너를 죽어 한을 씻고저 ᄒ거눌 엇지 굴ᄒ리오"(전집4, 411쪽.)

열망은 특히 북벌론의 제기로 인해 활성화되었다.[126]

북벌론의 강조는 국토가 유린되고 민족적 수모를 당한 데 대한 복수심과 군신 또는 부자의 관계로 생각하고 있던 명나라를 멸망시킨 청에 대한 적개심을 고조시킨다. 그러므로 해동 소대성이 오랑캐인 호왕을 물리치고 명을 구한다는 줄거리의 설정은 결국 당시 사람들의 열망을 작품에 반영한 것으로 볼 수 있다. 특히 대중소설의 특성과 관련지어 볼 때 명분론에 토대한 윤리 수호 차원에서 소대성이 오랑캐인 청의 침략을 물리치고 명의 황실을 위기에서 구한 것은 당시 독자들의 북벌에 대한 열망과 대중소설의 주제인 권선징악의 강조가 부합하여 이루어진 결과라고 할 수 있다. 그리고 전기수가 바로 이 점을 잘 활용했기 때문에 〈소대성전〉이 당시 독자들에게 인기 있는 대중소설로 성공을 거둘 수 있었을 것이다.


## 3. 〈임장군전〉

〈임장군전〉[127]은 전기수의 목록에 들어 있는 작품 가운데 앞에서 살펴본 작품과는 달리 임경업이란 실존 인물을 소설화했다는 점에서 앞의 소설들과 차이를 보인다. 곧 앞의 두 작품이 허구적 창작 작품인 데 비해 〈임장군전〉은 실존 인물을 소설화했기 때문에 허구

---

126) 이이화, 「북벌론의 사상사적 검토」, 『창작과비평』 38호, 창작과비평사, 1975, 262쪽.
127) 대본은 전집2에 실린 국립도서관 소장 경판 27장본이다.

화에 한계를 가질 수밖에 없었다. 그에 따라 〈임장군전〉의 주인공
은 〈소대성전〉의 주인공과 달리 초월적 존재로 등장하지 않는다는
점에서 앞의 작품과 구별된다.

임경업이 초월적 존재로 등장하지 않음에도 불구하고 이 작품이
당시 독자들에게 인기를 끌었던 점과 전기수의 낭독 목록에 오를 수
있었던 점으로 미루어볼 때 이 작품의 내용 가운데 독자들을 사로잡
는 어떤 요인이 있었을 것이다. 그러므로 본고에서는 〈임장군전〉이
어떤 내용으로 당시 독자들에게 인기를 끌었는가를 작품 분석을 통
해 살펴보고자 한다.

〈임장군전〉에 대한 연구는 지금까지 비교적 많이 이루어졌다. 그
리고 지금까지 이루어진 연구를 살펴보면 병자호란과 민족적 자존
심의 관련을 논의한 경우가 많았다. 특히 당시 사회의 숭명배청 의
식에 토대를 두고 정치적으로 이용된 북벌론과의 관련성을 따진 경
우가 많았다. 따라서 이 글은 〈임장군전〉이 당시 독자들에게 인기
를 끌었던 요인이 숭명배청 의식에 있었다는 점에 초점을 맞추어 논
의를 전개하려고 한다. 그리고 작자가 독자들의 인기에 영합하기
위하여 어떤 요소를 어떻게 활용하였는가에 대해서도 아울러 살펴
보고자 한다.

## 1) 구성 요소

〈임장군전〉의 이야기 가운데 중요한 줄기는 셋으로 요약된다. 하
나는 임경업이 호국(胡國)을 도와주었는데, 호국이 이를 은혜로 갚

지 않고 원수로 갚았다는 이야기를 통해 호국의 오랑캐성을 이야기 하고자 한 부분이다. 다른 하나는 임경업이 비범한 인물로 끝까지 호국에 굴하지 않고 명에게 충성을 다하고, 조선에 충성을 다한 충신이었다는 부분이다. 마지막으로는 이처럼 충신이고 비범한 임경업이 때를 잘못 만나 자신의 뜻을 펴지 못하고 억울하게 죽었다는 부분이다.

이 글에서는 이 세 줄기 이야기를 중심으로 각 요소가 당시 사회 상황과 서로 어떻게 관련되어 있는가를 살펴보고자 한다. 아울러 〈임장군전〉이 이들을 어떻게 문학적으로 형상화하여 대중소설로 성공할 수 있었는가를 살펴보고자 한다.

## (1) 오랑캐성

한국인은 스스로를 문화민족으로 자처하고 있다. 한국인의 이 같은 문화적 자존심이 조선 시대에는 흔히 소중화(小中華) 의식으로 표출되었다. 이에 따라 조선의 정치나 생활에서 유교의 도덕률인 존주대의(尊周大義)는 중요한 통치 이념과 실천의 덕목이었다. 그리고 이를 실천하지 않는 자는 오랑캐라는 인식이 사회 전반의 분위기였다.

조선 중기에 이르러 이러한 사회 인식과 직접적인 연관을 맺을 수 있는 사건이 둘 일어났다. 하나는 임진왜란이고, 다른 하나는 병자호란이다. 두 사건은 조선의 이 같은 사회의 인식체계를 시험하기에 적당한 사건이었던 것으로 보인다.

임진왜란이 일어나자 조선은 명에 구원을 청했다. 명이 구원군을 보내줘서 결국 조선은 일본군을 물리치고 나라를 구할 수 있었다. 따라서 조선인들은 명에 대하여 재조지은(再造之恩)을 입었다고 생각했다.

병자호란이 일어나자 조선은 청에게 항복했다. 조선의 항복을 받은 청은 곧 조선에 지원병을 요구하여 명을 치기에 이르렀다. 조선의 입장에서는 오랑캐라 생각했던 청에게 항복했기 때문에 이제 은혜의 나라인 명을 치는 비인륜적 상황에 빠졌다. 현실적인 면에서 보면 이것은 사실 국가간의 외교 문제일 따름이었으나, 명분론을 중시하던 조선인들의 입장에서는 이 같은 청의 요구를 수용한 정부의 외교정책을 윤리적으로 용납하기 어려웠다.

따라서 은혜를 원수로 갚는 것은 오랑캐나 하는 짓이지, 도를 숭상하는 군자의 취할 태도가 아니라는 인식이 당대 사회에 확산되는 분위기였다. 이러한 분위기의 확산에는 조선의 건국 이후 우리 민족이 그동안 유교의 근본인 존주대의를 실천한 문화민족이라는 민족 우월 의식에 사로잡혀 있다가 오랑캐라 멸시하던 청에게 패했다는 민족적 수치심이 크게 작용하였다. 이 때문에 당시 사회에는 숭명배청 의식이 전반적으로 팽배한 분위기였고, 이런 시대의 분위기를 작품에 반영하여 형상화한 것이 〈임장군전〉이다.

〈임장군전〉은 호국의 오랑캐성과 임경업의 존주대의성에 초점을 맞추어 당시 조선인들의 숭명배청 의식의 열망을 소설에 반영하고 있다. 호국이 가달의 침략으로 위기에 빠져 있을 때 명과 조선의 장군 임경업이 구해주었더니, 호국은 도리어 은혜를 원수로 갚았다.

곧 호국은 은혜의 나라인 조선을 쳐서 항복받고 명을 멸망시킨 후 새로운 나라를 세웠는데, 이것은 오랑캐나 하는 짓이다. 그럼에도 불구하고 호국은 그렇게 했으므로 그 야만성을 여지없이 드러냈다는 것이다. 이 같은 생각을 작품화하여 표현한 곳이 임경업의 생애를 허구화한 부분, 곧 그가 중국에 사신으로 갔다가 가달의 침략을 물리치고 호국을 구한 허구적 이야기 부분이다.

가달이 호국을 침범하자 호국은 명에 구원을 청한다. 황제는 황자명의 천거를 받아 사신으로 온 임경업을 도총병마대원수로 삼아 호국을 구원하도록 했다. 임경업이 호국에 이르자 호왕은 그를 대사마대장군도원수로 삼는다. 임경업이 가달과 싸워 승리하자 그의 이름이 제국에 진동한다. 호국에서는 그를 위하여 만세불망비를 무쇠로 세운다. 임경업이 회군하여 남경으로 향하자 호왕이 수십 리 밖에까지 나와 잔을 들어 사례한다. 결국 호국은 임경업의 도움으로 나라를 유지할 수 있었다. 그래서 호왕은 임경업에게 하해 같은 은혜를 만분지 일도 갚을 길이 없다고 하면서 금은채단 수십 수레를 주었다.128) 그런데 이처럼 은혜를 입은 호국이 호시탐탐 조선을 침략할 기회를 엿본다. 임경업이 의주부윤 겸 방어사로 있을 때 호국이 의주를 침략하자 이를 물리친다. 그러자 호왕이 대로(大怒)하여 다시 기병하여 원수 갚기를 의논한다. 하해 같은 은혜를 입어 갚을 길이 없다고 하던 호왕이 은혜를 망각하고 은인인 임경업과 싸운 것

---

128) "쟝군의 위덕으로 가달를 쳐 파ᄒ고 아국을 진정ᄒ여 쥬시니 하히갓튼 은혜를 엇지 만분지 일인들 갑흘 바를 도모ᄒ리오 ᄒ고 금은치단 슈십슈리를 주며"(전집2, 433쪽.)

이다. 마침내 호왕은 임경업이 두려워서 그가 지키던 의주를 피해 동해로 돌아서 도성을 짓치고 들어와 남한산성으로 피난한 선조를 항복시키고 말았다.

이 이야기를 통해 작자는 조선의 국력의 나약함을 이야기하기보다는 은혜도 모르고 조선을 침략하는 호국의 오랑캐족으로서의 야만성을 이야기하고자 했다.[129] 게다가 침략을 하려면 임경업이 지키고 있는 의주로 정정당당하게 침략할 것이지, 임경업이 모르도록 그를 피해 동해로 돌아서 조선을 침략했다는 점을 비판하고 있다. 이것은 그들의 비겁함을 보여준다는 것이다. 이러한 작자의 태도는 결국 호국의 오랑캐성을 드러냄으로써 당시 조선인들의 수치심에 위안을 주려는 의도와 관련이 깊은 것으로 보인다. 곧 임경업이 지키고 있던 의주로 호국이 침략했더라면 임경업이 그들을 여지없이 격파했을 것인데, 그가 모르게 동해로 돌아서 침략했기 때문에 조선이 억울하게 항복했다는 것이다. 물론 이 같은 이야기는 역사적 사실이 아니다. 실제로 호국은 의주를 통과하여 도성을 함락시켰다. 그럼에도 불구하고 작자가 역사적 사실을 왜곡하면서까지 조선의 항복을 이렇게 이야기한 까닭은 청에게 패했다는 역사적 사실을 현실적 패배로 인정하지 않고 민족적 자존심을 살리는 방향에서 패배를 설명하려는 시대의식의 소산 때문이다. 또한 은혜를 망각하고 조선을 친 청의 오랑캐성을 강조함으로써 민족적 우월의식을 통해 패배의 수치심을 극복하려는 태도를 보인 것이다. 결국 이 같은 작가의 서술 태도는 사회의 인식을 작품에 반영함으로써 독자들의 욕

---

129) 이윤석, 앞책, 121쪽.

구를 충족시켜 상업적 목적을 달성하려는 의도에서 비롯된 것으로 보인다.

### (2) 숭명배청의 화신

작자가 청의 오랑캐성을 강조하고 조선 민족의 문화적 우월성을 설명하기 위해서는 이에 합당한 행동을 보여주는 인물이 필요하다. 그래야 조선 민족의 윤리적 우월성이 입증될 수 있기 때문이다. 작자는 이 같은 도덕률을 충실히 실행에 옮기는 인물로 임경업을 설정했다. 이는 임경업의 행동을 통해서 윤리적 우월성을 증명함으로써 당시 독자들의 민족적 우월성에 대한 열망을 충족시키고자 한 것이다. 그리고 이것은 독자들의 감정을 자극하여 인기를 얻으려는 작자의 창작 의도를 드러낸 것이다.

임경업은 비범한 인물이었다. 작품의 여러 곳에서 이 같은 사실을 확인할 수 있다. 그 가운데서 가장 중요한 부분은 중국에 사신으로 갔다가 호국을 구할 때의 일이다. 임경업이 가달과 싸울 때 혼자 나가 칼을 휘두르니 가달의 장수와 수많은 군사가 죽는다. 그러자 가달이 놀라 도망하다가 임경업에게 사로잡힌다. 그는 사로잡은 가달에게 다음엔 두 마음을 먹지 말라고 꾸짖은 후 돌려보낸다. 그런데 임경업이 데려온 장수와 군사가 하나도 상한 자가 없었다.[130]

---

130) "긔갓튼 도젹은 닷지 말나 엇지 두번 북치기를 기달리〃오 ᄒ고 말를 치쳐 칼를 두루니 듁치의 머리 마하에 나러지고 나믄 군시 죽은 지 불가승쉬라" 남은 군사를 사로잡고 마필을 거두어 돌아온다. 그리고 도망하는 가달을 사로잡자,
"가달이 꾸러왈 장군은 쇼쟝의 잔명을 빌니시면 다시는 두 마음을 두지 아니ᄒ리이다 ᄒ거놀 경업이 군스를 분부하여 민 거슬 그르고 경계왈 인명을 앗겨 용셔ᄒᄂ

결국 임경업 혼자 가달의 대군의 침략을 물리친 것이다. 이 같은 임경업의 활약은 대부분의 영웅소설의 주인공의 그것과 같은 것이기는 하지만, 이 사건을 통해서 작자가 이야기하고자 한 것은 임경업의 비범한 영웅성을 드러내려고 한 것이다. 이러한 사실은 임경업이 의주부윤으로 있을 때 호국병을 물리치는 장면에서도 볼 수 있다. 호병이 군정을 살피다가 사로잡히자 임경업은 은혜를 망각했다면서 꾸짖고 외람한 뜻을 두고 두 마음을 먹으면 호국을 소멸하겠다고 말한 후 돌려보낸다. 호병이 돌아가 그들의 장군에게 그 말을 전하자 그는 임경업을 죽여 한을 풀겠다고 한다. 그래서 호국의 장군이 달려 나와 임경업과 싸우는데, 임경업이 필마단창으로 적진에 뛰어들어 이를 격파한다. 이는 임경업의 탁월한 무예의 실력을 유감없이 발휘한 사건이다. 임경업은 혼자서 수많은 군대를 물리칠 정도로 탁월한 무예 실력을 갖추고 있었다.

그렇다면 무엇 때문에 작자는 임경업의 비범성을 강조한 것일까? 이는 작자가 임경업의 비범한 행위를 통해 우리 민족의 우월성을 제시하여 민족적 자존심을 살림으로써 대중들의 인기에 영합하려고 의도했기 때문인 것으로 보인다. 특히 임경업이 명에는 한없는 충성을 보이면서도 호국에는 끝까지 저항했다는 사실은 그가 당시 유교의 도덕률을 충실히 실천하는 인물이었음을 보여준 것이다. 이러한 그의 행위는 결국 유교 윤리에 철저했던 당대 사회인들의 인식을

---

니 츠후는 이심을 먹지말나 ᄒ니 ᄀ달이 머리를 조아스례ᄒ고 쥐숨듯 본국으로 도라가니 호국 쟝졸이 님쟝군의 관후ᄒ 덕을 못니 칭숑ᄒ더라." 경업이 데려온 장수와 군사가 하나도 상한 자가 없으니(전집2, 433쪽.)

작품에 충실히 반영한 결과로 보인다. 그리고 당시 조선인들은 이처럼 우리 민족의 윤리적 우월성을 과시함으로써 소설을 통해서나마 민족적 자존심을 살릴 수 있었을 것이다.

임경업은 청과의 전쟁에서 패배한 까닭에 청의 지원군으로 참전하여 명을 쳐야 하는 비윤리적 입장에 처하게 되었다. 그러나 그는 오히려 명과 합력하여 청을 치려고 했다. 곧 청국이 피섬을 칠 때 임경업은 피섬을 지키던 명군의 장수 황자명에게 밀서를 보내, 먼저 항복한 후 후일 합력하여 호국을 쳐 원수를 갚자고 했다. 이것은 청국을 지원하러 간 장수가 취할 태도가 아니다. 그럼에도 불구하고 임경업은 호국을 치기 위하여 명군에게 밀서를 보냈다. 숭명배청에 토대한 이 같은 임경업의 행동은 그 후에도 계속된다. 임경업이 황자명과 밀약한 사실을 안 호국은 조선에 그를 잡아 보내라고 요구한다. 그러자 임경업은 호국으로 호송되던 도중에 도망하여 명의 장수인 황자명을 찾아가서 합력하여 북경을 쳐서 호왕을 항복시키려고 했다. 그러나 독부의 간계에 빠져 호병에게 잡힌다. 호왕이 그를 잡아들여 꾸짖자 임경업은 "무도한 오랑캐놈아 내 비록 잡혀 왔으나 너희 보기를 초개같이 하나니 죽이려거든 더디지 말라"[131]고 한다. 그는 또 호왕에게 힘을 합해 북경을 쳐 호왕의 머리를 베려고 했는데, 실패했으니 빨리 죽여 자신의 충의를 나타내라고 했다. 이 같은 임경업의 행동은 그가 철저하게 숭명배청 의식에 따라 행동하는 인물임을 증명하는 것이다. 그의 이러한 충의는 결국 호왕을 감동시키는 데까지 나아갔다. 그래서 호왕은 자신에게는 역신

---

131) 윗책, 440쪽.

이나 조선에는 충신이라고 하면서 '어찌 충절을 해하겠느냐'면서 세자와 대군을 놓아 보낸다. 호왕까지도 감동시킨 임경업의 충절의 행동은 그가 철저하게 충의의 인물임을 보여주기 위한 것이다. 이로써 작자는 숭명배청의 화신으로서 당시 사람들에게 존경받던 임경업을 소설화하여 우리 민족의 윤리적 우월성을 증명하려고 했다.

바로 이 같은 임경업의 윤리 수호를 위한 철저한 행동 때문에 소중화로 자처하던 당시 독자들은 정신적 위안을 받았을 것이다. 곧 오랑캐라 멸시하던 청에게 패했다는 수치심은 임경업의 행동을 통해 우리 민족의 우월성을 보여줌으로써 민족적 자부심으로 대체될 수 있었고, 이를 유지할 수 있었다. 그리고 〈임장군전〉은 당시 조선인들의 이 같은 열망을 작품에 반영했기 때문에 상업적으로 성공할 수 있었을 것이다.


## (3) 실패한 삶

임경업은 비범함을 갖춘 충의의 인물이었다. 그럼에도 불구하고 그는 결국 그의 뜻을 제대로 펴지 못하고 죽은, 시대의 패배자였다. 무엇 때문에 비범함과 충절을 갖춘 인물이 그의 뜻을 펴지 못하고 실패의 삶을 살았을까?

임경업이 실패의 삶을 살았던 요인은 여럿 있을 수 있다. 그 가운데 하나는 김자점이 역심을 품었다는 사실이다. 물론 그는 임경업의 지용을 두려워하여 반심하지는 못했다. 그러나 그는 모든 일에서 임경업의 반대편에 서서 그의 뜻을 펴지 못하도록 했고, 결국 그를 죽였다. 따라서 그의 삶의 실패의 요인 가운데 하나가 김자점 때문임을 부인할 수 없다. 그러나 김자점 때문에 임경업이 실패의 삶을 살았다고 보기엔 납득하기 어려운 점이 있다. 곧 그가 비범한 지용을 갖춘 장군이었으므로 그의 지용을 두려워한 김자점이 반역을 일으키지 못했다는 점을 고려할 때, 김자점은 그의 삶을 실패로 이끌 만한 인물이 아니었던 것 같다.

이에 대하여 작품에서는 국운이 불행하였다고 했다. 그것은 청국이 임경업이 지키던 의주를 피해 동해로 돌아서 조선을 쳐서 항복받았기 때문이다. 곧 임경업이 지키던 의주로 호국이 침략했더라면 그가 비범한 능력을 발휘하여 그들을 물리치고 나라를 지킬 수 있었을 것인데, 하늘이 그런 기회를 허여하지 않아서 임경업을 두고도 조선은 항복했다는 것이다. 만약 임경업이 호국의 침략 사실을 알았다면 그는 청의 침입을 단번에 물리칠 수 있었을 것이다. 그런데 그는 청의 침입을 모르고 있었기 때문에 그의 능력을 발휘할 수 없었고, 조선은 항복하였다. 이것은 조선의 패배를 운명론에 돌리는 작자의 입장을 드러낸 것이다. 곧 조선의 패배는 하늘이 정한 운명이었으므로, 임경업도 천명을 거스를 수는 없었다는 것이다.

그렇지만 작자는 작품의 내용을 통해서 하늘의 뜻 외에도 나라의 중추를 이루고 있던 관리들도 맡은 바 소임을 제대로 하지 않았음을 지적하고 있다. 이런 난세에서도 도원수 김자점은 한 계교도 베풀지 못했고, 강화유수 김영진은 군기를 고중에 넣어두고 술만 마시고 누워 있다가 싸움에 졌다고 했다. 한 사람이 왕에게 임경업을 기다리자고 했으나 왕은 길이 막혀 소식을 전할 방법이 없다면서 왕대

비와 세자, 대군의 목숨을 아껴서 항복하고 말았다.[132] 이로 볼 때 작자는 조선의 항복을 한편으로는 국운의 불행 탓으로 돌리고 있으나, 실제로는 청과 대적할 계교 하나 제대로 쓸 줄 아는 인재가 없었으며, 적군의 침략을 앞에 두고도 대비하지 않는 관리와, 쉽게 항복해 버린 왕의 탓도 있음을 보여주려고 한 것 같다. 이것은 결국 조선의 지배층의 문제를 지적하면서 동시에 임경업의 탁월한 능력을 활용하지 못한 왕권에 대한 비판을 암시적으로 표현한 것으로 볼 수 있다.

따라서 임경업은 시대의 불운과 왕권의 무능으로 전쟁에서 패배한 까닭에 그의 뜻을 제대로 펴지 못한 채 비극적 삶을 살았다. 그는 유교 윤리의 충실한 실천자로서 충의를 다했고, 나라를 구하기 위해 애썼다. 그러나 불운의 시대와 간사한 인간 때문에 그의 뜻을 펴지 못한 채 타살되고 말았다. 이것은 결국 조선의 항복이 하늘의 뜻이기도 하지만 왕권이 무능한 탓에 비범한 능력을 가진 임경업 같은 장군을 제대로 활용하지 못해서 패배했음을 드러내고자 한 것이다.

이상에서 살핀 바와 같이 임경업의 삶은 실패의 연속이었다. 그가 그처럼 실패의 삶을 살았던 것은 그의 탓보다는 불행한 시대 탓 때문인 것으로 보인다. 그에게는 불운하게도 김자점이라는 간신이 주위에 있어서 그의 활로를 자주 막았다. 또한 왕실이 무능한 탓에 그의 재능을 제대로 펼칠 수 있도록 해주지 못했다. 결국 임경업은 비범한 능력을 갖춘 충신이었으나 불행한 시대를 만나 자신의 뜻을 펴보지 못하고 김자점의 음모로 억울하게 죽었다. 따라서 그의 실

---

132) 윗책, 435쪽.

패는 불행한 시대와 못된 인간 탓으로 설명할 수 있다.

비범한 충신이 뜻을 제대로 펴지 못하고 억울하게 죽었다는 사실은 독자들의 동정을 사기에 족하다. 그래서 그들은 임경업의 죽음을 안타까워하면서 그에게 동정을 보냈고, 그를 영웅으로 추앙할 수 있었을 것이다. 그로 인해 임경업은 독자들의 열망을 충족시키기 위하여 소설의 주인공으로 부활할 수 있었을 것이다. 그리고 당시 방각본 업자들은 이것을 작품에 적절히 활용하여 상업적 목적을 달성한 것으로 보인다.


## 2) 민족적 자존심

임경업의 삶은 실패로 끝났다. 그럼에도 불구하고 소설의 주인공으로 부활한 임경업은 대중들에게 열렬히 숭앙받은 영웅이었다. 그렇다면 임경업이 대중들에게 그처럼 숭앙 받을 수 있었던 데는 어떤 요인이 있을 것이다. 그러므로 여기서는 당시 사회 상황과 〈임장군전〉의 내용을 중심으로 이 문제에 대하여 살펴보기로 한다.

당시 조선인들은 병자호란에서 청에게 패배했다는 사실을 매우 충격적인 사건으로 받아들였다. 그것은 그동안 오랑캐라 일컫던 청에게 패했다는 민족적 수치심의 문제와 관련된 사건이었기 때문에 이를 현실로 받아들이기가 더욱 어려웠을 것이다. 그런데 역사적으로 이와 같은 절망의 상황 가운데서도 민족의 자존심을 살려준 인물이 있었다. 곧 임경업이 숭명배청의 화신으로 활약한 것이다. 물론 임경업의 계획은 실패로 돌아갔고, 그는 자신이 펴고자 했던 뜻을 펴지 못한 채 죽고 말았다. 그렇지만 그는 문화민족의 자존심을 살린 인물로 대중들에게 각인되었다.

당시 오랑캐에게 패했다는 역사적 사실을 민족적 수치심의 문제와 관련지어 정치적으로 이용한 것이 북벌론이다. 효종은 북벌의 책임자로 송시열을 지명하고 이를 추진했다. 물론 이것은 현실성이 전혀 없는 정책으로 명분론에 집착한 지배층이 당시의 국제 정세를 전혀 파악하지 못하고 추진했다. 그런데 지배층의 이 같은 정책에 대중들이 동조하면서 나라 전체가 비현실적이고 공상적인 숭명배청 의식에 열광하였다.[133]

〈임장군전〉은 이 같은 사회 분위기를 작품에 반영하면서 임경업을 소설의 주인공으로 부활시켜 문학적으로 형상화함으로써 탄생한 작품이다. 따라서 임경업의 삶에 대한 작자의 접근 태도는 당시 조선의 천운과 관련지어 임경업의 실패를 설명하려고 하는 경향이 짙다. 이것은 임경업이란 뛰어난 인물이 존재했음에도 불구하고 현실적으로 전쟁에서 패한 것은 하늘의 뜻이라는 식으로 설명하여 전쟁의 패배를 합리화하려는 당시인들의 사고 태도와 관련되어 있다. 특히 임경업을 위대한 인물로 부각시키고자 했던 작자의 입장에서는 독자들의 민족적 자존심을 살려주는 문제와 임경업의 위인됨을 결합시키는 문제가 매우 중요했을 것이다. 그러므로 작품에서 임경업을 초월적 능력을 지닌 인물로 설명하면서도 조선이 오랑캐에게 패한 것은 임경업이 그들의 침략 사실을 몰랐다거나, 하늘의 뜻이 이미 조선의 운명을 그렇게 만들었기 때문에 어쩔 수 없었다는 식으

---

133) 이윤석, 앞책, 78쪽.

로 설명하여 당시 대중들의 패배감을 위로하려고 했을 것이다. 이것은 오랑캐라 멸시하던 청에게 현실적으로 패배한 사실을 하늘의 뜻이라거나 임경업이 청의 침략 사실을 몰랐기 때문이라고 호도함으로써 현실의 패배를 인정하지 않으려는 태도를 드러낸 것이다.

이러한 작자의 태도는 결국 현실의 패배를 인정하지 않을 뿐만 아니라 청을 오랑캐라고 멸시하면서 우리 민족의 윤리적 우월성을 강조함으로써 민족적 자존심을 유지하려는 데까지 나아갔다. 곧 임경업이 숭명배청의 화신으로 등장하여 명에게 끝까지 충의의 행동을 보이는데, 이는 은혜의 나라를 침략하는 청의 태도와 대비되는 것으로, 우리 민족의 윤리적 우월성을 강조하여 민족적 자존심을 살리려고 한 것이다.

이것은 작자가 〈임장군전〉을 통하여 현실적 패배를 정신적 승리로 귀결시키고자 한 독자들의 열망을 작품에 반영한 결과로 보인다. 그리고 바로 이 같은 내용 때문에 〈임장군전〉은 상업적으로 성공을 거둘 수 있었을 것이다. 또한 전기수도 이러한 시대 분위기와 작품의 줄거리를 최대한 활용하면서 〈임장군전〉을 자신의 낭독 목록에 포함시켰을 것이다. 이는 결국 〈임장군전〉이 민족적 자존심을 자극하는 내용을 작품화함으로써 대중소설로 성공했음을 뜻한다.

# 제3장 방각본 시대의 대중소설(1)

앞 장에서는 주로 전기수 목록에 들어 있는 작품의 특징을 살폈다. 이들 작품은 전기수가 구연을 통해 대중들의 인기에 영합한 초기 형태의 대중소설이라는 특징을 갖는다. 그런데 앞으로 살필 작품들은 좀더 상업주의적 성격이 진전된 대중소설로서의 방각본 소설들이다. 물론 방각본 소설은 소설의 독자층이 확대되면서, 독자층의 소설에 대한 욕구를 상업적으로 충족시키려는 의도에서 간행된 소설이다. 그러므로 이 소설들은 독자들의 욕구를 충족시키는 방법을 여러 가지 면에서 시도한 것으로 보인다. 따라서 이 글에서는 작자가 독자들의 욕구를 충족시키기 위하여 각각 어떤 요소를 어떻게 활용하였는가에 초점을 두고 방각본 소설을 살펴보고자 한다.

방각본 소설은 비교적 짧은 기간에 많은 작품이 간행되었다. 그에 따라 줄거리의 구조는 대체로 도식화되어 있고, 그 내용은 복수와 결연담이 주류를 이룬다.[134] 그러면서도 그 내용은 몇 가지 점

---

134) 임성래는 『영웅소설의 유형 연구』에서 방각본 소설을 네 유형으로 나누었다. 그런데 방각본 소설은 복수와 결연을 작품화한 것이 주류를 이루므로, 여기서는 복수와 결연을 내용으로 한 작품만 논의의 대상으로 삼는다.

에서 서로 차이를 보이고 있다. 그러므로 이 글에서는 이 시대의 방각본 소설들에 나타나는 차이점을 대중소설적 시각에서 검토하기 위하여 다섯 작품을 두 개의 장으로 나누어 살펴보고자 한다.

여기서는 그 첫 번째 장으로 복수를 주 내용으로 한 〈유충열전〉과 〈조웅전〉을 중심으로 이 작품들의 성격을 살펴보고자 한다.

## 1. 〈유충열전〉

〈유충열전〉[135]은 세력이 약화된 명을 배경으로 한 작품이다. 작품의 줄거리는 유심과 그의 적대자 정한담의 대결로 시작되지만, 줄거리의 기본 축은 그의 아들 유충열과 정한담의 대결로 이어지면서, 부친의 정치적 패배를 자식이 설욕하는 복수담으로 이루어져 있다. 그리고 이 복수담에 흥미를 가미하기 위하여 등장한 이야기가 유충열과 강소저의 결연담이다. 이 결연담은 앞에서 살펴본 〈소대성전〉과 마찬가지로 남녀간의 애정의 내용이 흥미의 초점이 아니라는 점에서 결연의 흥미성이 다소 약화된 모습으로 나타난다. 그런데 이들의 행복한 결연은 정한담 때문에 처참하게 서로 헤어지는 것으로 전개되도록 짜여 있다. 이는 주인공의 모든 불행의 원인을 정한담에게 둠으로써 주인공의 적대자에 대한 설욕의 중요성을 강화하도록 작품을 구성하려는 작가의 의도 때문인 것으로 보인다.

작품의 내용을 살펴보면 현실적으로 명나라는 정한담에게 망한

---

135) 대본은 전집2에 실린 완판 86장본이다.

것으로 보인다. 그런데 이처럼 망한 명나라를 유충열이 나타나 재건하도록 한 것은 당시 조선 대중들의 명에 대한 숭앙과 청에 대한 반감을 작품화하여, 이를 상품화하려는 상업적 의도 때문인 것으로 보인다. 말하자면 〈유충열전〉은 유충열이 정한담에게 복수하도록 줄거리가 짜여 있는데, 이러한 줄거리의 구성 방식은 정한담이라는 인물을 명의 적대세력화하여 당시 민중들의 숭명배청 의식에 영합하려는 작가의 상업주의적 의도를 노골화한 것이라고 할 수 있다.

이제 이러한 점과 관련하여 〈유충열전〉의 구성과 기법, 주제 등의 특징에 대하여 살펴보기로 하자.


## 1) 줄거리

〈유충열전〉의 특징 가운데 하나는 작품 구성의 긴장감 조성 방법이다. 작품의 긴장감은 간신인 정한담과 유충열의 아버지 유심의 대결로 시작되고, 유충열과 정한담의 대결로 마무리된다. 〈유충열전〉에서는 이 대결 과정에서 긴장감을 조성하는 방법을 활용하고 있다. 또한 이 대결 과정에는 결연담이 삽입되어 있는데, 주인공의 그 결연마저도 적대자에 의해 파탄을 맞이하도록 작품이 짜여 있어서 긴장감을 조성하는 역할을 하고 있다. 특히 이 작품의 구성 방식은 적대자 때문에 모든 가족 구성원이 흩어져 고난을 겪도록 하여 긴장감을 조성한 후 주인공이 적대자를 물리치고 승리함으로써 그동안 흩어졌던 가족 구성원이 회합하도록 하여 긴장감을 해소하는 사건 설정의 방법으로 작품을 마무리하는 것이 특징이다. 이제 이러한 사실을 구체적으로 살펴보겠다.

〈유충열전〉은 긴장감을 조성하기 위하여 우선 황실이 미약하여 외적이 언제 침략할지 모르는 상황을 설정하고, 신하들 사이에 이 문제를 바라보는 시각의 차이로 갈등을 야기하도록 하여 독자의 관심의 초점을 그 대응 방법에 쏠리게 했다. 곧 대명 영종 황제 즉위 초에 황실이 미약하고, 남만 북적과 서역이 강성하여 모역할 뜻을 둔 상황이었으므로 황제는 이 위기를 극복하기 위하여 다른 곳으로 도읍을 옮기려고 했다. 이때 창해국에서 사신으로 온 임경천이 남경은 도성터로 훌륭한 곳이며, 머지 않아 신기한 영웅이 남경에 태어날 것이니 옮기지 말라고 한다. 천자는 그의 말을 듣고 천도 계획을 포기했다. 이 같은 상황에서 열국이 명나라에 조공하되 오직 토번과 가달이 강포만 믿고 조공을 바치지 않았다. 이러한 줄거리의 설정은 명나라와 외적의 대결, 그리고 이를 해결할 신기한 영웅의 등장을 암시하여 독자의 호기심을 자극함으로써 작품의 흥미를 유지하려는 수법을 쓴 것이다. 곧 미약한 명나라를 치려는 오랑캐의 발흥과, 이를 막고 연약한 명을 재건하는 것을 사명으로 한 영웅의 등장과, 이들의 대결 과정과 그 결과에 대한 흥미를 예시함으로써 독자의 긴장감을 조성하고 있다.

〈유충열전〉에서 갈등은 외적의 소행을 징벌하는 문제를 바라보는 유심과 정한담의 시각 차이에서 비롯된다. 선의 화신인 유심과 악의 화신인 정한담의 대결은 황실이 미약한 상황에서 이루어진 것이어서 극적 긴장감을 조성하기 마련이다. 그런데 이 대결 과정에서 유심은 정한담에게 패한다. 유심이 정한담에게 패할 수밖에 없었던 요인은 물론 여럿 있을 수 있다. 그러나 작품에서는 이를 시운이 불행한 탓이라고 했다.[136] 곧 도총대장 정한담은 본디 천상 익성으로 상제에게 득죄하여 인간에 적강했는데, 금산사 옥관도사에게 배워 만부부당지용이 있어서 천자를 도모하려 했으나 유심과 강희주 때문에 못하고 있었다. 따라서 정한담이 뜻을 이루기 위해서는 이들과 필연적으로 대결할 수밖에 없었다. 마침 정한담과 최일귀가 외적을 치겠다고 했을 때 유심이 황실의 미약함을 이유로 기병하는 것이 불가하다고 주장한 것은 그들에게 좋은 공격의 빌미를 제공했다. 게다가 조공을 바치지 않는 오랑캐를 치려는 일에 대하여, 유심이 새알로 바위를 치는 격이라고 한 것은 반격을 받을 만한 주장이었다. 당연히 그의 주장은 공격을 받아 그는 역신(逆臣)으로 몰려 죽을 위기에 빠졌다. 다행히 유심은 한림학사 왕공열의 도움으로 연북에 정배 가는 것으로 낙착되었다. 결국 유심과 정한담의 대결은 유심의 패배로 귀결되었다. 그런데 이 부분은 선과 악으로 표상된 인물들의 대결을 통해 작품의 긴장감을 조성하기 위한 갈등의 실마리를 제공한다. 그리고 이 대결에서 악의 승리는 앞으로 있을 선악의 대결의 흥미를 고조시키는 역할을 한다.

주인공의 고난은 그의 부친과 적대자 정함담의 대결에서 그의 부친이 패한 결과 때문에 어린 시절에 시작된다는 점에서 독자의 감정을 자극하여 동정심을 유발하기 마련이다. 곧 유심을 적소로 보낸 정한담은 유충열을 죽여 후환을 없애려고 화약과 염초를 그 집 사방

---

136) "오회라 시운이 불힝ᄒ고 조물이 시기ᄒ지 유주부셰딕부귀지극ᄒ더니 스룸의 홍진비러가 밋쳐스니 엇지 피할가망이 잇슬손야"(전집2, 337쪽.)

에 묻고 불을 지른다. 독자의 궁금증은 당연히 위기에 처한 유충열이 이 위기를 어떻게 극복할 것인가에 쏠리며, 이는 긴장감을 고조시킨다. 〈유충열전〉은 이 위기의 장면에서 초월적 구원자를 등장시켜 주인공이 위기를 벗어나도록 하여 고조된 긴장감을 해소시키고 있다. 곧 유충열의 모친 장부인의 꿈에 어떤 노인이 홍선 일병을 가지고 와서 주며, 삼경에 대변이 있을 것이니 이 부채를 가지고 있다가 화광이 일어나거든 부채를 흔들며 후원 담장 밑에 은신하였다가 충열만 데리고 남천을 바라보고 도망하라[137] 해서 그대로 하여 주인공은 위기를 벗어났다. 이로써 고조되었던 긴장감은 해소된다.

그런데 〈유충열전〉은 독자의 흥미를 유지하기 위하여 주인공에게 여러 차례의 고난을 준비하였으므로 유충열의 고난은 여기서 끝나는 것이 아니다. 위기를 벗어난 유충열이 회수에 이르렀으나 건널 배가 없었다. 정한담은 유충열이 화를 피해 도망한 사실을 알고 그를 죽이려고 날랜 군사 다섯을 보낸다. 결국 그들은 유충열과 그의 모친을 결박하여 충열은 물에 넣고, 그의 모친은 마철이 아내로 삼을 욕심에 자기 집으로 데려간다.[138] 이로써 부친과 헤어졌던 유충열은 모친과도 헤어진다. 결국 주인공은 어린 시절에 모든 가족들과 헤어져 고아가 되었다. 이처럼 주인공의 가족 구성원이 비참하게 흩어지는 사건은 독자의 연민을 불러일으킨다. 특히 유충열이 어린 나이에 부모를 잃고 고난의 길에 들어섰다는 사실은 독자의 동정심을 불러일으키기에 족한 사건이었다. 그러므로 작자는 작품의

---

137) 윗책, 339쪽.
138) 윗책, 341쪽.

흥미를 유지하기 위한 방안으로 이처럼 온 가족이 흩어지고 주인공이 고난을 겪는 과정을 설정한 것으로 보인다.

다음으로 중요한 사건은 유충열이 강희주의 딸과 결연했다 헤어지는 사건이다. 이 사건은 결연의 의미보다는 고난의 의미가 강한데, 그 이유는 강희주가 정한담과의 대결에서 패하자 유충열이 다시 도피하지 않을 수 없었다는 점 때문이다.

강희주와 정한담의 대결은 필연적인 과정이었다. 그 이유는 앞에서 살핀 바와 같이 정한담이 천자를 도모하려고 할 때 걸림돌이 되었던 인물이 유심과 강희주였기 때문이다. 그런데 뜻을 이루기 위한 정한담과 유심의 대결은 이미 끝났으므로 남은 것은 강희주와의 대결이었다. 강희주는 이 대결에서 패하여 죽을 위기에 처한다. 마침 그 소식을 들은 그의 고모 황태후가 황제에게 청하여 목숨을 건진 후 옥문관에 귀양가게 된다. 게다가 강희주의 일족은 궁노비가 되어야 했다. 이로 인해 유충열은 다시 아내와 헤어져 고난의 길을 떠나야 했다. 그의 아내와 장모는 궁노비로 잡혀가던 도중에 장모는 물에 빠져 죽고, 아내는 도망하였다.[139] 결국 정한담과 강희주의 대결의 결과로 다시 주인공의 처가족도 모두 흩어졌다. 이 사건은 주인공의 결연마저 정한담 때문에 파탄에 빠졌음을 보여준다.

이는 작자가 주인공의 모든 불행의 원인을 적대자에게 둠으로써 주인공과 적대자의 대결을 통해 흥미를 고조시키려는 의도를 가졌기 때문일 것이다. 따라서 주인공은 자신의 불행을 제거하기 위해서 적대자와 필연적으로 대결하지 않을 수 없었다. 이는 결국 적대

---

139) 윗책, 348쪽.

자에 대한 주인공의 복수심을 자극하면서 주인공과 적대자의 필연적 대결을 예비함으로써 주인공과 적대자의 대결에 대한 독자의 관심을 자극하기 위한 과정이다.

지금까지의 대결은 주인공과 적대자의 대결이 아니라 주인공의 부친이나 장인과 적대자의 대결이라는 점에서 주인공의 고난을 강조하기 위한 의도에서 설정한 대결 과정이었다. 말하자면 어린 주인공의 고난 받는 모습을 통해서 독자의 연민을 불러 일으켜 작품의 흥미와 긴장감을 유지시키려는 과정이었다. 주인공이 어린 시절에 부모와 헤어져 고난을 겪는 과정은 주인공의 다음 이야기에 궁금증을 가졌던 독자에게 연민의 감정을 불러일으킬 수 있다. 그리고 주인공이 후원자였던 강희주의 패배로 아내와 헤어져 고난의 길을 떠났다는 사실은 독자의 연민의 감정을 증폭시키기 마련이다. 이처럼 주인공에 대한 독자의 증폭된 연민의 감정은 결국 주인공의 적대자에 대한 적대감으로 연결되면서 주인공의 복수를 갈망하는 방향으로 작용한다. 여기서 독자는 주인공의 편에 서며, 자신을 주인공과 동일시하여 적대자에 대한 복수를 요구하기에 이른다. 이러한 독자의 욕구를 충족시키기 위하여 설정된 사건이 유충열과 정한담의 대결이다.

유충열과 정한담의 대결 과정은 매우 장황한데, 그 이유는 이들의 대결과정을 통하여 독자에게 작품의 흥미를 제공하기 위한 의도 때문이다. 그런데 이 대결 내용의 핵심은 황제를 보호하려는 유충열과 황제의 자리를 뺏으려는 정한담의 싸움이다. 그러므로 이 싸움은 왕권 수호 세력과 이를 빼앗으려는 세력의 대결로 이루어지며,

주인공은 왕권 수호자의 위치에 서서 그의 적대자와 싸운다. 앞에서 언급한 바와 같이 독자도 주인공의 편이므로, 주인공의 적대자는 반역자가 되어 주인공, 곧 독자와 대결할 수밖에 없다. 따라서 작자는 독자의 이러한 열망을 작품에 반영하여 적대자가 패하도록 줄거리를 전개하면서 주인공의 복수를 통해 독자의 복수 욕구를 충족시킨다. 그리고 독자의 이러한 욕구를 충족시키기 위하여 긴장감을 최고로 고조시킨 후 이를 해소하는 대중소설의 통상적 수법을 채택하고 있다.

〈유충열전〉에서도 황제가 급박한 위기에 빠진 상황을 설정한 후 유충열을 등장시키고, 유충열과 정한담의 대결에서 유충열이 승리하여 위기에 빠진 황제를 구하게 한다. 이것은 독자의 긴장감을 최고로 고조시킨 후 이를 해소하는 대중소설의 통상적 수법을 채택한 것이라고 할 수 있다. 곧 남흉노와 선우, 북적이 동심하여 천자를 도모하려고 서천 삼십육도 군장과 남만 가달이며 토번 오국이 합세하여 쳐들어온다. 황제는 정한담과 최일귀로 적을 막게 했으나 오히려 그들이 적과 내통하여 도성으로 쳐들어온다. 황제는 어쩔 수 없이 금산성으로 도망한다. 정한담은 옥새를 빼앗고자 하여 금산성을 파한다. 그곳에서 천자는 조정만과 무사히 도망했으나 태자와 황후, 태후는 적에게 사로잡힌다. 천자는 산동 육국에 구원병을 청하였으나 구원병이 정한담의 군사에게 패하자 할 수 없이 옥새를 목에 걸고 항서를 손에 들고 방성통곡하며 항복하러 나온다.[140] 이처럼 급박한 위기의 상황에서 유충열이 등장하여 천자를 구하고 정한

---

140) 윗책, 354쪽.

담의 군사를 물리친다. 이러한 사건의 설정은 앞에서 언급한 바와 같이 최대의 위기를 설정하여 긴장감을 고조시킨 후 주인공을 등장시켜 이를 해소하는 대중소설적 구성 방법을 활용한 것이다.

〈유충열전〉은 이 상황에서 주인공과 적대자의 대결을 본격화함으로써 줄거리의 흥미를 고조시킨다. 이에 따라 유충열과 정한담의 대결 양상은 다채롭게 전개된다. 그 가운데서 역시 중요한 것은 정한담의 계교에 빠져 황제가 위태할 때 유충열이 달려와 황제를 위기에서 구하고 정한담을 사로잡는 사건이다. 이 사건으로 유충열과 정한담의 대결은 마무리되는데, 결국 위기에 빠진 천자를 주인공이 구함으로써 주인공은 부귀영화를 누리게 된다. 〈유충열전〉의 구성은 이처럼 주인공과 적대자의 대결 과정을 통해서 긴장감을 고조시킨 후 주인공이 승리하여 이를 해소함으로써 독자의 욕구를 충족시킬 수 있었다.

〈유충열전〉에서 이 사건 다음으로 중요한 것은 그동안 적대자 때문에 흩어졌던 가족들의 회합과정이다. 이 과정은 주인공의 선행에 대한 보상의 차원에서 이루어지는 것으로, 독자들의 선행에 대한 보상 욕구를 충족시키기 위한 의도에서 설정된 것이다. 곧 대중소설의 통상적 주제인 권선징악의 실현과 그 보상 과정이라고 할 수 있다. 이러한 의도에 따라 유충열은 흩어진 그의 가족을 찾아나선다. 드디어 그는 부친을 필두로 모친과 장인 강희주, 아내를 차례로 만난다. 그 후 정한담을 죽여 복수하고 왕이 되어 온 가족이 함께 부귀영화를 누린다. 이로써 그동안 가족의 일원으로서 누리지 못했던 가정생활의 즐거움을 새롭게 누리기 시작한다. 이는 주인공의 선행에 대한 보상으로, 흩어졌던 가족 구성원이 다시 모여 가정을 새롭게 꾸려나가는 행복한 결말을 맺는다.

지금까지 살핀 바에서 알 수 있듯이 〈유충열전〉의 기본 틀은 찬역하려는 적대자와 이를 막으려는 주인공 부친의 대결에서 주인공 부친의 패배로 주인공이 가족과 흩어져 고난을 겪다가 주인공이 후일 부친의 적대자를 물리치고, 위기에 처한 국가를 구함으로써 부친의 원수를 갚고 흩어졌던 가족과 재회하여 부귀영화를 누리는 과정에 결연담을 첨가하였다. 그리고 이 결연담도 주인공의 결연이 적대자에 의해 파탄에 이르렀다가 그가 적대자를 물리침으로써 재회하여 부귀영화를 누리도록 줄거리가 짜여 있다. 이것은 모든 불행의 원인을 적대자에게 둠으로써 주인공과 적대자의 대결에 초점을 두어 줄거리의 흥미를 유지하려는 목적 때문인 것으로 보인다. 이러한 점을 고려할 때 〈유충열전〉은 독자의 흥미를 유지하여 상업성을 살리려는 대중소설의 구성 방법을 잘 활용함으로써 당시 독자들에게 인기 있는 소설이 되었을 것이다.

## 2) 중단기법

〈유충열전〉은 독자의 인기를 끌기 위하여 대중소설의 다양한 기법을 활용하고 있다. 예를 들어 사건이 긴박한 상황에서 이야기를 중단하여 독자의 궁금증을 고조시킨 후 다음 이야기를 계속하는 중단기법이라든지, 줄거리에 독자의 흥미를 끌기 위하여 선인에게 위기가 닥치게 하여 긴장감을 고조시킨 후 주인공을 등장시켜 그를 위기에서 구하여 긴장감을 해소하는 구성법이라든지, 줄거리의 암시를 통해 독자의 궁금증을 자아내게 해서 흥미를 유지하는 따위의 방법을 들 수 있다. 이는 작품에 대한 감정의 긴장과 이완의 반복적 반응을 통해 독자를 작중에 몰입시키는 방안의 하나이다. 이런 방법 외에도 그 기법은 다양하게 활용된다.

그 가운데 하나로 독자의 흥미를 유지하기 위하여 사건을 몇 개의 장면으로 나누어 줄거리를 전개하는 회장으로서의 중단기법을 들 수 있다. 이것은 전기수의 요전법(邀錢法)이나 오늘날 연속극에서 볼 수 있는 중단기법인데, 〈유충열전〉에서는 이러한 기법을 효과적으로 활용하고 있다.

〈유충열전〉은 상, 하 두 권으로 이루어져 있다. 상권에서는 여덟 부분으로 장면을 나누고 각 회장에 간략한 제목을 붙여[141] 줄거리의 내용을 대강 암시하면서 긴급한 위기의 장면에서 이야기를 중단하여 독자의 궁금증을 자극한 후 다음 회장으로 넘기는 중단기법을 쓰고 있다. 하권은 회장 형식의 중단기법을 쓰고 있으면서도 각 회장에 제목을 붙이지는 않고 '각설'이란 말로 장면을 전환시켜 새로운 줄에서 이야기를 시작하는 것이 특징이다. 이것은 〈유충열전〉이 상업적 목적을 달성하기 위하여 회장 형식의 중단기법을 활용했음을 뜻한다.[142]

---

141) 상권이 모든 회장에 소제목을 붙인 것은 아니다. 작품의 시작 부분은 음각으로 '각설이라' 새겨 새로운 시작임을 밝혔으면서도 회장의 제목은 없다. 세 번째와 여섯 번째 회장도 '각설'이라 음각하여 줄을 바꿔 시작했으나 제목을 붙이지는 않았다.

142) 〈유충열전〉은 상업적 목적을 달성하기 위하여 회장 형식의 중단기법의 활용을 시도했다는 점에서 대중소설사적 의의가 있으나 상권과 하권의 회장 형식이 불완전한 형태로 이루어졌다는 점을 고려할 때 그 활용 방법은 미숙한 것으로 보인다.

그런데 〈유충열전〉에서 활용되고 있는 중단기법 가운데 가장 뛰어난 부분은 상권과 하권의 분책(分冊) 부분이다. 상권은 천자가 정한담에게 항복하려는 순간에 줄거리가 끝남으로써 독자의 궁금증을 최고로 증폭시켜 하권을 읽지 않을 수 없도록 했으며, 하권은 이를 해소하는 사건을 설정하여 궁금증과 긴장감을 해소시키고 있다. 이제 이러한 사실을 상권의 결말 부분과 하권의 첫대목을 중심으로 살펴보자.

상권 결말 부분의 회장 제목은 "빅용사의득갑주창검ᄒ고 송임촌의득천사마ᄒ다"로 주인공 유충열이 병장기와 천사마를 얻어 출전 차비할 것을 회장 제목으로 예시하고 있다. 그런 다음 작품 구성에서 극적이고 긴박한 상황을 설정하여 독자의 궁금증을 자극하여 긴장감을 고조시킨 후 주인공 유충열을 등장시켜 이를 해소하려고 했다. 이러한 의도에 따라 광덕산 백용사에서 공부하던 유충열은 천문을 보고 천자가 위기에 빠진 사실을 안다. 이 때 노승이 간직하고 있던 옥함을 그에게 주었는데, 그 옥함에는 갑주 한 벌과 장검 하나, 책 한 권이 들어 있었다. 유충열이 갑주를 입은 후 책을 펴서 칼 쓰는 법을 익히자 노승은 송임촌에 가서 동장자를 만나면 말을 줄 것이라고 한다. 유충열은 그곳에 찾아가 말을 얻은 후 황제를 구하려고 남경으로 떠난다.[143]

앞에서 언급한 바와 같이 방각본 소설의 특징은 상업성을 극대화하기 위한 대중소설적 기법을 최대한 활용한다. 따라서 〈유충열전〉에서도 유충열의 등장을 회장 제목으로 암시하여 그의 출전을 준비

---

143) 전집2, 354쪽.

시키면서도 상권에서 그를 등장시키지 않고, 최대의 위기 상황에서
작품을 종결하여 하권으로 나머지 이야기를 넘기고 있다. 곧 천자
가 싸움에서 패하자 옥새를 가지고 조정만과 도망하여 용동수에 빠
져 죽으려 했으나 적장 정문걸에게 길이 막혀 항복의 위기에 빠진
상황에서 상권이 끝난다. 이 상황을 살펴보면 정문걸은 명진 육국
청병을 한 칼에 다 무찌르고 진중에 들어와 항복하라고 위협한다.

> 명제야 항복ᄒ라 니 흔 칼의 육국 졍병 다 죽어잇고 쏘흔 북젹이 흡
> 셰ᄒ야스니 네 어이 당홀손야 밧비 나와 항복ᄒ여 네의 모자를 차져가
> 라ᄒ고 짓쳐드려오니 이졔 천자 ᄒ릴업셔 옥시를 목의 걸고 항셔를 손
> 의들고 항복ᄒ랴 ᄒ고 나올 적의 중군 조정만과 명진의 나문 군ᄉ 엇
> 지안이 흔심ᄒ고 실푸리요 천자의 우름소리 명셩원이 쩌나가게 방셩
> 통곡ᄒ며 항복ᄒ러 나오더라144)

그러자 위의 인용문에서 보듯이 정문걸에게 패한 황제가 방성통
곡하며 항복하러 나오는 상황인데, 상권은 여기서 끝난다. 이처럼
상권이 남경으로 향한 주인공의 등장과 그 활약을 암시하면서 그를
등장시키지 않고 황제가 항복하러 나오는 급박한 상황에서 이야기
를 중단시킴으로써 상권을 읽은 독자들이 하권을 읽지 않을 수 없도
록 했다. 이는 〈유충열전〉의 구성 방식이 상업주의적 소설의 특징
을 유감없이 발휘한 것으로, 독자의 궁금증을 자극하여 긴장감을
고조시킨 후 이야기를 중단하여 흥미를 유지하는 기법으로 이루어
졌음을 보여주는 것이다.

---

144) 윗책, 354쪽.

〈유충열전〉의 이러한 구성 기법은 하권의 첫대목에서 주인공이 선인을 구함으로써 중단의 긴장감을 해소하는 것으로 줄거리를 시작하도록 한다. 곧 하권은 천자가 항복하려고 나오는 극적인 상황에서 유충열이 등장하여 황제가 이 위기를 벗어나도록 하는 데서 이야기가 시작된다.

　　이찌 천자는 옥시를 목의 걸고 항서를 손의 들고 진문 밧긔 나오다가 뜻밧긔 호통소리 나며 일원디장이 문걸의 머리를 버혀들고[145]

작품의 첫대목에서 황제가 항복하러 나올 때 일원대장, 곧 선의 화신인 유충열이 호통을 치면서 등장하여 악의 세력인 적장 정문걸을 베어 황제를 항복의 위기에서 구함으로써 고조되었던 독자들의 긴장감을 해소시킨다. 〈유충열전〉은 이처럼 선이 위기에 처한 장면에서 주인공이 등장하여 악을 물리침으로써 긴장감을 해소하여 감정의 카타르시스를 맛보도록 했다. 이것은 독자의 감정적 통쾌감을 자극함으로써 줄거리의 흥미를 유지하는 구성 방법을 〈유충열전〉이 활용한 것이다. 이런 점을 고려할 때 〈유충열전〉은 고전소설 가운데 대중소설의 중단기법을 가장 효과적으로 활용하고 있는 작품이라고 할 수 있다.

〈유충열전〉에서 이 같은 기법을 사용한 곳은 여럿 있다. 비슷한 예로 독자의 흥미를 끌기 위하여 선인에게 위기가 닥치게 하여 긴장감을 고조시킨 후 주인공을 등장시켜 위기에서 그를 구하여 긴장감을

---

145) 윗책, 354쪽.

해소하고 통쾌감을 맛보도록 하는 구성법을 사용한 곳을 살펴보자.

유충열이 정한담의 계교에 속아 금산성에 구원하러 간 사이에 정한담이 도성을 공격하니 황후와 태후, 태자는 사로잡히고 천자는 도망하여 번수가에 이른다. 그러자 정한담이 뒤쫓아와 천자가 탄 말을 찔러 백사장에 거꾸러뜨리고 천자를 잡아내서 칼로 통천관을 깨 던지고 호통하면서 항서를 올리면 죽이지 않겠다고 위협한다. 천자는 할 수 없이 항복하려고 한다.

> 항셔를 씌자흔들 지필이 업다 흐시니 흔담이 분노흐야 창검을 번덕이며 왈 용포를 쩨고 손까락을 찌여 항셔를 쎠지 못홀가 천자 용포를 쩨고 손가락을 찌물여흐니 참마 못홀 지음의[146]

황제가 용포를 떼어 혈서로 항서를 써야 할 정도로 위급한 패배 직전의 상황, 최대의 위기를 설정하여 독자의 긴장감을 고조시킨다. 이때 유충열이 금산성에서 적진 십만 병을 한 칼에 무찔렀는데, 갑자기 월색이 희미해지면서 빗방울이 떨어진다. 유충열이 말을 멈추고 천기를 보니 도성에 살기가 가득하고 천자의 자미성이 번수가에 비친다. 유충열은 깜짝 놀라 말을 몰아 번수가에 이르니, 천자가 항복하기 직전이었다.

> 잇쩌 천자는 빅사장의 업더지고 흔담은 칼을 들고 천자를 치랴흐거늘 원슈 이쩌를 당흐미 평상의 잇난 긔력과 일싱의 질은 호통을 진력흐여 다 지르니…이놈 정흔담아 우리 천자 힉치 말고 니의 칼을 네 바

---

146) 윗책, 362쪽.

드라 흥난 소리의 나난 짐징도 쩌려지고 강신 하빅 넉실이러 용납지
못흥거든 정흥담의 혼빅인들 안이가며 간담이 셩홀손야[147]

이 절대 위기의 순간에 주인공 유충열이 등장하여 천자를 위기에
서 구한다. 이는 절박한 위기의 상황을 설정하여 독자의 긴장감을
최대로 고조시켜 독자들을 작중으로 몰입시킨 후 주인공을 등장시
켜 천자를 구함으로써 위기를 해소하여 통쾌감을 맛보게 했다. 그
리고 주인공의 등장을 좀더 극적으로 표현한 것이 "이놈 정한담아
우리 천자 해치지 말고 내 칼을 받으라"이다. 이 대목에서 독자들은
모두 자신을 대리한 유충열의 행동에 박수를 보내면서 통쾌감을 맛
본다. 이는 선인에게 위기를 설정하여 독자의 감정을 긴장시켰다가
주인공을 등장시켜 이 위기를 해소시킴으로써 이를 이완시켜 감정
의 카타르시스를 맛보도록 한 것이다.[148] 따라서 〈유충열전〉은 이
러한 기법을 효과적으로 활용하여 당시인들에게 인기를 끌었기 때
문에 대중소설로 성공할 수 있었을 것이다.

〈유충열전〉의 대중소설적 기법 가운데는 줄거리의 암시를 통해
독자의 궁금증을 자아내서 흥미를 유지시키는 것도 있다. 대표적인
예로 각 회장의 제목을 들 수 있다. "유주부난조참적소흥고 장부인
은 피화봉수적흥다"는 두 번째 회장의 제목인데, 이는 두 번째 회장
의 내용을 압축하여 예시하고 있다. "천자는기병쌍궐흥〃고 간신은

---

147) 윗책, 362쪽.

148) 이러한 장면은 유충열이 호국에 황후와 태후, 태자를 구하러 갔을 때도 나온다.
   곧 무사가 태자의 목을 자르려 하는 순간에 유충열이 등장하여 그를 베고, 이들을
   위기에서 구한다(윗책, 365쪽).

투창적진츙ᄒ다"는 일곱 번째 회장의 제목인데, 역시 일곱 번째 회장의 내용을 압축하여 예시하고 있다. 이처럼 〈유충열전〉에는 회장의 제목을 통해 줄거리를 예시하여 독자가 줄거리에 대한 궁금증을 풀기 위하여 작품을 읽도록 했다. 〈유충열전〉에는 회장의 제목으로 내용을 압축하여 줄거리를 예시하는 방법 외에도 작자가 이야기에 직접 개입하여 독자의 궁금증을 자극하는 기법을 사용하기도 한다.

> 오회라 시운이 불힝ᄒ고 조물이 시기흔지 유주부 셰디부귀 지극ᄒ더니 스롬의 홍진비리가 밋쳐스니 엇지 피할 가망이 잇슬손야[149)

여기서는 유심에게 불행이 닥칠 것을 작자가 미리 알려줌으로써 유심에게 어떤 불행이 일어날 것인가에 대하여 독자의 관심이 쏠리도록 했다. 이러한 기법의 예는 〈유충열전〉의 도처에서 발견할 수 있는 것으로, 예고편적 성격을 갖는다. 따라서 독자는 이 예고편이 궁금하기 때문에 줄거리에 계속해서 관심을 가질 수밖에 없으며, 〈유충열전〉은 이를 통해 독자의 흥미를 효과적으로 유지할 수 있었을 것이다.

지금까지 〈유충열전〉이 독자의 흥미를 유지하기 위하여 어떤 기법을 어떻게 활용하고 있는가에 대하여 살펴보았다. 그 결과 〈유충열전〉이 대중소설로 성공할 수 있었던 것은 독자의 흥미를 효과적으로 유지하는 기법을 나름대로 개발하고 이를 작품에 활용했기 때문이라고 할 수 있다.

---

149) 윗책, 337쪽.

### 3) 표현법

〈유충열전〉은 위에서 살펴본 기법 외에도 독자의 흥미를 유지하기 위하여 다양한 방법을 활용하고 있는데, 그 가운데 하나가 표현법이다. 그러므로 여기서는 표현법을 예로 들어 살펴보겠다.

〈유충열전〉에는 당시 통상적으로 쓰이던 표현법을 작품에 그대로 활용하여 표현하고 있다. 유심의 부인 장씨가 늦도록 자식이 없자 유심에게 기자 정성을 드리자는 표현에 "만고성현 공부자도 이구산의 비러 낫코 정나라 정자산도 우성산의 비러스니 우리도 비러보스니다"[150]가 있다. 이는 당시 기자 발원의 대표적 표현법인데,[151] 유충열의 기자 발원에도 그대로 쓰였다. 또한 제사의 축문으로 흔히 쓰이는 형식을[152] 그대로 활용함으로써 독자들의 낯익은 표현에 의지하여 흥미를 유지하려고 했다.

〈유충열전〉에서는 독자들의 동정심을 유발하여 인기를 얻으려는 표현법도 활용되고 있다.

> 가련ᄒ다 장부인이여 팔자도 무쌍ᄒ고 신세도 망칙ᄒ다 수디 장상셔 규중녀자로 유씨의 출가ᄒ야 년광이 반이 넘도록 무자녀ᄒ다가 천힝으로 자식ᄒ나 두웟더니 말니연경의 가군일코 쳔리희상의 자식을 이러

---

150) 윗책, 335쪽.

151) 이 같은 표현법이 당시 기자 발원의 보편적 내용이었던 증거로 〈춘향전〉에도 월매가 성참판에게 자식을 얻기 위해 발원하자는 표현에 같은 내용이 나오는 것을 들수 있다. "쳔하디셩 공부자도 이구산의 비르시고 정나라 정자산은 우성산의 비러나 계시고 … 우리도 정성이나 듸러보사이다"(전집3, 315쪽.)

152) "축문의 ᄒ여스되 유세차 갑자월 갑자일의 디명국 동성무늬의 거ᄒ난 유심은 형산신령젼의 비난니다 … 황천은 감동ᄒ와 자식ᄒ나 졈지ᄒ옵소셔"(전집2, 336쪽.)

> 스되 모진 목숨 죽지 못ᄒ고 도젹놈의게 잡피여와 이 지경이 되야쏘다
> 분벽사창 어디두고 도젹놈의 토굴방의 안져스며 천금갓튼 자식일코 만
> 금갓튼 가군이별ᄒ고 나혼자 살어나셔 구천의 도라간들 유주부를 엇지
> 보며 인간의 살아슨들 도젹놈을 엇지볼고 무수이 통곡ᄒ니[153]

이 부분은 화자의 서술과 장부인의 서술이 겹쳐 나타나는 부분으
로, 화자는 장부인의 팔자를 가련하다고 서술하면서 독자의 동정심
을 유발시키고 있다. 특히 천금 같은 자식 잃고 만금 같은 가군을
이별하고 혼자 살아가야만 하는 장부인의 모습을 보여주는데, 그것
도 도적에게 잡혀 훼절의 위기에 처한 장부인의 통곡하는 모습을 보
여준다. 화자의 서술은 독자의 감정에 호소하여 연민과 동정심을
유발시킴으로써 인기를 끄는 방법으로 활용되고 있다. 독자의 감정
에 호소하는 표현법은 독자를 작중 인물화하는 감정이입의 방법인
데, 다음과 같은 표현법에서 그 예를 찾을 수 있다.

> 실푼 마음 진 흔숨의 피갓탄 겨눈물 쑥〃 써러져 빅사장의 나러지니
> 모릭우의 불근겹이 만졈도화 핀듯ᄒ고 무졍흔 져 물신는 춘국인가 날
> 아들고 유의흔 청강셩은 속졀업시 목미치니 엇지 안이 흔심ᄒ랴[154]

위의 인용문은 화자가 갈 길이 막힌 장부인의 심사를 표현한 것으
로, 독자의 감정에 호소하여 동정심을 유발시키려는 의도에서 이렇
게 표현한 것으로 보인다. 곧 남편과 자식을 잃고 갈 길마저 막힌

---

153) 윗책, 341쪽.
154) 윗책, 342쪽.

절박한 상황의 여인의 심정을 매우 비감하게 표현하여, 이를 읽는 독자들이 감상에 빠지도록 했다. 이는 독자들의 감정을 자극함으로써 독자의 흥미를 효과적으로 유지하려는 방법으로 이 같은 표현법을 〈유충열전〉이 활용했음을 뜻한다. 따라서 〈유충열전〉은 대중소설의 기법의 하나로 독자의 감정에 호소하는 표현법을 활용하였고, 이런 점들 때문에 대중소설로 인기를 얻을 수 있었을 것이다.

### 3) 숭명배청 의식

〈유충열전〉의 주제는 권선징악으로 귀결된다. 이것은 유교 윤리의 수호로 이어지는데, 주인공이 고난당한 아버지와 위기에 빠진 천자를 구함으로써 충과 효를 실현하려고 한다. 이를 위해 〈유충열전〉에서는 주인공이 윤리를 파괴하려는 적대자와 대결한다. 곧 부친이나 황제의 패배를 설욕함으로써 이들의 복수를 대신하고 이를 통해서 윤리 수호자의 위치에 선다. 여기에 덧붙여 결연의 방해자로 설정된 적대자를 물리침으로써 배우자와 재결합한다. 이 사건은 주인공의 선행에 대한 보상의 차원에서 이루어지는 것인데, 그동안 흩어졌던 가족이 다시 회합하여 행복한 결말을 맺음으로써 대중소설의 통상적 주제인 권선징악을 구현한다.

〈유충열전〉에서는 이러한 주제를 구현하면서, 앞에서 언급한 바와 같이, 주인공 유충열이 멸망의 위기에 빠진 명을 구해 새로운 명을 건설하고 있다는 점에서 당시 숭명배청 의식을 작품화한 것으로 보인다. 당시 명은 임진왜란 때 조선에 구원병을 보내서 일본과의 전쟁을 수행한 후 급격한 국력의 약화를 가져왔다. 이로 인한 국력 약화가 명의 멸망 요인 가운데 하나였던 것이 사실이다. 게다가 청은 새롭게 부상하는 세력이었다. 그런데 〈유충열전〉에서 이야기의 배경으로 명나라를 설정하면서 황실이 미약하고 외적이 강성하다고 이야기한 점은 당시 중국의 정세를 현실적으로 작품에 반영했을 가능성이 크다. 그리고 이 같은 상황 설정은 멸망한 명을 재건해야 한다는 당시 조선인들의 열망과 청에게 복수해야 한다는 적대감의 표현을 반영하여 작품화한 것으로 볼 수 있다.

당시 청은 명을 치기 전에 조선을 쳐서 후환을 없애려고 했다. 그래서 청은 전쟁을 일으켜 조선을 침략했고, 전쟁은 청의 승리로 끝났다. 당시 조선에서는 청을 오랑캐라 여겨 방비도 제대로 하지 않고 있다가 전쟁에서 패했다. 조선인들은 오랑캐족에게 패했다는 수치심 때문에 그 패배의 충격이 무엇보다도 컸다. 이것이 결국 숭명배청 의식의 확산을 가져왔다. 따라서 〈유충열전〉은 이러한 당대인들의 수치심을 배경으로 청에 대한 복수심을 자극하면서 유충열을 등장시켜 명을 재건하게 함으로써 현실적 패배를 소설을 통해서나마 극복하고자 한 것으로 보인다.

그러한 예로 유충열이 정한담을 사로잡은 후 정한담의 편에 섰던 여러 나라를 치는 사건이 있는데, 그 가운데서 호국에게 가장 큰 초점을 두고 이를 물리치고 있는 점을 들 수 있다. 유충열이 사로잡혀 간 황후와 태후, 태자를 구하러 떠날 때 천자가 "부모 처자를 되놈에게 보내고 나 혼자 살아 무엇하리"155)라고 표현한 것과, 호국왕

---

155) 윗책, 362쪽.

을 '되놈'이라 표현한 것에서 청에 대한 적대감을 발견할 수 있다. 특히 "부모 처자를 되놈에게 보내고 나 혼자 살아 무엇하리"라는 천자의 표현은 병자호란 당시의 조선의 현실을 그대로 나타낸 것으로 볼 수 있다. 당시 조선에서는 전쟁의 패배로 인해 세자와 대군 등을 포함하여 수많은 사람들이 포로로 청나라에 잡혀갔던 것이 사실이다. 그리고 조선인들은 이들이 끌려가는 것을 무기력하게 보고 있을 수밖에 없었던 것이 현실이었다. 이러한 상황에서 청에 대한 적개심은 훗날을 기약하는 복수심으로 발전했을 가능성이 크다. 따라서 북벌론에 열광하던 당시인들은 유충열의 활약을 통해 청에 대한 자신들의 복수를 대신할 수 있었을 것이다. 이러한 적대감에 토대한 복수심은 호왕이 황후와 태후, 태자를 죽이려고 하는 위기의 순간에 유충열이 등장하여 이들을 구하는 과정에서도 발견할 수 있다.

> 여바라 호왕놈아 황후 티후 히치 말나 이쎄 자긱이 비수를 번덕이며 티자 목을 치랴홀제 난디 업난 벽역소리 청천의 써러지며 일원디장이 졔비갓치 드러오니[156)

물론 위의 인용문은 긴장감이 최고로 고조된 위기의 순간에 주인공이 등장하여 위기를 제거함으로써 긴장감을 해소시키는 대중소설의 구성법을 활용한 것이다. 그런데 호왕을 '여바라 호왕놈아'라고 표현함으로써 호국에 대한 적대감을 드러내고 있다. 이러한 적대감은 호국과의 전쟁 과정에서 유충열의 매우 잔인한 복수 행위에서도

---

156) 윗책, 365쪽.

나타난다. 곧 유충열은 이들을 구한 후 호국을 치는데, 백사장의 군사를 씨 없이 다 베고 성중에 달려들어 궐문을 깨치고 문안의 만조백관을 무찌르고 호왕을 잡아 베고 간을 내어 설분한다. 이처럼 유충열이 호국에서 호국인들을 씨 없이 죽이고 호왕의 간을 내어 씹을 정도로 잔인하게 철저한 복수를 하는 것은 청에 대한 당시인들의 적대감을[157] 표현한 것 외에 달리 설명할 방법이 없다. 유충열이 서번국이나 토번, 가달에 가서는 그들의 항복을 받는 것으로 사건을 마무리하고 있는 점을 고려할 때, 호국에 대한 잔인한 징벌은 명에 대한 외적의 반란을 징계하는 수준으로 설명하기에는 어려운 면이 있는 것이 사실이다.

이러한 사실들을 고려할 때 〈유충열전〉은 당시 조선인들의 숭명배청 의식을 작품에 반영하여 호국에 대한 적개심과 복수심을 표현한 것으로 볼 수 있다. 이는 결국 〈유충열전〉이 당시 사회의 숭명배청 의식을 작품에 반영하면서, 현실적으로 멸망한 명을 재건해야 한다는 당대인들의 열망을 작품화한 것으로 해석된다. 그리고 독자들은 청에 대한 유충열의 복수 행위를 통해서 자신들의 복수심을 대리 충족시키면서 정신적 위안을 삼은 듯하다. 바로 이런 점들 때문에 〈유충열전〉은 당시 독자들의 인기를 얻은 대중소설이 될 수 있었을 것이다.

---

157) 유충열의 원수는 정한담이지 호왕이 아니다. 그런데 유충열이 호왕에 대하여 이 같은 철저한 복수심을 보이는 것은 청국에 대한 적대감의 표현으로 설명할 수밖에 없다.

## 2. 〈조웅전〉

〈조웅전〉[158]은 조웅과 두병의 대결 과정을 작품화한 복수담에 당시 독자들의 흥미를 끌기 위한 의도에서 결연담을 덧붙였다. 따라서 줄거리 자체는 비교적 간단하다.

사건의 발단은 조웅의 부친 조정과 두병의 갈등, 곧 조웅의 부친 조정이 충신이었으나 두병의 참소로 위기 의식을 느껴 자살한 사건에서 시작한다. 그리고 조웅과 두병의 대결로 이어지는데, 천자가 죽자 찬역한 두병은 조웅을 죽여 후환을 없애려는 것으로 발전한다. 조웅은 도망하여 고난을 겪다가 수련 과정을 거친 후 위기에 빠진 위왕을 구하고, 위왕의 도움으로 태자를 위국으로 모셔온다. 그 후 전조 구신들과 힘을 합하여 두병을 물리치고 보위를 되찾아 태자를 보위에 오르도록 한다. 여기에 조웅이 장소저를 만나 자신의 사랑을 성취하고 후일 그녀와 부귀영화를 누림으로써 줄거리가 마무리된다.

이 과정에서 중요한 것은 주인공의 부친과 적대자의 대결에서 선의 잠정적 패배를 주인공인 조웅이 부친을 대신하여 적대자와 대결하여 승리하는 것이다. 조웅은 부친의 원수를 갚고, 동시에 태자를 보위에 오르게 한다. 이로써 조웅은 부친이 선왕에게 했던 역할을 똑같이 했다. 그러므로 기본 줄거리는 비교적 단순하며, 〈유충열전〉에 비해 간략화되어 있다고 할 수 있다. 이 과정에서 한 가지 중요한 요소는 주인공의 선행을 돕는 초월적 존재이다. 초월적 존재는 주인공처럼 하늘의 뜻에 순종하는 자를 돕지만, 하늘의 뜻에 거

---

158) 대본은 전집3에 실린 경판 30장본이다.

역하는 자를 멸망하도록 한다. 그런데 조웅의 행동이 윤리 수호적이라는 점에서 당시 사람들의 윤리의식에 호소하려는 경향을 보인다. 이는 결국 〈조웅전〉의 주제를 권선징악으로 이끎으로써 당시 독자들의 소박한 정의감에 호소하여 인기를 얻으려는 대중소설의 통상적 수법을 〈조웅전〉이 활용하고 있다는 것이다.

〈조웅전〉은 조선 후기 영웅소설 가운데 매우 인기 있었던 작품 가운데 하나이다.[159] 단순한 줄거리를 가진 〈조웅전〉이 당시 독자들에게 인기를 끌었다면 〈조웅전〉에는 당시 독자들의 인기를 끌 만한 어떤 요인이 있었을 것이다. 그렇다면 〈조웅전〉이 당시 독자들에게 인기를 끌었던 요인은 무엇일까? 여기서는 이 점을 살펴보기로 한다.


## 1) 줄거리

〈조웅전〉의 구성의 축은 독자의 관심을 끌기 위해 설정된 선악의 대결과정이다. 이 대결은 개국공신 조정이 진충갈력하다가 두병의 참소를 자주 받자 약을 먹고 죽은 사건에서 비롯된다. 두병의 참소를 받은 조정이 자살하자 천자는 충열묘를 지어 그의 화상을 걸어놓고 자주 그곳에 들른다. 그런데 당시 권력자인 두병은 천자가 자주 조정의 묘에 거둥하는 것에 불만을 품고 충열묘라는 조정의 묘호를 거두라고 간한다. 그러나 천자는 이를 받아들이지 않는다. 이런 상

---

159) 조동일의 『한국소설의이론』(지식산업사, 1977)에 의하면 〈조웅전〉의 방각 빈도가 가장 높게 나타난다.

황에서 천자가 유복자인 조웅을 입시하라고 하여 태자에게 소개시키면서 장차 국가의 주석지신이 될 것이라고 한다. 이것은 두병의 위기 의식을 고조시키기에 충분한 사건이었다. 후일 조웅이 입신하면 부친의 원수를 갚으려 할 것이고, 그것은 자신들에게는 큰 후환이 될 것이 명약관화했다. 따라서 그들은 일찍 조웅을 죽여 대환의 근원을 제거하려고 했다. 그렇기 때문에 천자가 조웅을 불러 태자와 학론케 하겠다고 했을 때 두병은 불가하다면서 이를 막은 것이다. 따라서 이 사건의 발단 부분은 주인공과 적대 세력의 대결을 암시하면서 독자가 여기에 흥미를 갖도록 하기 위해 마련되었다.

선의 잠정적 패배를 통해 선악의 대결을 예비하는 과정으로 설정된 사건이 천자의 죽음이다. 천자가 죽자 두병은 태자를 내치고 찬위하여 보좌에 올랐다. 그 후 두병은 그의 장자를 태자로 삼고, 전일의 태자를 계량도에 안치하여 소식을 통하지 못하게 했다. 이 같은 두병의 행위는 백성들로부터 정당성을 인정받지 못한다.

> 빅셩등이 노리ᄒ되 국파군망ᄒ니 만신이 만토다 텬지불변ᄒ니 산쳔인들 변할소냐 삼강이 불명ᄒ니 오륜인들 온젼허랴160)

백성들이 두병의 행위에 대하여 비판적인 태도를 보인 것은 조웅에게 정당성을 부여함으로써 독자들을 조웅의 편에 서도록 하려는 작자의 의도 때문인 것으로 보인다. 그리고 조웅도 백성의 편에 서 있었기 때문에 이 같은 두병의 행위에 분노하여 그의 찬위를 비난하는

---

160) 전집3, 80쪽.

글을 써서 경화문에 붙였다가 부친의 현몽으로 화를 피해 도망한다.

여기까지는 선악의 대결에서 선의 잠정적 패배를 통해 장래의 선악의 재대결을 예비하는 과정이다. 곧 두병과 조웅의 부친 조정과의 대결로, 주인공과 적대자의 대결의 예시를 통해 장차 이들의 대결의 당위성을 강조하면서 주인공의 고난을 알린다. 앞으로 있을 주인공과 적대자의 대결은 당연히 대결 결과에 대한 독자의 궁금증을 자극하고, 연약한 주인공의 고난에 동정심을 불러일으킴으로써 독자의 관심을 끌게 된다. 또한 주인공의 고난 받는 모습을 통해서 독자의 동정심에 호소하여 독자를 주인공편으로 이끌기 위하여 몇 가지 고난을 설정하고 있다. 곧 조웅이 고난 받는 이야기 가운데 독자의 동정을 사기에 충분한 사건은 요수역에서 조웅을 잡으면 천금상에 만호후를 준다는 조서가 내린 것을 사람들에게 듣고 도망하여 산중으로 들어가 통곡한 후 삭발위승하고 촌촌걸식하며 다니는 일과, 주점에서 밤을 지내던 중 도적이 들어와 불을 지르자 도망하여 모친과 헤어지는 사건이다. 어린 조웅이 자신을 잡으려는 사람들의 눈을 피해 삭발위승하고 촌촌을 걸식하며 돌아다니는 모습은 독자의 동정을 사기에 충분하다. 게다가 그처럼 고난을 받던 조웅이 밤중에 도적을 만나 화를 피해 도망하다가 그의 의지였던 모친과 헤어진 것은 독자의 연민을 불러일으킬 만한 사건이었다. 이처럼 주인공의 고난 받는 모습을 설정한 것은 독자의 동정심을 자극함으로써 주인공과 자신을 동일시하여 줄거리에 흥미를 갖도록 하려는 대중소설의 통상적 구성 방법의 하나를 〈조웅전〉이 활용한 것이다.

독자의 흥미를 끌기 위해 설정된 사건이 조웅과 장소저의 결연담이다. 이 결연담은 조웅이 출신의 길을 떠나기에 앞서 모친에게 하직 인사를 하러 가는 과정에 등장한다. 조웅과 장소저의 결연담은 영웅의 애정 성취담의 성격을 갖는다. 이 결연담은 줄거리 전개 과정에서 필연성을 상실하고 있으나 그 결연 방식의 파격성 때문에 독자의 흥미를 끌고 있다.

조웅과 장소저는 밤에 둘이서 은밀히 결연한다. 그 후 조웅은 월정의 도움으로 죽을 위기에 처한 장소저를 구하고, 위부인의 청혼을 받아들여 공식적으로 결연을 이룬다. 〈조웅전〉이 이처럼 줄거리의 필연성을 무시하면서까지 주인공의 야합적인 결연담을 설정한 것은 당시 독자들의 자유 의사에 의한 결연의 욕구를 충족시켜줌으로써 작품의 흥미성을 유발하려는 작가의 의도와 관련이 있을 것이다.

조웅의 출신은 독자의 흥미를 지속시키기 위하여 단계적으로 전개된다. 곧 송나라 황실의 회복을 위한 두병과의 대결은 조웅이 수련과정을 거친 후 바로 두병과 대결하는 것이 아니다. 먼저 위기에 빠진 위왕을 구하여 두병과의 대결의 기반을 마련하고, 태자를 구한 후 전조 구신들과 힘을 합해 두병과 대결하는 단계를 밟는다. 이것은 조웅 한 사람의 활약으로 모든 문제를 해결하기보다는 두병의 적대 세력이 광범위함을 증거하고, 동시에 송 황실 재건을 위한 다양한 세력의 결집을 보여줌으로써 현실감을 고려하면서 조웅의 행동을 정당화하기 위한 의도인 것으로 보인다. 그런 조웅의 행동에 정당성을 부여하기 위하여 등장한 사건이 초월적 존재의 도움이다. 조웅은 중로에서 관서장군 황강의 혼령에게 갑주를 얻어 전장에 나가 승리한다.

선인에게 위기 상황을 설정하여 독자의 긴장감을 고조시켰다가 주인공을 등장시켜 이를 해소함으로써 감정의 카타르시스를 맛보도록 하려는 의도에서 설정된 사건이 위왕의 위기 상황에서 조웅이 등장하는 이야기이다. 번왕의 침략을 받은 위왕은 자주 패하여 싸울 장수가 없었고 번왕은 항서를 재촉하는 위급한 상황이었다.

> 위왕이 ㅈ로 픠ㅎ여 ㅆ홀 장쉬 업고 번왕은 항셔를 지촉ㅎ니 그 위터ㅎ미 시킥의 잇는지라 됴웅이 ㅊ경을 보고 분긔튱텬ㅎ여 소리를 벽역ㄨ치 지르고 닉다라 일합의 번쟝의 머리를 버혀들고 좌튱우돌ㅎ니 번진쟝졸이 불의지변을 당허미 넉슬일코 감이 ㄴ올지 업는지라 웅이 번쟝의 슈급을 들고 위진으로 드러오니 닛ㅆ 위왕이 위급ㅎ여 황〃망조ㅎ더니 문득 난디업는 소쟝이 번쟝을 버혀들고 장디의 닐으믈 보고 급히 맛거늘161)

그런데 이 위기의 순간에 조웅이 등장하여 번장을 베고 위왕을 구한다. 결국 조웅은 번왕의 항복을 받은 후 개과천선하라면서 돌려보낸다. 이 사건으로 조웅은 두병과 대결할 출신의 기반을 마련한다. 이 부분에서 중요한 사항은 위왕이 항복의 위기에 있을 때 주인공이 등장하여 위기를 벗어나게 하는 사건의 구성 방식이다. 이것은 독자의 관심을 끌기 위하여 의도적으로 긴장감을 고조시켰다가 위기의 순간에 주인공을 등장시켜 긴장감을 해소하여 감정의 카타르시스를 맛보도록 하는 대중소설의 구성 기법의 하나로, 이미 〈유충열전〉에서 살핀 바와 같이, 독자의 관심을 고조시키기 위한 의도

---

161) 윗책, 84쪽.

에서 이를 활용한 것으로 보인다.

이러한 구성 기법은 조웅이 태자를 구하는 장면에도 나온다. 조웅이 계양도의 소식을 탐지하니, 두병이 태자는 사사하려 하고, 전조 구신들은 잡아 올리려고 한다는 것이었다. 조웅이 급히 태자를 구하러 가보니, 봉명사신이 이미 제신을 다 결박한 후 태자에게 사약을 마시라고 재촉하는 상황이었다. 이 위기의 순간에 조웅이 등장하여 사자를 베고 제신을 위기에서 구한다. 이처럼 태자가 사약을 마시고 죽을 위기에 처하도록 사건을 설정하여 독자의 긴장감을 고조시킨 후 주인공을 등장시켜 태자를 구하게 함으로써 긴장감을 해소하는 기법을 사용하고 있다.

독자의 최대 관심사인 주인공과 적대자의 최종 대결은 조웅이 전조 구신들의 군사들과 회합하는 데서 시작된다. 조웅은 명천도사의 글을 보고 학산을 찾아가 그곳에서 병사를 모아 훈련하고 있던 전조 구신들을 만나 대원수가 된다. 조웅의 군대는 황성으로 진격하면서 두병의 장수들을 모두 물리친다. 두병에게 일대, 이대, 삼대 삼 형제가 자원하여 조웅을 막겠다고 하자 두병이 그들에게 병사를 줘서 막게 한다. 이 때 도사가 나타나 그들에게 군사를 두병에게 돌려주고 산중에 들어가 때를 기다리라고 했으나 그들이 듣지 않고 조웅과 싸운다. 도사는 그들을 물리칠 수 있는 방법을 조웅에게 일러준다. 조웅은 도사의 도움을 받아 그들 삼 형제를 물리친다. 삼 형제마저 패하자 두병은 어찌 할 바를 모른다. 이 때 좌승상 황덕이 밤에 군사를 매복했다가 두병 부자 여섯 사람을 결박하여 조웅의 진에 와서 항복한다. 이로써 조웅은 두병의 반역을 물리치고 태자를 보위에 오르게 함과 동시에 부친의 원수를 갚는다.

지금까지 살핀 바와 같이 조웅과 두병의 최종 대결은 조웅의 승리로 끝난다. 이것은 주인공의 어린 시절에 그의 부친과 적대자의 대결에서 시작된 선악의 대결이 결국 주인공과 적대자의 최종 대결에서 선의 승리로 끝났음을 뜻한다. 또한 선의 화신인 주인공이 반역자를 물리치고 문제를 해결함으로써 국가의 위기를 극복했을 뿐만 아니라 개인적으로는 부친의 원수도 갚았다는 점에서 윤리 수호의 입장에 서서 독자들의 소박한 도덕적 욕구를 충족시키고 있다. 이러한 사실은 조웅의 최후 승리과정에서 황덕이 두병을 반역하여 조웅에게 항복한 것으로 사건을 마무리함으로써 악인에 대한 징계의 의미를 드러낸 것에서도 확인할 수 있다.

## 2) 파격적 결연

〈조웅전〉에서 독자의 관심을 끄는 이야기 가운데 하나는 조웅과 장소저의 결연담이다. 이 결연담은 주인공과 배우자의 결연이 하늘의 뜻으로 이미 정해진 것이 아니라 서로 자신들의 자유로운 의사에 따른 선택에 의해서 이루어지고 있다는 점에서 일반적인 고소설의 결연담과는 차이를 보인다. 그리고 이 결연담은 줄거리 전개를 위한 필요성 때문에 설정된 사건이라기보다는 독자의 흥미를 끌기 위해서 설정된 사건이라고 할 수 있다. 그 까닭은 〈유충열전〉처럼 주인공과 배우자의 결연담이 줄거리의 인과관계로 이루어져 있는 사건이 아니라 조웅이 길을 오가는 도중에 장진사의 집에서 머물다가 우연히 결연이 이루어지고 있으며, 그 결연마저도 조웅의 문제 해결 과정과는 무관하게 설정된 사건이라는 점 때문이다.

　조웅과 장소저가 결연을 하게 된 계기는 도사에게 수련하던 조웅이 용총을 얻자 모친을 뵙고 오려고 길을 떠나 모친을 찾아가는 길에서였다. 그런데 이 사건은 줄거리 전개과정에 꼭 필요한 것이 아니라 하나의 삽화로 설정되어 있다. 곧 조웅은 출신하기 전에 모친을 뵈러 가던 도중 장진사 집에서 저녁을 보내다가 장소저를 만나 결연한 후 모친을 만나고 다시 돌아와 광산도사 밑에서 지낸다. 그 후 어느 날 도사가 조웅에게 위국이 위태하니 가서 공을 세우라고 하자 조웅은 출신하기 위해 도사의 수하를 떠난다. 따라서 조웅이 도사 밑에서 출신의 기반을 마련하기 위하여 수련하던 도중에 모친을 만나러 갈 이유가 없었다. 그런데 조웅이 모친을 만나러 가도록 사건을 설정한 것은 조웅의 출신과는 무관하게 장소저와의 결연을 이루기 위한 의도 때문인 것으로 볼 수 있다. 이런 점에서 조웅의 결연담은 줄거리 전개와는 상관없이 독자의 흥미를 끌기 위하여 설정된 사건이라고 할 수 있다.

　조웅과 장소저의 결연도 당시의 관습과는 달리 파격적인 방식으로 이루어진다. 곧 조웅이 길을 가다가 날이 저물어 강호 땅 장진사 집에서 자게 되었다. 집주인 장진사는 일찍 죽고 그의 부인 위씨가 추천명월의 용모와 이두(李杜)를 압도하는 문장력을 가진 딸을 하나 데리고 살면서 사윗감을 구하던 중이었다. 그날 밤 조웅이 외당에서 잠을 이루지 못하다가 내당의 노래에 화답하고 담을 넘어 들어가 장소저와 결연한다. 이 결연은 과객이 밤에 담을 넘어 들어가 주인집 소저와 야합의 성격을 띤 결연을 이루고 있다는 점에서 당시의 결연 형태로는 매우 파격적인 결연 방식이었다. 이 같은 방식의 결연은 당시 관습으로는 도저히 용납되기 어려운 사건이었다. 그럼에도 불구하고 작자는 독자들이 이들의 결연에 호응하면서 흥미를 유지하기 위한 배려로 시와 운율의 화답이라는 낭만적 방식으로 이들의 결연을 성취시키고 있다.

> 초산의 남글 뷔여 긱실을 지은 뜻은 영웅을 보려터니 영웅은 간더업고 걸긱이 오시도다 셕상의 오동을 비히 거문고를 믿든 뜻은 원앙을 보려더니 원앙은 아니오고 오작이 지져괸다[162]

위의 인용문에서 보듯이 장소저의 노래는 매우 유혹적이었다. 이런 유혹적인 노래를 들은 조웅은 당연히 단소를 내어 불면서 노래로 화답한다. 그리고 담을 넘어 들어가 "꼿본 나뷔 엇지 불을 알며 물본 기러기 엇지 어웅을 두려 〃 오"[163]하면서 소저를 유혹한다. 소저는 후일 육례를 갖추어 결연하자면서 그의 유혹을 물리친다. 그러자 조웅은 사리는 당연하나 정욕이 염치를 가리니 어찌 예절을 차리겠느냐면서 강박하여 마침내 운우지락을 이룬다.[164] 이처럼 만난

---

162) 윗책, 83쪽.

163) 윗책, 83쪽.

164) "소제 피치못헐줄 알고 아미를 슉이고 왈 늄녜를 갓초미 업시 남녜친합ᄒ면 풍화의 디변이라 후일 긔약을 두고 나가소셔 공지 드르미 스리는 당연허나 정욕이 염치를 가리오미 엇지 녜졀을 보리오 졈 〃 갓가이 안지며 손을 잡고 너몸이 만니밧긔잇고 단신이라 너 스스로 즁미되고 금일상봉으로 늄녜를 삼아 빅년을 긔약ᄒ리라 ᄒ고 금 〃 을 펼치고 옥슈를 잡아 운우지낙을 닐우고 원앙이 녹슈의 노는듯ᄒ더라"(윗책, 83쪽.)

첫날부터 정욕을 앞세워 파격적인 방식으로 이들의 결연은 이루어진다. 이것은 독자의 흥미를 자극하여 상업적 목적을 달성하려는 의도에서 설정한 결연담이라고 할 수 있다.

〈조웅전〉의 결연담에는 위의 사건 외에도 독자의 긴장감을 자극하여 흥미를 유지하려고 장소저에게 위기를 설정한 후 조웅을 등장시켜 이 위기를 벗어나게 하는 사건이 설정되어 있다. 곧 이들의 결연 후에 두 차례에 걸친 고난이 설정되어 있다. 하나는 장소저가 병이 들어 죽을 위기에 처한 것이고, 다른 하나는 그녀의 자색을 들은 자사가 그녀를 재취로 삼으려고 위협하는 사건이었다. 첫 번째는 장소저가 병이 들어 위기에 빠져 있을 때 월정대사가 조웅에게 약을 주어 장소저를 구하게 한다. 이 사건으로 조웅은 위부인의 공식적인 청혼을 받아들여 장소저와 결연할 수 있었다. 두 번째는 강호자사가 강제로 장소저를 재취로 삼으려고 해서 장소저는 도망하여 고난의 길에 들어서고, 위부인은 감옥에 갇혀 고난을 겪는다. 이때 위기에 빠진 위왕을 구한 조웅은 대원수가 되어 자사를 징계하여 삭탈관직하고 위부인을 고난에서 구한다. 결국 장소저는 조웅 덕분에 모친을 만나고 고난에서 벗어날 수 있었다. 따라서 장소저의 고난에 동정심을 가졌던 독자들은 조웅의 행동에서 통쾌감을 맛보고, 그에게 격려를 보냄으로써 작품에 몰입할 수 있었을 것이다.

한편 이 과정에서 장소저의 고난의 해결자로 등장한 인물이 바로 주인공 조웅이라는 점은 이들의 결연을 합리화하려는 의도를 드러낸 것으로 보인다. 이러한 이들의 결연의 합리화 방안에는 구원자로서의 조웅의 활약 이외에도 예시적 꿈이 있다. 곧 장소저가 외당에서 청룡이 일어나 달려드는 꿈을 꾸고 놀라 깨어 잠을 이루지 못하고 촉을 밝히고 글을 읽었다는 사실은 외당 손님인 조웅의 청혼을 받아들일 준비를 했다고 볼 수 있다. 이 과정 때문에 조웅과 장소저의 결연은 무리없이 이루어진 것이라고 할 수 있다. 또한 이들의 결연의 정당성을 부여하기 위하여 장진사 부인의 꿈에도 황룡을 등장시키고 있는 것으로 보인다.

> 추야의 위부인이 녀으를 위ᄒ여 공즈를 싱각ᄒ고 번뇌ᄒ더니 외당의셔 황뇽이 니러나 별당의 소져로 희롱ᄒ거놀 놀나 씨니 흔 쑴이라 날이 발그미 별당의 나아가니 소졔 금 〃 의 누어거놀 놀나 위로ᄒ더니 시비 드러와 외당의 손님이 가믈 고ᄒ거놀 부인이 탄왈 니 팔지 무상ᄒ여 영웅을 만나도 무심이 지니도다 ᄒ더라[165]

위부인은 황룡의 꿈 때문에 외당의 손님을 영웅으로 인식하였고, 후일 조웅이 다시 찾아와 딸의 목숨을 구했을 때 쉽사리 그에게 청혼하여 그를 딸의 배우자로 삼을 수 있었을 것이다.

〈조웅전〉에서는 이러한 사건들을 통해서 조웅과 장소저의 결연의 합리성을 강조하고 있다. 이러한 사실은 독자들의 흥미를 끌기 위하여 조웅과 장소저의 파격적인 결연을 설정하면서도 당대의 윤리 의식을 고려하여 이들의 결연을 합리화하려는 의도를 드러낸 것으로 보인다. 그리고 〈조웅전〉은 이 같은 대담한 방식의 결연 때문에 당시 독자들의 흥미를 끌 수 있었을 것이다.

---

165) 윗책, 84쪽.

### 3) 윤리 수호와 복수

〈조웅전〉은 조웅이란 영웅이 반역자를 물리치고 송 황실을 재건하는 이야기에 결연담이 덧붙어 있다. 그리고 반역자가 주인공 부친의 적대자였기 때문에 반역자를 물리치고 황실을 재건하는 일이 곧 부친의 원수를 갚는 일이 되었다. 따라서 〈조웅전〉도 〈유충열전〉의 경우와 마찬가지로 부친의 원수를 자식이 대신 갚고 있다는 점에서 같은 틀로 이루어진 작품이라고 할 수 있다. 다만 〈유충열전〉의 경우 부친의 복수를 강조하고 있는 데 비해서 〈조웅전〉은 부친의 원수 갚는 일보다는 송 황실의 재건에 더욱 주력하고, 부친의 원수 갚는 일은 그 결과로 이루어지고 있다는 점에서 차이를 보인다. 그러나 두 작품의 주인공이 모두 반역을 물리치고 황실을 재건함으로써 충을 실현하고 부친의 원수를 갚음으로써 효를 실현했다는 점에서 공통적으로 윤리 수호자의 역할을 수행하고 있다. 이는 결국 조웅이 선의 화신으로서 대중소설의 통상적 주제인 권선징악의 충실한 실현자임을 증명하는 것이다. 이로써 조웅은 독자의 소박한 도덕적 욕구를 충족시키는 역할을 한 것이다.

〈조웅전〉에서 이러한 독자의 욕구를 충족시키기 위하여 설정된 사건 가운데 하나가 부친의 원수를 자식이 갚는 일이다. 조웅의 부친은 두병의 참소를 입어 화를 면치 못할 줄 알고 자살했다. 유복자로 태어난 조웅은 이로써 두병과 원수지간이 되었다. 그 후 황제가 죽자 두병이 찬역하여 태자를 내침으로써 조웅의 출신의 길은 완전히 막힌다. 이러한 상황 때문에 조웅이 출신의 길을 마련하려면 두병을 물리치지 않을 수 없었다. 그리고 두병을 물리치는 일은 곧 부친의 원수를 갚는 일이 된다. 따라서 조웅은 송의 재건을 통해 자신의 출신의 기반을 마련하면서 동시에 부친의 원수를 갚기 위해 두병과 대결하였고, 그를 물리치고 승리하였다. 이것은 물론 기본적으로 권선징악이라는 주제를 실현하기 위한 주인공의 승리와 관련된 사건의 귀결이지만 〈임장군전〉이나 〈유충열전〉에서 언급한 바와 같이 이것은 당시 청에 대한 복수심과 관련이 있다. 곧 〈조웅전〉의 이 같은 내용은 당시 병자호란의 치욕적인 패배를 극복하기 위하여 복수심에 찬 독자들의 욕구를 충족시킴으로써 상업적 목적을 달성하려는 의도에서 등장하였다. 따라서 〈조웅전〉은 유사한 줄거리의 소설들과 마찬가지로 독자들의 욕구를 충족시키려는 의도에서 부친의 복수라는 줄거리를 갖는다. 그러므로 〈조웅전〉은 당시 독자들의 염원을 작품에 반영하여 조웅이 두병과 대결하여 승리함으로써 대중소설의 통상적 주제인 권선징악을 실현하고, 이를 통해 독자들의 소박한 도덕주의에 영합한 것이다.

부친의 원수를 자식이 대신해서 갚는다는 것은 맺힌 한의 해소과정으로 이해할 수도 있다. 곧 독자의 맺힌 한을 소설의 주인공이 풀어줌으로써 통쾌감을 맛보도록 한다. 조웅은 두병을 사로잡아 "닉 부친을 참스ᄒ니 나의 딕쳔지슈라 ᄒ고 칼을 들고 닉다라 질너 죽이고 간을 씹으며 틱자긔 드릴 고기를 봉"166)한다. 이것은 악인에 대한 철저한 복수를 통해 독자들의 맺힌 한을 풀어줌으로써 통쾌감을 맛보도록 하려는 것이다. 이러한 예는 조웅이 출전하러 가는 길에 관서장군 황강과 위국 월양이 나타나 갑주를 주면서 자신들은 이곳

---

166) 윗책, 92쪽.

에서 애매하게 죽었으니 설원해달라고 하는 이야기에서도 볼 수 있다. 이것은 원귀가 주인공의 활약을 통해 자신들의 맺힌 한을 대신 풀겠다는 뜻으로 해석된다. 작자가 이러한 사건들을 작품에 설정한 것은 결국 주인공이 해원자의 역할을 수행해야 한다는 의미로 파악된다. 따라서 독자들은 조웅이 부친의 원한을 풀어주는 이야기를 통해서 자신들의 맺힌 한을 소설이라는 대리적인 방법으로 풀 수 있었을 것이다. 그리고 바로 이 같은 점 때문에 〈조웅전〉이 대중들의 인기를 끌 수 있었던 것으로 보인다.

한편 〈조웅전〉에서는 조웅의 행동을 정당화하면서 대중소설의 통상적 주제인 권선징악을 실현하기 위하여 초월적 존재를 등장시키기도 한다. 이는 조웅의 행동이 선의 완성을 위한 것이기 때문에 하늘이 돕고 있음을 보여줌으로써 주인공의 행동의 정당함을 역설하여 독자들의 공감을 끌어내기 위한 의도인 것으로 보인다. 이러한 의도를 충족시키기 위하여 선의 표상인 주인공 편의 인물들을 초월적 존재가 돕는 경우가 여럿 있다. 여기서는 그 가운데 주인공과 관련된 것으로 두 가지만 살펴보겠다.

조웅이 태자를 구한 후 위국으로 돌아가던 도중에 번왕의 계교로 여러 차례 적병을 만나 이들을 물리친다. 그런데 지세가 아주 험한 합곡에 이르자 홀연 청의동자가 오로봉 노인의 봉서를 전한다. 그 글을 보니 "불닙셩듕ᄒ고 ᄉ긔일진이라 션닙셩ᄒ야 방호일셩히라"[167]라고 했다. 조웅은 오로봉 노인의 지시대로 해서 번국의 복병을 물리치고 무사히 위국에 이를 수 있었다. 이는 오로봉 노인이

---

167) 윗책, 88쪽.

라는 초월적 존재가 위기에 처한 조웅을 도움으로써 조웅의 승리가 하늘의 뜻임을 강조하려는 의도를 드러낸 것이라고 할 수 있다.

이와 유사한 예는 조웅이 두병과 최종적으로 대결하는 과정에 등장한다. 두병이 보낸 장수마다 조웅에게 패하여 낙담하고 있을 때 일대, 이대, 삼대 삼 형제가 나타나 조웅을 막겠다고 한다. 그래서 두병이 그들에게 병사를 줘서 조웅을 막으라고 한다. 이때 그들 삼 형제의 스승인 도사가 나타나 그들에게 군병을 도로 두병에게 돌려주고 산중에 들어가 때를 기다리라고 한다. 그러나 그들은 듣지 않는다. 그러자 도사는 조웅에게 가서 그들을 물리칠 수 있는 방안으로 "교젼일뒤ᄒ여는 불입젹진ᄒ고 교젼 이뒤ᄒ여는 승마셜검ᄒ고 교젼 삼뒤ᄒ여는 불향좌익허라"[168]는 글을 전하고 사라진다. 조웅은 그 글의 지시대로 하여 그들을 물리치고 승리한다. 도사가 제자들에게 산중에 들어가 때를 기다리라 한 것은 조웅의 행동이 하늘의 뜻이므로 조웅과 대결하지 말라는 뜻이다. 그럼에도 불구하고 삼 형제가 도사의 말을 듣지 않은 것은 하늘의 뜻을 거역한 것이므로 결국 조웅에게 패배할 수밖에 없었다.

따라서 〈조웅전〉에서 초월적 존재가 등장하여 주인공을 돕는 것은 주인공의 행동에 정당성을 부여하는 의미를 갖는다. 또한 독자는 주인공편에 서서 선의 화신인 주인공이 적대자와의 대결에서 승리하기를 염원한다. 이러한 독자의 욕구는 주인공의 승리를 자신의 승리와 동일시함으로써 승리의 쾌감을 맛보는 역할을 한다. 말하자면 이것은 선의 화신인 조웅이 악의 상징인 두병과의 대결에서 승리

---

168) 윗책, 91쪽.

함으로써 선의 최후 승리로 귀결되는 대중소설의 통상적 주제인 권선징악을 실현하여 독자의 욕구를 충족시키려는 의도를 갖는 것이다.

결국 〈조웅전〉의 내용 가운데 조웅의 승리는 당시 독자들의 염원을 작품에 반영하여 두병을 물리침으로써 권선징악의 주제를 실현한 것이다. 그리고 조웅의 행동의 정당성을 부여하기 위하여 초월적 존재를 등장시켜 조웅을 돕도록 한 것으로 보인다. 이러한 사건의 설정은 결국 조웅과 두병으로 표상된 선악의 대결이 독자들의 소박한 윤리의식에 영합하기 위한 의도에 따라 조웅의 승리로 귀결되었음을 뜻한다. 이러한 점 때문에 〈조웅전〉은 독자들의 인기를 끈 대중소설로 성공할 수 있었던 것으로 보인다.

# 제4장 방각본 시대의 대중소설(2)

앞 장에서는 복수를 주 내용으로 하는 작품들을 논의하였다. 그런데 복수를 작품의 일부 내용으로 하고 있으면서도 복수의 대상이 결연의 방해자로 등장하는 작품들도 있다. 이러한 작품들의 내용은 복수의 의미보다는 결연의 중요성을 강조한다. 곧, 남녀 주인공들이 온갖 난관을 극복하고 자신의 배우자를 찾아서 결연을 성취하는 이야기를 통해서 결연의 고귀함을 이야기하고 있다.

또한 이 작품들은 남녀간의 결연을 소재로 하면서도 남녀 주인공들이 함께 전쟁에서 영웅으로 활약하는 것이 특징이다. 곧 이 작품들에서는 남녀 주인공들이 결연 후에 다시 전장에 나가 공을 세우는데, 특히 여주인공은 여성의 신분임이 알려졌을 뿐만 아니라 임신한 몸임에도 불구하고 전장에 나가 영웅적 활약을 보이기까지 한다. 이런 점에서 이 작품들에서는 여성의 역할이 강조되고 있다.

당시 남녀의 지위와 역할과 관련하여 볼 때 이것은 독자들의 다수를 차지하던 여성들의 출신의 욕구를 작품에 반영한 것으로 볼 수 있다. 그러나 그 반영 내용은 작품에 따라 약간 차이를 보인다. 곧 남녀 주인공이 대등한 위치에서 영웅으로서 활약하여 결연을 성취하는 작품과 여성이 더 우위의 위치에서 영웅적 활약을 한 후 결연을 성취하는 작품이 있다. 예를 들어 〈이대봉전〉과 〈황운전〉은 남녀 주인공이 대등하거나 여성이 약간 우월한 위치에서 영웅적 활약을 통해 어린 시절에 맺은 결연을 성취한 작품인 데 비해 〈정수정전〉은 여주인공이 남성보다 우월한 능력을 발휘하여 어린 시절에 맺은 결연을 성취하고 있다는 점에서 차이를 보인다. 특히 〈정수정전〉의 경우 여성 우월의식을 강하게 표현하고 있다. 이런 점으로 미루어 볼 때 이 작품은 당시 다수를 차지하던 여성 독자들의 가정적 억압과 출신의 욕구를 작품에 반영하여 인기를 끌려는 의도가 작용했을 가능성이 크다. 이는 결국 방각본 소설이 당시 여성 독자들의 욕구를 작품에 반영하여 상업적 목적을 달성하려는 방각본 업자들의 의도 아래 이루어졌음을 뜻한다. 따라서 여기서는 작품 분석 과정에서 이러한 점을 고려하면서 〈이대봉전〉과 〈황운전〉, 〈정수정전〉을 살펴보고자 한다.


## 1. 〈이대봉전〉

〈이대봉전〉[169]은 천상의 봉황이 지상에 내려와 이대봉과 장애황으로 탄생하여 온갖 난관을 극복하고 결연을 이루며, 그 과정에서 위기에 처한 명나라를 구하여 부귀영화를 누리는 것이 기본 줄거리이다. 그런데 이 작품은 앞에서 살펴본 작품들과는 달리 남녀 주인

---

169) 대본은 전집2에 실린 완판 81장본이다.

공이 모두 전장에 나가 영웅으로 활약하고 있다는 점에서 여성 영웅의 등장이라는 의미를 갖는다. 따라서 〈이대봉전〉은 단순한 결연담의 의미를 넘어 여성의 영웅적 활약을 보여줌으로써 당시 독자의 다수를 차지하고 있던 여성들의 성취 욕구를 작품에 반영했기 때문에 대중소설로 성공을 거둔 것으로 보인다.

따라서 이 글에서는 〈이대봉전〉이 당시 독자들의 욕구를 충족시키기 위하여 작품에서 어떤 요소를 어떻게 활용하고 있는지 살펴보고자 한다. 아울러 대중소설로서 독자들의 흥미를 유지하기 위하여 어떤 기법을 어떻게 활용하고 있는지 살펴보려고 한다.

## 1) 줄거리

〈이대봉전〉의 줄거리의 기본 축은 이대봉과 장애황의 결연담이다. 곧 이 작품은 남녀 주인공들의 결연을 강조하기 위하여 천상의 짝인 봉황이 지상에 내려와 봉은 이대봉으로, 황은 장애황으로 탄생하여 결연하도록 했다. 이들은 어린 시절에 정혼이 이루어졌으나 방해자 때문에 온갖 고난을 겪는다. 후일 이들은 위기에 빠진 명나라를 구하는 공을 세우고, 이를 통해 결연의 방해자를 물리치고 결연을 성취한다. 이것이 줄거리의 기본 축이다.

이 결연담은 독자의 흥미를 끌기 위하여 주인공들의 결연 과정에 다양한 고난 과정을 설정하고 있다. 그리고 이 고난은 후일 출신의 발판으로 작용하며, 주인공들이 위기에 처한 명 황실을 구하고 결연을 성취하여 부귀영화를 누리는 역할을 한다. 또한 그들은 이 공업의 결과로 자신들의 결연의 방해자를 징계함으로써 독자들의 해원의 욕구를 충족시켜주고 있다. 특히 장애황은 여자의 몸으로 이대봉보다 높은 지위의 반열에 서서 당당히 출전하여 무예로 영웅적 활약을 통해 외적의 침략을 물리치고 승리한다. 이것은 당시 독자의 다수를 점하고 있던 여성들의 출신 욕구를 작품에 반영하여 소설의 상품성을 높이려는 상인들의 의도와 관련된 것으로 보인다. 이제 구체적으로 줄거리를 살펴보겠다.

〈이대봉전〉은 작품의 서두에서 줄거리의 중심축인 남녀 주인공들의 결연을 모친들의 꿈을 통해서 암시하고 있다. 이대봉의 모친이 대봉을 낳을 때 봉황 한 쌍이 내려오다가 봉은 자신에게, 황은 장미동 장한림 집으로 가는 꿈을 꾼다. 장애황의 모친도 애황을 낳을 때 봉황 한 쌍이 내려오다가 봉은 모란동 이시랑 집으로 가고 황은 자신에게 날아드는 꿈을 꾼다. 이 꿈은 이들의 결연을 예시한 것이다. 이에 따라 장한림이 이시랑 집에 가서 서로 꿈 이야기를 하며, 이는 상제의 뜻이니 장성하거든 봉황의 짝을 지어 원앙지락을 이루자면서 서로 정혼하고 장성하면 행례하기로 한다.[170]

이런 상황에서 그들의 결연에 문제가 발생한다. 황제가 유약하여 법령이 해이해지자 우승상 왕회가 권세를 잡아 군자를 참소한다. 소인들이 그에게 아첨하여 당을 이루니 국사가 점점 산란하여 대명국 사직이 조모(朝暮)에 위태한 상황에 처한다. 이시랑이 황제에게 왕회는 소인으로 모반할 것이니 소인을 멀리하고 군자를 중용하라 한다. 그러자 황제는 이시랑을 삭탈관직하여 삼만 리 무인절도에

---

170) 전집2, 379−80쪽.

유리 안치하고, 그 아들 대봉은 오천 리 백설도로 정배하라고 한
다.171) 이 상소 때문에 이시랑 가족은 뿔뿔이 흩어지며, 이대봉과
장애황의 결연에도 문제가 발생한다. 따라서 이들에게 발생한 문제
는 이대봉의 부친이 그의 적대자였던 왕회와의 대결에서 패한 결과,
이대봉이 부친과 함께 적소(謫所)로 떠나면서 시작된다. 여기서 발
생한 문제를 해결하고 결연을 성취하기 위해서는 주인공이 자신의
적대자와 대결하지 않을 수 없었다. 그러므로 이것은 주인공의 복
수를 강조하면서172) 주인공과 적대자의 대결을 예비하는 과정이며,
고난 받는 주인공의 모습을 통해 독자들의 감정에 호소하여 독자를
주인공편으로 이끄는 과정이다.

주인공에게 발생한 문제의 심화과정으로 등장한 것이 장화 부부
의 죽음이다. 장애황의 부친 장화가 이대봉 부자가 적소로 가는 것
을 보고 울화병이 들어 죽자 그 부인도 뒤따라 죽는다. 그리하여 장
애황은 졸지에 고아가 된다. 이로써 장해황은 이대봉과의 결연을
기대하기 어려운 상황에 처한다. 이 때 왕회가 장애황의 덕색을 듣
고 그녀를 아들 석연의 배우자로 삼으려고 그녀의 재종 당숙 장준을
통해 청혼한다. 그녀는 부모 생존시에 모란동 이시랑의 아들과 정
혼했다면서 이 청혼을 거절한다. 그러자 왕회와 장준이 계교를 꾸
며서 그녀와 혼사를 이루려고 한다.173) 이로써 이대봉의 유배로 생

---

171) 윗책, 381쪽.

172) 이대봉은 살아나면 왕회와 진택열에게 복수하겠다면서 모친을 위로하고 길을 떠
　　난다(윗책, 382쪽).

173) "장준이 한 꾀를 싱각ᄒ고 왕회와 으논ᄒᆫ디 왕회 디희ᄒ야 길일을 밧고 장준으로
　　더부러 언약을 졍ᄒ더라."(윗책, 384쪽.)

겼던 결연의 장애가 장애황에게도 발생하면서 좀더 복잡한 양상으로 전개된다.

다음 이야기는 주인공과 적대자의 대결의 발판을 마련하는 사건이다. 곧 물에 빠진 이대봉 부자의 이야기로, 그들은 용왕이 보낸 사자에게 각각 구함을 받는다. 이시랑을 구한 동자는 무인도에 그를 내려주고 간다. 이대봉을 구한 동자는 백운암을 알려주며 그곳으로 가라고 한다. 이대봉은 백운암에 가서 지내며 후일을 기약한다. 이것은 이대봉의 생존을 알림으로써 장애황과의 장래 관계에 대한 독자의 관심을 끌기 위한 의도에서 설정한 사건이다. 특히 초월적 존재가 위기에 빠진 이들을 구해 후일을 기약하도록 한 것은 대중소설의 통상적 주제인 권선징악의 실현을 위한 것으로, 선으로 표상된 주인공의 행동에 정당성을 부여하려는 의도를 드러낸 것으로 설명할 수 있다.

장애황에게 발생한 고난 사건은 그녀가 왕회를 복수의 대상화하면서 동시에 그에 대한 윤리성의 문제를 제기한 것이다. 왕석연은 한밤중에 소저를 겁탈코자 한다. 이 위기의 순간에 장애황은 시비 난향에게 자신의 의복을 입혀 자신인 것처럼 해놓고, 자신은 남복으로 갈아입고 담을 넘어 도망한다. 이로써 이대봉의 원수였던 왕회는 장애황의 원수가 된다. 이 사건은 왕회란 인물의 부도덕성에 초점을 두는 한편 불의를 피해 도망하는 장애황의 선인으로서의 행동에 의미를 부여하고 있다. 곧, 윤리나 도덕을 무시하고 자신의 목적을 위해 장애황을 겁탈해서라도 혼인을 성취하려는 왕석연과 왕회의 부도덕성을 드러내려는 것이다. 이는 왕회의 부도덕성을 드러내면서 이대봉 부친의 도덕성을 입증하려는 사건이다. 반면에 장애황은 권력자의 아들 왕석연의 청혼이라는 현실의 안락함을 취하지 않고 어린 시절 부모들이 이대봉과 정혼한 윤리를 수호하려고 불확실한 미래로 뛰어들었다는 점 때문에 도덕적 인물로 형상화한다.

위기에 처한 장애황으로 하여금 문제를 해결하도록 하기 위한 발판으로 설정된 사건이 장애황의 도망과 마고선녀의 도움이다. 도망한 장애황은 마고선녀의 도움으로 도학과 수놓기, 법술, 천문지리, 둔갑장신지술, 병서를 공부한다. 이 과정은 그녀의 출신의 준비과정이다. 공부를 마친 장애황은 해운이라 개명하고 과거에 급제한다.

장애황의 확실한 입공의 토대를 마련하기 위해서, 그리고 여성의 영웅적 활약을 보여주기 위해서 설정한 사건이 남선우의 기병이다. 남선우가 역모에 뜻을 두고 침략하자 장해운이 대원수가 되어 남선우를 물리친다. 남선우가 패하여 도망하자 장해운은 선척을 준비하여 교지국에 들어가 선우를 항복받으니 남만 오국도 항복한다. 장애황은 선우와 남만 오국의 항서와 예단을 받아 황성으로 돌아온다. 이로써 장애황은 과거로 출신했다가 전장에서 영웅적 활약을 통해 입공하여 결연의 성취가 가능하도록 했으며, 결연의 방해자를 처단할 수 있는 기틀을 마련하여 자신의 뜻을 이룰 수 있었다. 이 과정에 삽화로 등장한 것이 수륙제를 지내다가 이대봉의 모친과 시비 난향을 만난 사건이다. 이 사건은 주인공의 선행에 대한 보상의 차원에서 이루어지는 것으로, 그동안 흩어졌던 가족의 회합을 통한 행복한 결구를 준비하는 과정이다. 따라서 이 사건은 대중소설의 권선징악의 주제 실현을 위해 마련된 것으로 볼 수 있다.

이대봉의 출신의 기반을 마련하기 위해 설정된 사건이 북흉노의 기병이다. 북흉노는 남선우가 기병했다는 소식을 듣고 역모에 뜻을 두고 중원을 탈취코자 침략한다. 황제는 곽태효로 원수를 삼아 막게 했으나 패한다. 이대봉은 흉노의 침략을 막지 못해 옥새를 목에 걸고 항서를 손에 들고 항복하러 나오는 황제를 위기에서 구한다. 이대봉은 대원수가 되어 흉노를 물리치고 천자를 모셔 환궁한다. 이대봉은 공을 세우자 복수를 위해 왕회를 잡아 전옥에 가두고 흉노를 치러 호국으로 들어간다. 흉노를 쫓아간 이대봉은 그를 베고 적군의 항복을 받는다. 그는 돌아오던 길에 뜻하지 않게 대풍을 만나 한 섬에 당도하여 부친을 만난다. 그리고 돌아오던 도중 용왕의 사자를 따라가서 남해 용왕의 침략을 받아 어려움에 처한 서해 용왕을 구해줌으로써 그동안 진 빚을 갚는다. 여기서 이대봉이 부친을 만나는 사건은 주인공의 선행에 대한 보상으로 이루어진 것으로, 후일의 선인선과(善人善果)의 행복한 결구의 준비 과정이다. 그리고 이대봉이 위기에 빠진 서해 용왕을 구한 것은 그동안 어려움에 빠진 자신과 부친을 구한 것에 대한 보은의 성격을 갖는다. 또한 이것은 주인공에 대한 초월적 존재의 도움을 합리적으로 설명하기 위한 의도에서 설정된 사건으로 보인다. 장애황이 과거를 통해 입신한 것과는 달리 이대봉이 흉노의 침략을 출신의 기반으로 삼은 것은 그가 귀양간 몸이라는 현실적 제약 때문인 것으로 보인다. 이로써 이대봉도 결연의 성취와 원수를 갚을 수 있는 발판을 마련한다.

다음은 복수와 결말 부분으로 이대봉과 장애황은 그들의 결연의 방해자였던 왕회와 진택열을 원찬하여 복수한다. 그리고 마침내 그

토록 바랐던 결연을 성취한다. 이 결연은 온갖 고난을 겪은 후에 이루어진 것이어서 더욱 값진 것이라고 할 수 있다. 또한 그동안 흩어졌던 가족들이 서로 만나 행복한 삶을 누리며, 주인공은 선행에 대한 보상으로 행복한 삶을 누린다. 결국 이를 통해 악인은 벌을 받고 선행은 보상받는다는 주제를 구현한다.

그런데 〈이대봉전〉은 여기서 작품이 마무리되는 것이 아니라 다시 남선우와 북흉노의 침략과 이대봉과 장애황의 활약을 덧붙이고 있다. 특히 장애황이 임신 칠 삭의 몸으로 출전하여 남성인 이대봉보다 월등하게 영웅적 활약을 보이는 점은 주목을 요한다. 이것은 당시 여성 독자들의 출신의 욕구를 작품에 반영하기 위한 의도에서 설정된 사건으로, 소설의 상업성 추구와 관련이 깊은 것으로 보인다.

## 2) 중단기법

〈이대봉전〉은 독자들의 흥미를 유지하기 위하여 나름의 대중소설적 기법을 활용하고 있다. 그 가운데 대표적인 것으로 줄거리의 긴장감을 조성하여 사건이 긴박한 상황에서 이야기를 중단하는 중단기법이 있다. 이 중단기법 가운데 〈이대봉전〉에서 활용하고 있는 것은 두 가지이다. 하나는 이야기를 전개하다가 궁금증을 불러일으키는 상황을 설정한 후 다른 장면의 이야기로 사건을 전환하여 궁금증을 자극하는 방법이다. 다른 하나는 장면을 전환하지 않고 같은 장면에서 긴장감을 최고로 고조시킨 후 이야기를 중단하는 방법이다. 후자의 방법은 장면이 전환되는 것이 아니라 결정적 대목에서 이야기를 중단했다가 다시 시작하는 것인데, 〈이대봉전〉의 경우 회장 형식을 이용하지 않고 책을 상, 하로 나누는 방법을 활용하고 있다. 말하자면 상권의 결정적 대목에서 이야기를 중단했다가 그 다음 이야기는 하권에서 계속하여, 상권을 읽은 독자가 하권을 읽지 않을 수 없도록 하는 방법이다.

먼저 장면을 전환하여 독자의 궁금증을 자극함으로써 독자들의 흥미를 유지하는 중단기법에 대한 예를 두 곳만 간략히 살펴보기로 한다. 〈이대봉전〉에 나타나는 장면 전환의 중단기법 가운데 하나로 이대봉 부자가 물에 뛰어든 상황에서 그들의 다음 이야기를 중단하고 장애황의 이야기로 전환된 부분이 있다.

> 부친이 〃무 수중고혼 되여쓰니 나도 쏘한 죽으리라 ᄒ고 만경창파 집푼 물의 풍넝이 요란한듸 십삼 세 어린 디봉이 수중고혼 가련ᄒ다 하나를 우러〃 부친를 부르면셔 풍덩실 쮜여든니 잇찌의 사공더른 비를 돌여 황셩의 올나가 사연를 왕회의계 주달한니 왕회 디히ᄒ더라 각셜 잇찌 할임 장화 이황의 혼사를 이류지 못ᄒ고 디봉 부자 젹소로 가물보고 분기충쳔ᄒ야 울기을 참지 못ᄒ더니[174]

위의 인용문에서 화자는 이대봉 부자가 물에 뛰어 들어 생사를 모르는 상황에서 다음 사건에 대한 독자들의 궁금증을 자극한 후 '각설 이때'라는 표현으로 장면을 전환하여 장애황의 이야기를 이어서 진행하였다. 독자들은 당연히 이대봉 부자의 생사에 궁금증을 갖기 마련이다. 그러므로 독자는 장애황의 이야기를 읽으면서도 그들의

---

174) 윗책, 383쪽.

생사에 계속해서 관심을 갖는다. 독자는 그 궁금증을 풀기 위하여 작품을 계속 읽어나가지 않을 수 없다. 따라서 이것은 독자의 호기심을 자극하여 흥미를 유지하는 수법으로 중단기법을 활용한 것이다.

이 같은 중단기법은 장애황에게 위기가 닥치는 왕회의 청혼과 관련된 사건에서도 나타난다. 왕회가 장애황과 아들의 혼사를 이루려고 그녀의 재종 당숙 장준을 보내 청혼한다. 장애황은 이대봉과 이미 정혼했음을 들어 이를 거절한다. 그러자 왕회는 장준에게 어떻게 하든 주혼하라고 한다. 그래서 장준은 꾀를 써서 왕석연과 장애황의 혼인을 성사시키려고 한다.

> 장준이 한 꾀를 싱각ᄒ고 왕회와 으논ᄒᄂ디 왕회 디희ᄒ야 길일을 밧고 장준으로 더부러 언약을 졍ᄒ더라.
> 각셜 잇ᄯ 디봉 부자 희중의 ᄲᅡ져던이 셔희 용왕이 두 용자을 불너 왈 디명충신 이익과 만고영웅 디봉이가 소인의 참소를 만나 젹소로 가다가 수중의 죽겨되여쓰니 급피 가 구안ᄒ라 ᄒ시니 두동자 일엽꾀주을 타고 셔남으로 좃차가니라[175]

위의 인용문에서 보듯이, 화자는 장준이 어떤 꾀로 장애황과 왕석연의 혼인을 진행할 것인가에 대하여 독자의 궁금증을 자극한 후 이야기를 중단하고 '각셜 이때'하면서 대봉 부자의 다음 이야기로 장면을 전환하여 독자의 흥미를 유지하도록 했다. 이는 〈이대봉전〉이 다음 줄거리에 대한 독자들의 궁금증을 활용하는 대중소설의 구성기법으로 장면전환의 중단기법을 활용했음을 뜻한다. 곧 독자들

---

175) 윗책, 384쪽.

이 줄거리에 흥미를 갖도록 하기 위하여 장준과 왕회가 어떤 꾀로 결연을 성취하려고 할 것인가에 대한 궁금증을 고조시킨 후 이야기를 중단하고 이대봉 부자의 다음 이야기로 전환함으로써 그 다음 이야기를 알아보려고 소설을 계속해서 읽도록 했다. 그러므로 〈이대봉전〉은 다음 이야기에 대한 궁금증 때문에 독자가 소설을 읽는 장면 전환의 중단기법을 활용하여 작품에 대한 독자들의 흥미를 유지시킴으로써 독자의 인기를 끈 대중소설로 성공할 수 있었을 것이다.

다음은 장면을 전환하지 않고 같은 장면에서 긴장감을 최고로 고조시킨 후 이야기를 중단하여 다음 이야기에 대한 독자들의 궁금증을 자극함으로써 상업성을 높이려는 의도로 활용된 중단기법의 예를 살펴보자. 〈이대봉전〉에서 이 같은 중단기법을 가장 효과적으로 활용한 부분은 상권과 하권의 분책 부분이다. 〈이대봉전〉은 상, 하 두 권으로 이루어졌는데, 상권과 하권 사이에 중단기법을 매우 효과적으로 설정하여 상권을 읽은 독자라면 하권을 읽지 않을 수 없도록 했다. 상권의 끝부분은 이대봉이 황제를 구하려고 달려오는 이야기가 있고, 이어서 이대봉이 도착할 즈음에 황제가 항복하러 나오는 장면에서 이야기를 중단하였다. 이것은 장면 전환을 활용하는 중단기법보다도 훨씬 효과적인 방법으로, 주인공이 아직 등장하지 않은 상황에서 선인의 결정적 위기의 순간에 이야기를 중단하고 상권을 끝냄으로써 다음 이야기에 궁금증을 느낀 독자들이 하권을 읽지 않을 수 없도록 한 것이다.

잇디 천자 도적의 셰를 당치 못하야 셩셰 가장 급한지라 할일업셔

옥쇄를 목의 걸고 항셔를 손의 들고 항복하려 나오더라.[176]

각셜 잇찌예 디봉이 산상의셔 그 거동을 보고 분기충천하야 월각투고의 용인갑을 입고 청용도를 놉피들고 비용마상의 번듯 올나 봉의눈을 부름쓰고 쳔동갓튼 소리을 지르며 워여왈 반젹 묵특은 쌜이나와 니 날닌 칼을 바드라[177]

위의 첫 번째 인용문은 상권의 끝부분이고, 두 번째 인용문은 하권의 첫대목이다. 상권은 황제가 위기에 빠지자 옥새를 목에 걸고 항서를 손에 들고 항복하러 나오는 상황에서 작품이 종결되어 있다. 하권은 그 위기의 대목에서 주인공이 등장하여 활약하려는 데서 작품이 시작되고 있다. 이것은 앞에서 살펴본 장면 전환에 의한 중단 기법과는 달리 하나의 장면을 의도적으로 나눔으로써 독자의 궁금증을 자극하고 있다. 이처럼 〈이대봉전〉은 선인으로 표상된 황제가 항복하려는 긴박한 상황에서 이야기를 중단함으로써 다음 이야기에 대한 독자의 궁금증을 효과적으로 활용하여 상업적 성공을 거둘 수 있었을 것이다.

지금까지 살핀 바에서 알 수 있듯이 〈이대봉전〉은 독자의 흥미를 유지하기 위하여 두 가지 중단기법을 효과적으로 활용하였다. 이것은 〈이대봉전〉이 작품의 줄거리에 대한 독자의 흥미를 적절히 유지하는 구성 방식으로 중단기법을 택했음을 뜻한다. 그리고 이 중단기법 때문에 독자들은 〈이대봉전〉의 줄거리에 흥미를 갖고 빠져들

---

176) 윗책, 401쪽.
177) 윗책, 401쪽.

었을 것이다. 또한 이런 점 때문에 〈이대봉전〉은 대중소설로서 상업적 성공을 거둔 것으로 보인다.

### 3) 결연을 위한 여성 영웅의 활약

〈이대봉전〉의 줄거리의 핵심은 이대봉과 장애황의 결연담이다. 이들의 결연은 태어날 때부터 예정된 것이었다. 그리고 이들의 결연은 부모들의 정혼으로 다시 한번 확인되었다. 그런데 이들의 결연은 왕회라는 방해자로 인해 이루어지지 못했다. 그러나 결국 고난 받던 주인공들은 위기에 빠진 나라를 구하여 공을 세운 후 결연의 방해자를 징벌하여 복수하고 결연을 성취하여 부귀영화를 누린다.

이 과정에서 다른 영웅소설과는 달리 남성인 이대봉보다는 여성인 장애황의 결연 성취 욕구가 더 강하게 나타난다. 이대봉은 입신 후 부친을 만났을 때 잠시 장애황에 대한 궁금함을 표시했을 뿐 황제가 그를 부마로 삼으려고 하자 장애황과의 정혼을 생각지 않고 쉽게 허혼해 버린다. 이에 비해 장애황은 철저하게 이대봉과의 결연을 추구하고 있다는 점에서 적극적인 면모를 보인다. 예를 들어 장애황이 승전하고 돌아오던 도중에 수륙제를 지내는 사건이 있다. 장애황은 돌아가도 즐거운 일이 없을 것이라 생각하고 꾀를 내어, 자신은 꿈에 전생이 여자였다면서 여복을 입고 이대봉과 이시랑의 영혼을 위로하는 수륙제를 지낸다. 그리고 그녀는 왕회를 잡아내서 수죄한 후 간을 내어 씹고 육신은 포를 떠서 충혼당에 배설하고 석존제를 지낸 후 전후사를 황상 전에 주달하고 고향으로 돌아가 지내겠다고 결심한다. 이처럼 장애황이 이대봉과의 결연을 철저히 실행하려는 면모를 보이는 점은 당시 전형적 여성상인 소극적 여성상과는 반대되는 행동이다. 이는 당시 독자들의 다수를 점하고 있던 여성들의 성취 욕구를 작품에 반영하여 상업성을 추구하려는 작자의 의도를 드러낸 것으로 보인다.

사실 남녀의 결연담이 대중소설의 흔한 소재라는 점을 고려하면 이대봉과 장애황의 결연담이 새로울 것은 없다. 지금까지 살핀 작품들의 경우에도 내용의 차이는 조금씩 있지만 모두 남녀의 결연담을 작품의 일부로 다루고 있다. 그런데 〈이대봉전〉의 결연담에서 관심을 끄는 내용은 그 결연의 성취를 위한 주인공들의 활약 과정에 있다. 곧 결연의 성취를 위한 주인공들의 고난과 투쟁이 다른 작품과는 다르다. 특히 영웅소설의 경우 주로 남녀의 결연이 남성 주인공의 활약으로 고난 후에 이루어지는 데 비해 〈이대봉전〉은 결연의 성취를 위한 장애황의 영웅적 활약도 함께 보여주고 있다는 점에서 차이를 보인다. 따라서 여기서는 여성 영웅으로서의 장애황의 활약을 중심으로 작품의 대중소설적 성격을 살펴볼 필요가 있다.

장애황은 다른 영웅소설과는 달리 자신의 배우자인 이대봉과의 결연을 방해하는 왕회에 대한 복수심에서 출신을 준비한다. 장애황의 결연의 방해자인 왕회는 그녀의 장래의 시부와 남편인 이시랑과 이대봉의 원수로 등장한다. 그가 그녀와 원수지간이 된 것은 이시랑과 이대봉이 그녀의 장래 시부와 남편이었던 점도 작용했지만, 좀더 근본적으로는 그녀의 정절을 무시하고 그의 아들과의 결연을 강제로 이루려고 했던 데 더 큰 원인이 있었다.

장애황은 왕석연의 겁탈을 피해 고난의 길을 떠난다. 그리고 도중에 마고선녀를 만나 그녀의 도움으로 능력을 키운다. 그녀는 상전벽해 수놓기와 온갖 법술과 천문지리, 둔갑장신지술, 병서를 공부하여 상통천문하고 하찰지리하며 중찰인사하기에 이른다. 또 병법은 관중, 악의도 당치 못할 정도였다. 그녀가 수학과정에서 전쟁에 필요한 무예와 병법을 주로 공부했다는 사실은 그녀의 결연을 위한 출신이 무예를 통해서 이루어질 가능성이 있음을 시사한 것이다. 특히 마고선녀가 그녀를 불러 산중을 떠나 평생 소원을 이루라면서 비록 여자나 용문에 올라 몸이 귀히 되어 대장절월을 띠고 백만 군병을 거느려 사해를 평정하고 이름을 기린각에 올리라고[178] 한 것은 그녀의 영웅으로서의 활약을 보여주려는 의도를 작자가 드러낸 것이다. 특히 몸이 비록 여자지만 용문에 오르고 사해를 평정하여 이름을 기린각에 올리라고 한 것은 당시 남성들의 독점적 세계로 인식되던 과거와 무예를 여성도 할 능력이 있음을 주장한 것으로 볼 수 있다. 이것은 당시 억눌려 지내던 여성들의 가능성을 장애황의 활약을 통해 대리 표출하면서 여성도 남성과 동일한 능력을 발휘할 수 있다는 주장을 표현한 것으로 보인다. 그러므로 이는 현실적인 제약으로 가정에 얽매어 지내던 여성 독자들의 출신의 욕구를 소설을 통해서나마 실현하라는 의미를 지닌다. 그리고 이 같은 여성 독자들의 욕구를 대변할 인물로 장애황이 형상화되었을 것이다.

이러한 여성 독자들의 욕구를 충족시키기 위하여 장애황은 장해운이라 개명하고 과거에 응시하여 급제한 후 남선우가 기병하자 대

---

178) 윗책, 387–88쪽.

원수로 출전한다. 그녀는 적장 촉담을 베고 적병을 대파한 후 선우를 잡으려 한다. 선우는 대패하자 본국으로 도망한다. 그녀는 교지국까지 쫓아가 선우와 남만 오국의 항복을 받아 돌아온다. 그녀는 그 공으로 연왕이 되고, 자신의 결연의 방해자였던 왕회를 원찬하여 복수한다. 그리고 이대봉을 만나 혼인함으로써 방해자 때문에 이루지 못했던 결연을 성취한다. 이로써 그녀는 그녀의 선행에 대한 보상으로 결연을 이루고 부귀영화를 누린다. 작자는 장애황의 활약을 통해서 여성의 영웅으로서의 활약의 가능성을 보여줌으로써 당시 다수를 점하고 있던 여성 독자의 욕구에 영합하고 있다.

이러한 사실은 〈이대봉전〉의 마지막 사건에서 좀더 분명히 드러난다. 〈이대봉전〉은 이대봉과 장애황의 결연으로 작품이 마무리되는 것이 아니라 다시 남선우와 북흉노의 침략을 설정하여 이대봉과 장애황의 활약을 그리고 있다. 선우가 남만 오국과 합세하여 기병하고 북흉노가 토번 가달과 동모하여 기병하니 명은 위급한 상황에 처한다. 그래서 다시 이대봉과 장애황이 그들을 막아야 했다. 장애황은 임신 칠 개월의 몸으로 출전하여 선우와 싸워 그들을 물리친다. 그리고 회군하던 도중에 아들을 낳는다.

〈이대봉전〉에는 어떤 이유 때문에 이와 같은 사건이 설정되어 있을까? 이것은 장애황의 활약을 강조하여 여성 독자들의 욕구를 작품에 반영한 결과로 보인다. 그 같은 근거로 처음 장애황이 선우를 물리치고 승리했을 때는 남복을 입고, 남자의 신분, 곧 장해운으로 활약했다. 그러나 선우가 다시 기병했을 때는 이미 임신 칠 개월의 몸이었고, 모든 사람이 그가 여자라는 사실을 알고 있었다. 그러므로 작자는 장해운보다는 장애황이라는 여성 영웅의 활약을 통해 여성 독자들의 출신의 욕구를 대리 충족시키려는 의도에서 남선우와 북흉노의 침략을 설정하고, 장애황을 출전시켜 그들을 막도록 한 것으로 보인다. 특히 장애황이 이대봉보다 서열이 위였다는 점과, 장애황의 대적인 선우는 오백만의 대병인 데 비해 이대봉의 대적인 북흉노는 팔십만으로 설정되어 있는 점은 장애황의 우월성을 강조하려는 작가의 의도가 반영된 것으로 볼 수 있다. 또한 장애황이 임신 칠 개월의 몸으로 출전하여 오백만의 대병을 물리치고 승리한 후 아들을 낳도록 한 것은 임신 자체가 여성의 능력을 제약하는 요인이 되지 않음을 반증하려는 의도를 드러낸 것으로 보인다. 이러한 점을 고려할 때 〈이대봉전〉의 장애황의 영웅적 활약은 여성 독자들의 과거와 무예를 통한 출신의 욕구를 여성 우월의식의 형식으로 작품에 반영함으로써 상업적 성공을 거두려는 대중소설의 성격을 드러낸 것이라고 할 수 있다.

지금까지 살핀 바와 같이 〈이대봉전〉은 이대봉과 장애황의 고난을 통한 결연을 강조함으로써 당시 독자들의 감정에 호소하여 인기를 얻을 수 있었던 것으로 보인다. 그러나 〈이대봉전〉이 인기를 끌 수 있었던 요인 가운데 하나는 여성 영웅의 활약을 통해 당시 독자들의 다수를 차지하던 여성들의 출신 욕구를 대리 충족시켜주었기 때문에 대중소설로서 성공을 거둘 수 있었을 것이다. 이것은 〈이대봉전〉이 대중소설로서의 상업성을 위해 당시 독자들의 다양한 욕구를 작품에 반영하였던 결과이며, 장애황의 영웅적 활약도 여성 독자들의 욕구를 대변하려는 의도를 지닌 것과 관련이 있는 것으로 볼 수 있다.

### 4) 복수와 해원

방각본 영웅소설에는 복수와 해원이 보편적으로 등장한다. 〈이대봉전〉의 경우에도 이와 같은 복수와 해원을 작품의 일부로 다루고 있다. 〈이대봉전〉의 복수는 주인공들의 결연의 방해자였고, 이대봉 부친의 적대자였던 왕회와 진택열을 주인공이 입공 후 정배 보내는 것이므로 이루어진다. 그런 점에서 다른 작품과 달리 이 작품의 적대자에 대한 복수는 약하게 나타나는 것이 특징이다. 이러한 복수 방식은 복수의 문제를 국가적 차원보다는 개인적 차원의 문제로 한정시켰기 때문으로 보인다. 이에 비해 〈이대봉전〉에서는 침략자에 대한 복수심이 강하게 나타나는데, 이 복수는 독자의 해원의 욕구를 작품에 반영한 결과로 보인다. 말하자면 여기서의 복수는, 곧 적에게 복수하는 것은 자신들의 맺힌 한을 푸는 역할을 하는 것으로 나타난다. 그러므로 여기서는 복수를 해원과 관련지어 이것이 독자들의 욕구와 어떻게 접맥되는지 살펴보고자 한다.

〈이대봉전〉은 원한 맺힌 원혼들의 해원 욕구가 작품의 곳곳에서 나타난다. 곧 한나라 장군 이릉과 관운장 등 억울하게 죽어서 자신의 뜻을 펴지 못한 인물들이 나타나 이대봉에게 설원을 부탁하는데, 이것은 이대봉이 그들과는 달리 자신의 뜻을 펼 수 있는 인물로 형상화되었음을 뜻한다. 이대봉이 농서에서 바위를 의지하여 날 새기를 기다리던 중 뇌성벽력이 천지진동하고 풍우대작하더니 한 대장이 나타나 그를 해치려고 한다. 그가 호령하며 꾸짖자 자신은 한장 (漢將) 이릉인데 흉노에게 죽었으니 설원해달라면서 갑주를 준다. 또 흉노를 베어 대공을 이루라면서 급히 가라고 한다. 이것은 이대 봉이 명나라와 자신을 위해서 흉노를 물리쳐야 할 뿐만 아니라 이릉 의 설원을 위해서도 흉노를 물리쳐야 함을 보여줌으로써 이대봉의 행동에 정당성을 부여하고 있다. 또 이대봉이 황제를 구하러 길을 떠나 여러 날만에 화용도에 이르자 풍우가 대작하여 한 집으로 피한 다. 그러자 천병만마가 집을 에워싸고 팔진도 진법을 펼치며 한 장 군이 집으로 들어온다. 그는 자신을 관운장이라 하고, 청룡도를 주 면서 급히 능주로 가서 사직을 안보하고 흉노의 피를 묻혀 영웅의 원혼을 위로하라고 한다. 여기서도 이대봉이 흉노를 물리치는 것은 사직을 보호함과 동시에 관운장의 원혼을 위로하는 것으로 설명하 고 있다. 이것은 이대봉의 공업이 원혼들의 후원 아래 성취될 것이 라는 사실을 암시하면서, 이대봉이 흉노를 물리치고 사직을 안보하 는 것을 이들의 맺힌 한을 풀어주는 것으로 형상화하였다. 바꿔 말 하면 이대봉이 흉노의 침략을 물리치고 사직을 안보하는 것이 이들 의 맺힌 한을 푸는 것이다. 이는 결국 이대봉을 해원자로 설정하여 명나라의 사직을 안보함으로써 해원이 이루어지도록 작품을 형상화 했음을 뜻한다.

그렇다면 어떤 이유로 명나라 사직을 안보하는 것이 해원이 되는 것일까?

여기에는 명나라의 멸망과 병자호란의 패배와 깊은 관련이 있는 것으로 보인다. 앞에서 살핀 바와 같이 조선인들은 임진왜란 때 명

나라가 구원병을 보내준 것에 감격하여 재조의 은혜를 입었다고 생
각했다. 그러다 명이 망하자 큰 충격을 받았으며, 한편으로는 명의
재건을 강력히 염원했다. 이에 비해 청에 대해서는 은혜의 나라인
명을 멸망시켰다는 점과 병자호란의 패배로 인한 수치심 때문에 배
척의 태도를 취했다. 이로 인해 당시 조선인들은 정치적 구호였던
북벌론에 열광하면서 청에 대한 복수심을 강하게 나타냈다. 이러한
시대 분위기에서 영웅소설들은 그러한 내용을 작품에 반영하여 독
자들의 인기에 영합하려는 상업주의적 속성을 갖게 되었다. 이로
인해 다수의 영웅소설이 복수와 해원을 작품의 소재로 다루었다.
〈이대봉전〉도 이런 경향을 보이고 있다.

> 슬푸다 디명사직 억말연치국으로 일조의 돈견갓탄 흉노의계 사직을
> 이러쓰니 엇지 안이 분할소냐 뉘랴셔 강적을 쇠멸흐고 중원사직을 회
> 복하라[179)

사실 이것은 작자의 말인데, '명나라 사직을 일조에 돈견 같은 흉
노에게 잃었으니 슬프고 분하다'는 것이다. 그는 곧 체념적인 어투
로 누가 강적을 소멸하고 중원 사직을 회복하겠느냐면서 한탄하고
있다. 이 같은 표현은 당시 명의 멸망을 바라보는 조선인들의 심정
을 대변한 것으로 보인다. 그리고 〈이대봉전〉은 이 같은 내용을 작
품에 표현했기 때문에 당시 독자들에게 공감을 얻을 수 있었을 것이
다. 이처럼 자신들의 정신적 지주가 무너진 데 대한 허탈한 감정을

---

179) 윗책, 398쪽.

잘 드러낸 것으로 다음과 같은 표현이 있다.

> 한심하다 디명천자 가이 업시 되야쓰니 명천도 무심하고 강산 실영
> 도 헛거실네[180]

무궁하리라 믿었던 명나라가 그처럼 쉽게 망할 줄 몰랐다. 그런
데 그렇게 망해버리다니, 한심스럽다. 명천도 무심하고 강산 신령
도 헛것이라고 표현한 것은 절망과 허무의 감정을 직설적으로 표현
한 것이다. 그러므로 독자들은 이러한 문제를 해결할 수 있는 인물
을 염원하게 되었고, 결국 이대봉을 해원자로 설정하여 자신들의
욕구를 충족시키려고 했다. 따라서 이대봉의 등장에 박수를 보내면
서 자신들의 해원자로 그를 지원, 격려한 것이다.

> 진전의 나셔며 고셩디질왈 기갓탄 오랑키야 네 쳔위를 범하야 시졀
> 을 요란케하니 죄사무셕이요 황졔을 진욕하고 자칭 천자라 하니 일쳔
> 지하의 여디 천자 두리 잇쓰리요 니 하날계 명을 바다 네갓탄 반젹을
> 쇠멸할거시연날 네 만일 두럽거던 쌜이나와 항복하고 그러치 안이하
> 거던 쌜이나와 디격하라[181]

위의 인용문은 그동안의 맺힌 한을 풀어줄 수 있는 해원자로 등장
한 이대봉이 적에게 호통치는 내용이다. 물론 여기서 독자들은 이
대봉의 설원 행위를 통해서 대리적 해원을 통한 통쾌감을 맛본다.
그리고 결국 주인공의 행동을 통해 권선징악의 주제를 실현하는 데

---

180) 윗책, 398쪽.
181) 윗책, 403쪽.

참여함으로써 윤리 수호자의 역할을 감당한다. 그리고 그 보상으로 행복한 결말을 맞이함으로써 자신들의 욕구를 소설을 통해서나마 실현한다.

지금까지 살핀 바와 같이 〈이대봉전〉은 당시 독자들의 염원을 작품에 반영하였기 때문에 상업적 성공을 거둔 것으로 보인다. 이는 〈이대봉전〉이 대중소설의 성격에 충실함으로써 당시 독자들의 취향에 영합한 결과이다. 또한 당시 사회의 분위기와 관련이 있는 복수와 해원을 작품의 요소로 적절히 활용하였기 때문에 인기 있는 소설이 될 수 있었을 것이다.


## 2. 〈황운전〉

〈황운전〉182)은 천상 하괴성인 황운과 봉래산 계화인 설월중단이 어린 시절에 맺은 결연을 이루지 못하고 고난을 겪다가 후일 공을 세워 결연의 방해자를 징계하고 이를 성취하는 결연담이다. 여기에 후일 황제가 죽은 후 형왕이 반역하여 태자를 내치자 황운과 설월중단이 세력을 규합하여 형왕의 반역을 물리치고 태자를 보위에 오르도록 도와줌으로써 송 황실을 재건한다. 그 공으로 주인공들이 부귀영화를 누리는 내용이 덧붙어 있다.

〈황운전〉은 앞에서 살핀 〈이대봉전〉과 여러 면에서 유사한 작품이다. 곧 남녀 주인공이 모두 영웅으로 활약하는 점이나, 이들이 어

---

182) 대본은 전집5에 실린 동양어학교 소장 경판59장본(상30장, 하29장)이다.

린 시절에 이미 정혼했으나 방해자 때문에 결연을 하지 못하다가 입공 후에 결연의 방해자를 징벌하고 결연을 성취한다는 점이나, 결연 후에 남녀 주인공이 다시 전장에 나가 공을 세운다는 점이 그렇다. 특히 여성 영웅의 활약을 확실하게 보여주기 위해서 여주인공이 임신한 몸으로 전장에 나가 영웅적 활약을 보여주고 있는 점도 같다. 이것은 결국 〈황운전〉이 〈이대봉전〉과 마찬가지로 당시 여성 독자들의 출신의 욕구를 작품에 반영한 대중소설임을 뜻한다. 그런데 독자의 흥미를 끌기 위하여 여성의 영웅적 활약을 작품화하면서도 또다시 은수자라는 괴물을 등장시키고 있는 점이 〈이대봉전〉과 다르다.

이 글에서는 〈황운전〉이 대중소설로서 상업적 목적을 달성하기 위하여 어떤 요소를 작품에 어떻게 활용하고 있는가를 살펴보고자 한다. 특히 상품성을 살리기 위하여 당시 독자들의 욕구를 작품에 어떻게 반영하였는가 살펴보고자 한다.

### 1) 줄거리

〈황운전〉의 줄거리의 기본 틀은 황운과 설월중단이란 남녀 주인공의 결연담이다. 좀더 구체적으로는 이들이 어린 시절에 부모들이 맺어준 정혼을 방해자 때문에 이루지 못하고 고난을 겪다가 공을 세운 후에 결연을 성취하는 이야기다. 여기에 후일 국가가 위기에 처하자 이들 부부가 다시 출전하여 대공을 세워 송 황실을 재건하고 부귀영화를 누리는 이야기가 덧붙는다.

황운과 설월중단이 어린 시절에 정혼하게 된 연유는 그들 부모의 우정 때문이었다. 황운과 설월중단의 부친은 친구 사이였고, 모친들도 서로 가깝게 지냈다. 그 부모들은 모두 나이가 늦도록 자식이 없었다. 그러자 부인들이 함께 태항산에 들어가 삼일 기도하고 태항산 신령의 도움으로 각각 아들과 딸을 낳는데, 이들이 황운과 설월중단이다. 이런 사연으로 주인공들은 부모의 의사에 따라 어린 시절에 정혼하게 된다.

이들의 결연은 하늘이 정한 것으로 보인다. 설월중단의 모친의 꿈에 "일위 노인이 계화 일지를 쥬며 왈 이 곳츤 봉늬산 계홰니 황하슈의 시므면 지엽이 번셩ᄒ리라"183)고 한 말에 이미 그들의 결연이 예정되어 있었다. 여기서 황화수란 표현은 황운을 뜻하는데, 작품에서는 두 가지로 상징화되어 있다. 하나는 황운의 성, 곧 황씨를 이르고, 다른 하나는 황운의 전생 신분, 곧 하괴성으로서 황룡184)으로 표상되어 있다. 그러므로 이들의 결연은, 부모들 사이의 우정 관계로 이루어진 측면도 있지만, 하늘이 이미 예정한 것임을 그들의 태몽에서 보여주고 있다.

그들의 결연에 문제가 발생한 것은 부친들의 정치적 패배 때문이었다. 곧 황운의 경우 진권이 국권을 잡고 있었는데, 부친 황한이 여러 번 진권의 죄상을 상소하였다가 결국 장사에 귀양가고, 이 일로 모친마저 죽는다. 설월중단도 그녀의 부친 설영이 양철의 청혼

---

183) 전집5, 1019쪽.

184) "천상 하괴셩이 샹졔긔 득죄ᄒ여 인간의 너치시기로 특별이 부인긔 지시ᄒ노라 ᄒ고 동ᄌ를 밀치더니 동지 변ᄒ여 황농이 되여"(윗책, 1019쪽.)

을 거절했다가 모함을 받아 북해로 귀양가고, 이 일로 모친마저 세상을 떠난다. 황운의 입장에서는 그의 부모와의 이별과 후원자마저 잃는 고난의 길이 시작되었다. 설월중단에게도 황운과 마찬가지로 부친이 적소로 떠나고 모친마저 별세한 데다 양철이 강제로 혼사를 이루려고 해서 황운과의 결연 성취에 심각한 문제가 발생한다. 결국 이 사건으로 주인공들은 모두 고아가 되면서 결연의 성취를 위한 고난이 시작된다.

주인공들의 결연의 성취를 위한 고난은 그들의 결연을 방해하는 세력 때문에 발생한다. 곧 황운의 고난은 양철이 설월중단을 며느리로 맞기 위해 그를 죽이고 혼사를 성취하려는 욕심에서 비롯된다. 황운은 집의 화재를 피해 도망해서 사명산으로 들어가 사명산 도인에게 수학한다. 설월중단도 양철의 강제 혼사 욕구 때문에 고난이 시작된다. 설월중단은 그것을 피해 도망했다가 태항산 신령의 도움으로 무예를 익힌다. 그런데 이들의 고난은 결연을 방해하는 세력 때문에 시작되었지만, 실제 작품에서는 이 과정이 적대 세력을 물리치기 위한 준비과정의 역할을 하고 있다.

주인공들의 출신의 기반을 마련한 사건이 진권의 반역이다. 진권이 아우 진형, 진걸과 양철 등과 합세하여 기병하자 천자는 태사관의 건의를 받아들여 천하의 영웅을 초모하여 그들의 반란을 물리치려고 한다. 황운과 남복으로 갈아입은 설월중단이 자원한다. 이 시험에서 황운은 부원수, 설월중단은 대원수로 뽑혀 그들의 반란을 물리치고 자신들의 결연의 방해자이자 반란자인 진권 일당을 죽여 복수한다. 주인공들은 그 공으로 부친들을 적소에서 모셔온 후 결연을 이룬다. 이로써 주인공은 선행에 대한 보상으로 그동안 흩어졌던 가족과 회합한 후 결연을 성취한다. 이는 주인공의 선행에 대한 보상의 차원에서 이루어지는 행복한 결말인데, 결국 대중소설의 통상적 주제인 권선징악을 이로써 실현한다.

그런데 〈황운전〉에서는 여성 영웅으로서의 설월중단의 활약을 보여주기 위해 형왕의 반란을 설정하고 있다. 곧 황제가 훙한 후 황운이 섭정왕이 되자 이에 불만을 품은 형왕이 부마 엄평과 반역하여 태자를 몰아내고 황제가 된다. 황운과 설월중단은 북흉노와 남선우의 침략을 막으러 나가 있었는데, 그 틈을 타서 형왕이 찬역한 것이다. 두 사람은 형왕의 살해 위협을 피해 일단 도망했다가 태자가 십오 세가 되자 세력을 규합하여 그들을 물리치고 송 황실을 재건한다. 이 과정에서 설월중단이 흉노를 물리치러 갔을 때는 임신 삼 삭의 몸으로, 그리고 형왕의 반란을 평정하기 위해서는 여성의 신분으로 전장에 나가 남성과 대등하게 영웅적 활약을 하고 있다. 이는 여성인 설월중단이 남성인 황운과 대등한 전쟁 수행 능력이 있음을 보여주는 사건이다. 따라서 설월중단이 여성의 신분으로 남성들의 전유물이었던 전쟁에서 남성과 대등한 활약을 보여주고 있다는 점에서 이 사건은 당시 소설 독자의 다수를 점하고 있던 여성 독자들의 출신 욕구를 충족시키기 위한 의도와 밀접한 관련이 있는 것으로 보인다.


## 2) 기법

〈황운전〉은 상업적 이익 추구의 목적을 달성하기 위하여 독자들의 흥미를 끄는 기법을 다양하게 활용하고 있다. 이것은 〈황운전〉을 재미있는 이야기로 만들어 독자들의 관심을 유지함으로써 소설의 상품화를 가능하도록 하려는 데 목적을 두었다. 이에 따라 〈황운전〉도 이야기를 재미있게 하기 위하여 대중소설의 통상적 수법인 독자의 감정에 호소하는 방법을 활용하고 있다. 독자의 감정을 긴장시켰다가 이를 해소시키기도 하고, 사건에 대한 궁금증을 자극한 후 이를 풀어주기도 하며, 선인에게 위기를 조성했다가 주인공을 등장시켜 위기를 해소하기도 한다. 이로써 독자들이 통쾌감을 맛보도록 하는 등, 작품의 구성 기법과 요소를 효과적으로 활용하고 있다. 따라서 여기서는 〈황운전〉이 독자들의 흥미를 끌기 위하여 어떤 요소를 어떻게 활용하였는지 살펴보고자 한다.

〈황운전〉이 택한 대중소설적 구성 기법의 하나로 줄거리의 긴장감을 고조시켰다가 이를 해소하는 것, 곧 선인에게 위기 상황을 조성한 후 주인공을 등장시켜 이 위기를 해소하는 중단기법이 있다. 예를 들어 황제가 항복할 위기에 처해 있을 때 주인공 황운이 등장하여 황제를 구하도록 설정된 사건 따위가 그 대표적인 중단기법이다.

천자가 진권의 군대에 쫓겨 도망하다가 호타하에 이르렀더니 백성은 피란하고 강을 건널 배는 없었다. 그런데 진형은 철기를 거느리고 쫓아오는 급박한 상황이었다. 적병이 항복하라면서 쫓아오자 황제는 물에 빠져 자살하려고 했다. 그러나 그가 탄 말이 진형의 창에 찔려 넘어지자 그러지도 못하고, 이제 망할 위기에 처한다. 바로 이때 이야기를 중단했다가 주인공을 등장시켜 위기에 빠진 황제를 구한다.

송졔는 쓸니 항복ᄒ라 ᄒ거늘 샹이 황망이 물의 ᄯ지고져 ᄒ신디 사
신이 쳔ᄌ를 보호ᄒ여 ᄀ온디 모시고 각〃 칼을 쎄혀 막ᄌ르니 진형이
창을 둘너 ᄉ오인을 버히고 쳔ᄌ의 말를 질너 거구르치미 샹이 ᄯ희 쩌
러지는지라 진형이 창으로 쳔ᄌ를 견조아 디민왈 잔명을 앗기거든 쓸니
항셔를 쎠올니라 ᄒ니 샹이 〃지경을 당ᄒ미 쳔디 아득ᄒ여 크게 흔 소
리를 지르시고 긔졀ᄒ시니 이날 쳔ᄌ의 셩명이 쟝찻 망케되엿더라.
ᄎ셜 이ᄯ 황운이 밤시도록 달니오다가[185]

이 부분은 중단기법을 사용한 곳이다. 선인으로 표상된 황제를
위기에 빠지게 하여 긴장감을 고조시킨 후 이야기를 중단했다가 주
인공을 등장시켜 황제를 구하게 함으로써 통쾌감을 맛보도록 하였
다. 곧 천자의 성명이 망하려는 장면에서 이야기를 중단하고, '차설'
로 잠시 쉰 다음 주인공을 등장시켜서 통쾌감을 맛보도록 했다. 특
히 주인공이 이 위기의 순간에 등장하면서 "역적 진형은 셩샹을 히
치 말ᄂ"고 크게 소리치면서 등장하여 "말를 흔번 쮜여 진 압히
다〃 르"[186]는 행동을 보이는 것은 최고의 극적 긴장감을 조성한 후
이를 해소하는, 감정의 카타르시스를 통한 통쾌감을 맛보도록 하려
는 의도에서 설정된 표현이다. 이로 보면 〈황운전〉은 독자의 감정
을 자극하여 긴장감을 고조시킨 후 이야기를 중단하는 중단기법을
활용하여 인기를 얻으려고 한 것으로 볼 수 있다.

〈황운전〉의 대중소설적 구성 기법 가운데 하나로 줄거리에 대한
독자들의 궁금증을 자극하는 방법이 있다. 말하자면 사건의 내용을

---

185) 윗책, 1030쪽.
186) 윗책, 1030쪽.

구체적으로 알려주지 않고 '여차여차'라고 표현하여 그 내용에 대한 독자의 궁금증을 자극한 후 이를 뒷부분에서 구체화함으로써 줄거리에 대한 궁금증을 활용하여 소설의 흥미를 유지하는 방법이다.[187] 〈황운전〉에는 이 방법이 여러 곳에서 활용되고 있는데, 여기서는 두 곳을 예로 들어 살펴보겠다.

양철이 설월중단의 자색을 듣고 설영에게 청혼했다가 거절당하자 그를 모함하여 귀양보낸다. 그리고 그녀를 며느리로 맞기 위하여 그녀의 친척인 조침을 통해 청혼했으나 실패한다. 그러자 조침이 양철에게 그녀가 모친의 묘소에 갈 때를 이용하여 혼인을 성사시키자고 한다. 그런데 구체적으로 어떤 방법으로 혼인을 성사시킬 것인지에 대해서는 설명하지 않고 그저 "그 모친 묘소의 치졔홀지니 그 씌를 타 여츠〃〃ᄒ면 가히 셩ᄉᄒ리라"[188]고 했다. 이렇게 하여 독자의 궁금증을 자극한 후 몇 가지 사건 후에 그 방법에 관한 내용이 나오는데, 그 방법은 그녀를 묘소에서 납치하여 강제로 혼인을 하는 것이었다. 이는 양철과 조침이 어떤 방법으로 설월중단과의 혼인을 성사시킬 것인가에 대하여 독자들의 궁금증을 자극하여 소설의 흥미를 유지하려는 방법으로 택한 구성 기법이다.

특히 이 방법은 전장에서 대전할 때 많이 등장하는 것으로, 작전을 지시할 때 '여차여차 하라'고 한 후 뒷부분에서 그 구체적 작전 내용을 알 수 있도록 했다. 이런 예는 〈황운전〉의 여러 곳에서 볼

---

187) 물론 이런 표현은 〈황운전〉뿐만 아니라 다른 고전소설에도 많이 나오는 것으로, 독자의 궁금증을 자극하여 소설의 흥미를 유지하려는 의도적 표현법의 하나로 볼 수 있다.
188) 전집5, 1022쪽.

수 있는데, 여기서는 진권이 청홍성에 있을 때 설월중단이 성을 치기 위하여 작전을 지시하는 내용을 예로 들어 살펴보자.

> 진권의 청홍성의 들물 보고 동오디도를 드려본 후 중장을 각〃 분발ᄒ여 십면의 미복ᄒ여 〃츠〃〃ᄒ라 ᄒ고 스스로 딕군을 거느려[189]

이것은 설월중단이 장군들과 작전을 펴는 내용으로, 작전의 구체적인 내용을 설명하지 않고 '여차여차 하라'고 지시하여 독자의 궁금증을 자극하고 있다. 실제로 설월중단이 장군들에게 작전을 '여차여차 하라'고 지시하지는 않았을 것이다. 화자가 '여차여차 하라'고 표현한 작전 내용을 작품의 뒷부분에서 살펴보면 '적병이 도망하도록 길을 열어준 후 적이 도망할 때 매복병이 적을 치는' 것이다. 그런데 화자가 독자에게 실제 작전 내용을 알려주지 않고 이렇게 표현한 것은 작전 내용에 대한 궁금증을 자극하여 흥미를 유지하기 위한 방법으로 이를 활용한 것이다.

〈황운전〉에서는 줄거리에 대한 독자들의 흥미를 유지하기 위하여 사건의 예시를 암시적으로 표현하기도 한다. 예를 들어 태항산 신령이 설월중단의 꿈에 나타나 이야기한 내용과 천자가 태자를 낳을 때 꾼 꿈에서 그것을 볼 수 있다. 먼저 설월중단의 꿈을 보자.

> 일〃은 일몽을 어든즉 산신이 〃로디 이 상중의 놓이 둘히 이셔 시〃로 작난ᄒ여 산곡이 요란ᄒ미 그디 만일 그 놓을 잡아 천ᄌ긔 드리면 디공을 일우리라 ᄒ거놀[190]

---

189) 윗책, 1032쪽.

위의 인용문에서 용 두 마리가 장난하여 산곡이 요란하다는 것은 반란에 대한 암시적 표현이며, 그 용을 잡아 천자께 드리면 대공을 이루리라는 것은 설월중단이 반란군을 진압하여 공을 세울 것을 암시하고 있다. 그리고 이 꿈을 통해 그녀가 교룡검을 얻었다는 것은 그녀의 무예적 활약을 암시한 것이다. 독자는 당연히 이 같은 암시의 내용에 대해 궁금함을 느끼며, 이 궁금증을 해소하기 위하여 작중에 몰입한다. 위의 예시는 암시가 간단하여 그 내용을 쉽게 알아차릴 수 있으나 황제가 태자를 낳을 때의 꿈은 뒷부분에 가서야 그 내용을 알아차릴 수 있을 정도로 그 암시 내용이 복잡하다.

> 하늘노셔 치운이 황뇽을 둘너 궐문 밧긔 쩌러지거눌 미조츠 일긔 쳥의동지 나려와 그 뇽을 업어 궐니의 드리치고 스스로 심원공쥬 궁으로 드러가고 그 뒤히 달이 쩌러져 변ᄒ여 금둑겁이 되여 셜연의 궁으로 드러가는지라 샹이 꿈을 찌여 가쟝 신긔히 녀기시더니 그달붓터 황휘 틱긔이셔 십삭만의 틱즈를 탄싱ᄒ시니[191]

위의 인용문만을 보고는 꿈의 내용이 무슨 뜻인지 알 수 없다. 태자가 태어나자 이어서 심원공주도 아들을 낳고 황운도 여아를 낳는다. 곧 이들 세 사람은 동년월일시에 태어난다. 그 후 형왕이 찬역하여 태자를 유폐시켰는데, 심원공주가 아들을 데리고 태자가 유폐된 곳에 가서 아들과 태자를 바꿔치기 하여 결국 태자는 살고 심원공주의 아들은 죽는다. 후일 태자가 황운과 설월중단의 도움으로

---

190) 윗책, 1023쪽.
191) 윗책, 1033쪽.

형왕의 찬역을 물리치고 보위에 오르자 황운의 딸로 황후를 삼는다. 이로 보면 황룡은 태자로, 청의동자는 심원공주의 아들로, 달은 황운의 딸로 형상화되어 있다. 또 심원공주의 아들인 청의동자가 궐문 밖에 떨어진 황룡, 곧 보위에서 쫓겨난 태자를 업어 궐내에 드리쳤다는 것은, 보위에 오르게 했다고 해몽할 수 있다.

이처럼 복잡한 방법의 암시이지만, 〈황운전〉에서는 꿈의 암시를 통해 독자의 궁금증을 자극한 후 뒷부분에서 그 꿈의 의미를 풀어줌으로써 궁금증을 해소하여 소설의 흥미를 유지하는 기법으로 활용하고 있다. 따라서 〈황운전〉은 암시적 사건을 통해 독자의 관심을 불러일으킴으로써 작품의 흥미를 유지하려는 의도에서 이 같은 방법을 활용하고 있는 것으로 보인다.

지금까지 살핀 바와 같이 〈황운전〉은 독자들의 흥미를 끌기 위하여 다양한 구성 기법을 활용한 것으로 보인다. 그리고 이런 기법의 활용 때문에 〈황운전〉은 대중소설로 당시 독자들의 인기를 끌 수 있었을 것이다.

### 3) 여성 영웅의 활약

앞에서 살핀 바와 같이 여성 영웅이 활약하는 소설의 경우 처음에는 여성이 남복을 입고 남자 행세를 하면서 전장에 나가 공을 세운다. 〈황운전〉의 설월중단도 처음에는 남복을 입고 영웅 초모에 응하면서 자신을 설영의 아들이라고 소개했다. 그런데 황운과 설월중단의 무예 실력을 발휘하는 부분을 보면 설월중단이 황운보다 뛰어난 능력을 발휘함으로써 대원수가 된다. 곧 황제가 보통 사람은 응시하기조차 어려운 무예 시험을 냈는데, 황운이 먼저 응시하여 오십 근의 투구와 백여 근의 갑옷을 입고 팔십 근의 대검을 들고 말을 달리면서 뛰어난 실력을 과시하자, 설월중단이 다음에 응시하여 황운과 똑같이 무장을 한 데다가 구십 근 장창까지 들고 말을 달리면서 그보다 뛰어난 실력을 발휘하였다.[192) 결국 황운은 부원수, 설월중단은 대원수가 되어 진권 일당의 반란을 물리치는 공을 세운다. 이처럼 여성인 설월중단이, 비록 남복을 입고 남성으로 분장하였다고 하더라도, 황운보다 뛰어난 능력을 발휘한 것은 그동안의 영웅소설에서 소극적인 자세로 처신하던 여성들의 행동과는 다른 양상을 보인 것이다. 이것은 당시 독자의 다수를 점하고 있던 여성들의 출신의 욕구를 반영한 것으로 보인다.

이런 여성들의 욕구를 좀더 적극적으로 작품에 반영한 것이 여성 주인공들의 결연 후의 출전 사건인 것으로 보인다. 이러한 의도에 따라 여성 주인공이 결연을 성취한 후에 이제는 여성의 몸으로 다시 전장에 나가 영웅으로서 활약한다. 특히 이들이 여성의 신분임을 좀더 확실히 하기 위하여 등장한 것이 잉태한 몸으로 출전하는 것이다. 〈이대봉전〉의 장애황처럼 설월중단도 흉노를 물리치기 위해서

---

192) "디완국 쳔니스류마와 오십근 투구와 빅여근 갑옷과 구십근 쟝창과 팔십근 디검을 셰우고 샹이 하교왈 져 말를 투며 갑쥬를 갓초며 쟝창디검을 ᄒ고 능히 치빙ᄒ는지 이시면 디원슈를 봉ᄒ리라 … 갑쥬를 갓초고 디검을 들고 말긔 올나 치빙ᄒ다가 믄득 몸을 날녀 팔십보 밧긔 쮜여나렷다가 다시 말긔 올나 안즈며 칼를 둘너 스면을 왕니츙돌ᄒ니 … 갑쥬를 갓초고 좌슈의 구십근 장창과 우슈의 필십근 디검을 들고 디완마를 일빅오십보 밧긔 셰우고 두번의 쮜여올나 창검을 둘너 츔츄어 동의가 번듯셔의가 잇고 남의가 번듯 북의가 잇셔"(윗책, 1024쪽.)

출전했을 때 잉태 삼 삭이라고 한 점에서 그러한 사실을 확인할 수 있다.

특히 형왕의 찬역을 물리치는 과정에서, 형주성을 공격할 때 설월중단이 보인 행동은 덕장으로서의 면모를 보인다. 곧 형주성을 공격하나 쉽게 이기지 못하자 황운은 형주성을 화공으로 함락하려고 한다. 그러자 설월중단은 화공을 펴서 백성까지 죽일 수는 없다면서 엄평을 계교로 유인하여 이들을 물리치려고 한다. 이 같은 줄거리의 설정은 설월중단이라는 여성 영웅을, 단지 뛰어난 무예의 보유자임을 강조하기보다는 백성을 사랑하는 감정을 가진 인물임을 보여줌으로써 지덕을 갖춘 여성 영웅으로 형상화하려는 작가의 의도를 드러낸 것으로 보인다. 그리고 바로 이 점을 통하여 여성 독자들의 공감을 받아 대중소설적 목적을 달성하려고 했던 것으로 보인다.

지금까지 살핀 바와 같이 〈황운전〉은 설월중단이라는 여성의 영웅적 활약을 여러 각도에서 조명하고 있다. 이처럼 그녀의 활약 모습을 무예와 지덕을 겸비한 모습으로 형상화한 점을 고려할 때 이는 분명히 당시 다수를 점하고 있던 여성 독자들의 욕구를 충족시키려는 의도와 관련이 있는 것으로 보인다. 이러한 사실은 결국 여성 영웅의 등장이 소설의 상품성을 중시하던 당시 방각본 업자들의 의도와 관련이 있는 것을 보여준다. 말하자면 여성 독자들의 출신의 욕구를 여성 영웅의 활약을 통하여 대리 충족시켜줌으로써 소설의 상품성을 높일 수 있었을 것이고, 이 같은 여성 영웅소설들의 등장은 여성 독자들의 욕구와 방각본 업자들의 이해가 맞아 떨어진 결과라고 할 수 있다. 이런 점 때문에 〈황운전〉은 대중소설로 성공을 거둘 수 있었을 것으로 보인다.

## 4) 흥미 요소로서의 은수자 삽화

〈황운전〉에는 독자들의 신기성에 대한 호기심을 충족시키기 위하여 은행나무의 변신설화를 등장시키고 있다. 줄거리는 이렇다. 형악산에 천 년 묵은 은행나무가 있었다. 엄평이 술법을 배우러 다니면서 그 나무 밑에 단을 묻고 그 나무에 은수자라 새겼더니 이 나무가 이름을 얻은 후 변하여 인형(人形)이 되었다. 그것은 사목육비(四目六臂)에 장은 십오 척이며, 몸은 황금빛의 흉악한 괴물이었다. 이 은수자가 황운과 설월중단에게 패하여 위기에 처한 형왕을 찾아와 황운을 잡겠다면서 황운에게 싸움을 청한다. 은수자가 털을 빼어 씹어 한 번 뿜어내자 무수한 은수자가 사면에서 달려들어 황운은 위기에 빠진다. 결국 황운은 검수산 신령의 도움으로 은수자를 물리친다.

여기서 천년 묵은 은행나무가 은수자란 이름을 얻자 사람의 모습으로 변했다는 이야기는 유사한 변신설화에 토대한 것으로 보인다. 이 같은 변신담의 설정은 당시 독자들이 주위에서 흔히 들을 수 있는 설화를 작품에 삽입하여 독자의 호기심을 자극함으로써 작품의 흥미를 유지하려는 의도와 관련된 것으로 보인다. 특히 은수자의 모습을 설명하면서 눈이 넷이고 팔이 여섯이라고 한 것은 괴물로서의 은수자를 형상화하여 독자들에게 소설적 재미를 제공함으로써 작품에 대한 흥미를 높이려는 의도일 것이다. 또한 독자의 흥미를 끌기 위한 의도에서 이 같은 괴물과 황운의 대결을 설정한 것으로 보인다. 곧 괴물과 인간의 대결은 호기심을 끌만한 사건이며, 이는 긴장감을 조성하기 마련이다.

독자의 호기심을 충족시키기 위하여 설정된 것이 그 괴물을 물리치는 방법이다. 황운이 그 괴물을 물리치지 못하자 검수산 신령을 찾아가 도움을 청한다. 검수산 신령은 참사검을 주면서 그를 물리치는 방법을 알려준다.

> 참ᄉ검은 너게 이셔 쓸ᄃ업더니 반다시 하늘이 은슈ᄌ를 졔어코ᄌ ᄒ여 너신 비니 다만 이 칼를 감초고 진샹의셔 져를 불너 나오거든 칼를 드러 비최며 웨여왈 은슈지야 너를 버힐 칼이 이의 잇노라 ᄒ면 그 놈이 칼를 보면 감히 요슐를 힝치 못ᄒ리니 그쩌 가히 버힐거시오 쏘 엄평이 죽기의 이른즉 믄득 변신ᄒ여 다라눌거시니 이 칼를 공즁의 치 〃 면 엄평이 쏘혼 요슐를 힝치 못ᄒ리니 밧비 나가라 ᄒ거눌[193]

황운은 신령이 알려준 방법대로 하여 은수자란 괴물을 물리치고 승리할 수 있었다. 이 삽화는 괴물의 능력과 황운을 돕는 초월적 존재의 능력을 대비시키고, 괴물을 물리치는 방법은 초월적 존재의 능력뿐임을 증명하여 독자의 공감을 사려고 했다. 이는 당시의 초월적 존재에 대한 관심을 이야기의 삽화로 활용함으로써 독자의 호기심을 자극하여 인기를 끌려는 의도를 드러낸 것으로 보인다. 이런 요인들 때문에 〈황운전〉이 대중소설로서 당시 독자들의 인기를 얻을 수 있었을 것이다.

---

193) 윗책, 1046쪽.

## 3. 〈정수정전〉

〈정수정전〉194) 의 기본 줄거리는 정수정과 장연의 결연담이다. 그런데 〈정수정전〉은 통상적인 영웅소설의 결연담이 남성을 주인 공으로 설정한 데 비하여 여성을 주인공으로 설정하고 있다195)는 점에서 차이를 보인다. 그리고 영웅소설의 결연담에서 주인공이 결연의 방해자로 등장한 인물을 죽여 복수하고 결연을 성취하는 데 비해 이 작품은 결연의 방해자가 아니라 부친의 원수이며, 자신의 고난의 계기를 마련한 자를 죽여 복수한다는 점에서 차이를 보인다. 또한 이 과정에서 정수정이 처음에는 남장여성으로서 전장에 나가 공을 세우지만 그 후 국가의 위기에서는 당당히 여성으로서 대원수가 되어 전장에 나가 공을 세움으로써 여성 영웅의 활약을 강조하고 있는 것이 특징이다.

이 과정에서 정수정은 대부분의 영웅소설의 여주인공과는 달리 남편인 장연을 군령을 어겼음을 핑계로 매를 쳐서 굴복시키고, 시어머니마저 자신의 고집과 지위로 굴복시키고 있다. 이것은 당시 여성들이 가정이라는 현실 사회에서 현모양처로서 남편을 섬기고 시어미니에게 복종하던 모습과는 다른, 매우 획기적인 여성의 활약 모습을 작품화하여 보여준 것이다. 따라서 〈정수정전〉은 여성이 철

---

194) 대본은 전집3에 실린 오한근 소장 경판 17장본이다.

195) 앞에서 살핀 〈이대봉전〉과 〈황운전〉의 경우 남녀 주인공이 모두 영웅으로서 활약함에도 불구하고 모두 남자 주인공의 이름으로 제목을 정했다. 이에 비하여 〈정수정전〉은 장연이라는 남자 주인공의 이름이 아닌 여자 주인공 정수정이란 이름으로 제목을 삼았다. 이로 볼 때 〈정수정전〉은 여성 우월의식을 작자가 의도적으로 드러내고자 한 것으로 볼 수 있다.

저하게 우월한 위치에 서게 함으로써 남성의 무능함보다는 여성의 뛰어남을 강조하고 있다는 점에서 당시 여성 독자들의 출신의 욕구를 작품화한 것으로 볼 수 있다. 그런 점에서 이 작품은 앞에서 살핀 〈이대봉전〉이나 〈황운전〉보다는 좀더 여성의 능력을 우위에 두고, 여성의 우월의식을 강조한 점이 특징이라고 할 수 있다.

그동안 학계에서 이루어진 〈정수정전〉에 대한 연구 시각은 대체로 여장군으로서의 정수정의 영웅적 활약에 초점이 놓여 있었다. 그런데 이 작품은 단지 여성 영웅의 활약을 그린 것만은 아니다. 오히려 이 작품은 여성의 영웅적 활약을 보여주면서 여성 우월의식을 강조하고 있다는 점에서 앞에서 살핀 〈이대봉전〉이나 〈황운전〉과는 성격이 다르다. 특히 작품의 주인공을 여성 영웅으로 설정하고 있다는 점은, 그동안 남성과 대등한 여성의 영웅적 활약을 그린 작품과는 달리, 여성중심주의의 시각을 통해 당시 독자들의 다수를 차지하고 있던 여성들의 욕구를 충족시켜 상업적 목적을 달성하려는 방각본 출판업자들의 의도와 밀접한 관련이 있는 것으로 보인다. 따라서 여기서는 이 작품의 여성 우월의식과 관련한 대중소설적 성격에 초점을 두고 논의를 펴고자 한다.


## 1) 줄거리

〈정수정전〉의 기본 줄거리는 정수정과 장연의 결연담이다. 정수정과 장연의 결연은 그들의 어린 시절에 이루어진다. 결연의 계기는 수정의 부친 정상서가 장연의 부친 장상서의 초대를 받아 그의 집에 갔다가 그곳에서 장연을 보고 정혼함으로써 이루어진다. 그런데 정수정과 장연의 결연에는 하늘의 뜻이 있었던 것으로 보인다. 그 같은 근거로 그녀가 태어날 때 선녀가 와서 아이 배필은 황성에 있으니 때를 잃지 말라고 말한 것을 들 수 있다.[196]

이들의 결연에 문제가 발생한 것은 정수정의 부친이 그의 적대자인 진량과의 대결에서 패했기 때문이다. 정상서는 천자에게 진량의 잘못을 알렸는데, 이에 앙심을 품은 진량이 그를 모해하여 절강에 귀양가도록 했다. 정수정의 부친이 유배지에서 죽자 모친마저 세상을 떠난다. 그 후 장연의 부친마저 세상을 떠남으로써 그녀는 결연의 후원자마저 잃는 어려움에 처한다. 장연이 과거에 급제한 후 정수정도 과거에 급제하여 서로 만나는데, 이 때 장연이 부친들간에 있었던 정혼 이야기를 꺼낸다. 정수정은, 그녀는 누이인데, 이미 죽었다고 거짓말을 한다. 그러자 장연은 각노 위승상의 딸과 혼인한다. 이로써 정수정과 장연의 결연은 이루어지기 어려운 상황에 처한다.

〈정수정전〉의 경우 이 사건에서 진량이 결연의 방해자 역할을 하는 것이 아니라 주인공을 고난에 빠지도록 하는 역할을 하고 있다는 점에서 앞에서 살핀 〈이대봉전〉이나 〈황운전〉과는 차이를 보인다. 곧 진량은 그녀의 부친을 모함하여 귀양보내 죽도록 했을 뿐이다. 따라서 이들이 그 일 때문에 결연하지 못한 것은 아니다. 이 점에서 진량은 부친의 원수지만 결연의 방해자로서의 원수는 아니다.

---

196) "선녜 향슈로 씻겨 누이고 이로디 이 아희 일홈은 슈정이오니 추아 비필은 황셩의 잇느니 쩌를 일치 마르쇼셔"(전집3, 59쪽.)

이 문제의 해결 방안으로 등장한 사건이 북호의 기병이다. 정수정은 평북대원수로 장연은 부원수로 전장에 나가 북호의 침략을 물리치고 돌아온다. 천자는 그들의 공을 포상하여 정수정을 청주후, 장연을 기주후로 봉한다. 그리고 그들을 사랑하여 부마로 삼으려 한다. 그러자 정수정이 자신의 사연을 천자에게 알림으로써 장연과의 결연을 성취할 수 있었다.

〈정수정전〉에서는 이로써 이야기가 마무리되는 것이 아니라 여성 우월의식의 주장을 펴는 사건이 설정되어 있다. 그리고 이 부분이 전체적인 분량 면에서도 비중이 크다. 사건은 주로 남성과 여성의 자존심 문제와, 시어머니와 며느리의 위상 문제 등과 관련된 싸움이다.

문제의 발단은 장연의 총첩이자 그의 모친 양씨의 시비인 영춘이 정수정을 무시하는 사건에서 비롯된다. 정수정은 영춘이 처음 교만하게 행동하자 그녀를 묶어 장 이십 도를 친다. 양씨는 그 소식을 듣자 며느리가 자신에게 알리지 않고 일을 처리했다고 장연을 꾸짖는다. 화가 난 장연은 정수정이 아끼는 시비를 잡아다가 매를 때린다. 이 일로 불쾌해진 정수정은 영춘이 두 번째 교만함을 보이자 그녀를 죽인다. 그 소식을 들은 양씨는 장연을 불러 여자 하나도 제어치 못하면서 어찌 행신하겠느냐고 질책한다. 장연은 화가 나서 정수정이 신임하는 시녀를 잡아 죽이려 하자 부인들이 힘써 말린다. 이 때부터 장연이 정수정을 외대하면서 둘 사이엔 틈이 벌어진다.

여기서 정수정의 승리를 확실히 하기 위해 설정된 사건이 호왕의 기병이다. 호왕이 기병하자 정수정은 다시 정북대원수로 출전한다.

정수정은 장연에게 기일을 정해주면서 군병과 군량을 이끌고 기일 안에 도착하라고 명령한다. 군량이 기일 안에 도착하지 못하자 정수정은 장연이 군령을 어겼다면서 그를 죽이려 한다. 주위 사람들이 만류하자 정수정은 그들의 만류를 못이기는 척하고 받아들인 다음 무사를 시켜 장연을 결박한 후 십여 대를 때리는 것으로 일을 마무리한다. 그 후 정수정은 호병을 물리치고 돌아와 각노가 된다. 장연은 집에 돌아와 모친에게 그 이야기를 하자 모친은 그녀의 행동을 통분히 여긴다. 그러나 정수정이 각노의 지위에 있으므로 그녀를 제어할 방법이 없어 정수정에게 굴복하고 만다.

정수정은 이렇게 하여 남편인 장연을 굴복시킨 후 시어머니마저 굴복시켰다. 따라서 이 사건은 당시 독자들의 다수를 점하고 있던 여성들의 가정 안의 억압을 정수정의 승리를 통해서 대리 해소시킴으로써 통쾌감을 맛보도록 하려는 배려에서 설정된 것으로 보인다.

여기에 덧붙은 사건이 진량에 대한 복수이다. 정수정은 호병을 물리치고 돌아오던 중 진량의 적소에 사람을 보내 그를 잡아와서 문초한 후 죽여 부친의 원수를 갚는다. 이로써 모든 문제는 해결된다.

## 2) 여성 우월의식

〈정수정전〉은 지금까지 살핀 작품 가운데 여성 주인공의 영웅적 활약을 통해서 여성 우월의식의 특징을 잘 보여주는 작품이다. 이같은 〈정수정전〉의 특징은 당시 다수를 점하던 여성 독자들의 출신의 욕구와 남편이나 시어머니에게 가졌던 불만을 정수정이라는 인물의 행동에 투사시켜 해소하게 함으로써 소설의 상품성을 높이려는 방각본 출판업자의 의도와 관련이 깊은 것으로 보인다. 따라서 여기서는 이 작품의 여성 우월의식에 초점을 두고, 당시 방각본 업자가 상업성을 충족시키기 위하여 여성 독자들의 욕구를 작품에 어떻게 반영하였는가를 중심으로 살펴보고자 한다.

정수정이 출신한 것은 과거를 통해서이다. 그녀가 과거에 급제하여 정국공의 딸이라 하자 진량이 천자에게 정국공은 딸이 없으니 그녀를 황상을 기망한 죄로 다스리라 한다. 그러자 정수정은 진량에게 부친을 모함하여 절도에 보내 죽이더니 자신까지 모함한다면서 그의 간을 씹어 원수를 갚고자 한다고 하여 그 위기를 벗어난다.[197] 결국 정수정의 적극성은 천자를 감동시켜 진량을 강서에 원찬하도록 했다. 이처럼 정수정은 당시의 여성답지 않게 과거에 급제했을 뿐만 아니라 위기에서 능력을 발휘하여 원수인 진량과 당당히 대결해서 상황을 역전시키고 승리했다. 이것은 전통적 여성상을 거부하고 남성의 전유물인 과거와 적극적 행동을 여성에게 부여함으로써 당시 가정의 울타리에 갇혀 있던 여성 독자들의 불만을 해소시키는 역할을 했을 것이다. 이러한 여성의 욕구를 충족시키려는 목적에서 설정된 사건이 여성의 영웅적 활약을 묘사한 전쟁담이다.

정수정이 영웅으로서 활약하는 계기는 북방 오랑캐의 기병이다. 정수정이 상대한 적장 맹돌통은 팔십 근 도끼를 휘두르는 무용을 지

---

197) "뎡슈졍이 졔 부친을 희흐든 진량인 쥴 알고 불승분노왈 네 국가를 쇼기고 더신을 모희흐든 진량인다 네 무슴 원슈로 우리 부친을 희흐여 만리 졀역의셔 죽게 흐고 이졔 나를 쏘 히코져 흐여 가층부지라 흐니 쳔눈이 엇지 즁흐관디 무류괴상흔 난언을 군부젼의셔 흐는다 이졔 네 간을 씹고져 흐노라"(윗책, 61쪽.)

닌 자로서 선봉 관영이 상대하였으나 이기지 못한 자이다. 그런데 정수정은 그와 싸워 삼 합도 안 되어 그를 베고[198) 적장 마웅마저 베어 승리한다. 이 사건은 비록 정수정이 남장을 했지만 남성보다 우월한 능력의 장군임을 증명한 것이다.

그런데 이 같은 사건보다 당시 여성 독자들에게 환영받을 만한 사건이 정수정의 결연 후에 일어난다. 그것은 한 여인의 시어머니와의 갈등과 남편과의 갈등의 문제이다. 당시 여인이라면 누구나 당면했던 문제로, 이것은 이들 사이의 갈등 과정이나 결과에 많은 여인들이 관심을 가질 만한 소재였다. 그리고 〈정수정전〉에서는 바로 이것을 당시 독자들의 욕구를 충족시키기 위하여 적절히 활용하고 있다.

정수정과 남편, 그리고 정수정과 시어머니의 갈등은 정수정이 남편의 애첩을 교만하다고 꾸짖는 사건에서 비롯되었다. 정수정이 어느 날 완월루에 올랐더니 남편의 애첩 영춘이 그녀를 보고 인사도 하지 않고 무시했다. 정수정은 그녀를 "꾸지져 왈 네 군후에 춍을 밋고 방주무지ᄒ여 쥬모를 만모ᄒ니 그 죄 가히 머리를 버혀 타인을 징계헐거시"[199)라고 했다. 이 말은 당시 사대부 여인들의 첩에 대한 비원을 적절히 표현한 것으로 보인다. 당시 사대부가에서는 처와 첩의 갈등이 흔한 일이었다. 남편의 절대적 권위에 짓눌려 살아야만 했던 당시 여인들은 속으로 불만을 삭일 수밖에 없었다. 그래서 자신들의 심정을 표현한 소설에 심취했던 것으로 보인다.[200) 따

---

198) 윗책, 62쪽.
199) 윗책, 64쪽.

라서 당시 여인들은 정수정의 행동에 대하여 깊은 관심을 가졌을 법하다. 이에 대한 시어머니의 입장을 대변하는 말이 "영츈이 비록 유죄ᄒ나 〃의 신임ᄒ는 비ᄌ여늘 뎡휘 닉게 품치 아니ᄒ고 임의로 치죄ᄒ니 엇지 녜 졔가ᄒ는 법되라 ᄒ리오"201) 하는 말이다. 시어머니의 입장에서는 며느리가 모든 문제를 자신과 상의하여 처리해야 한다는 것이다. 그런데 정수정이 며느리로서 그렇게 하지 않은 것은 시어머니의 권위를 인정하지 않는 것이다. 그래서 시어머니는 아들 장연에게 아내를 제대로 다스리지 못한다고 꾸짖는다. 꾸짖음을 당한 장연은 정수정에게 화를 풀지는 못하고, 그녀가 아끼는 시녀를 잡아다가 때리는 것으로 화를 푼다. 이 일은 결국 정수정이 영춘을 죽이는 사건으로 비화한다.

이처럼 여주인공이 시어머니와 남편과 대결하는 모습은 당시 독자들의 흥미를 끌 만한 사건이었다. 특히 시어머니가 장연에게 "네 벼슬이 공후로 잇셔 흔 녀ᄌ를 졔어치 못ᄒ고 엇지 셰상의 힝신ᄒ리오 ᄌ뷔 되여 나의 신임ᄒ는 시비를 결장홈도 가치 아니ᄒ거든 ᄒ믈며 참슈지경의 이르니 이는 불가ᄉ문어타인이라"202)고 꾸짖는데, 어머니가 아들에게 아내를 제어하지 못한다고 꾸짖는 것은 누구나 공감할 수 있는 말이다. 또한 시어머니가 자신의 '시비를 때리는 것도 가하지 않을 뿐더러 죽이는 일이란 사대부 가문이라면 불가하다'고 며느리를 꾸짖는 것도 보편적으로 할 수 있는 말이다. 그리고 당

---

200) 당시 처첩간의 갈등을 그린 소설이 많았다는 점이 그 좋은 증거이다.
201) 전집3, 64쪽.
202) 윗책, 65쪽.

시 남편과 아내, 시모와 자부 사이의 관계는 대체로 이 같은 위상 관계로 정립되어 있었다.

그런데 정수정은 이 같은 고정 관념을 깨뜨리는 역할을 구체적으로 실천한다. 작자는 정수정이 이를 실천하도록 하기 위하여 호왕의 기병 사건을 작품에 설정했다. 호왕이 기병하자 대원수가 된 정수정은 장연에게 기일을 정한 후 군병과 군량을 마련하여 기일 안에 도착하도록 했다. 정수정은 장연이 군량을 늦게 가져오자, 기일 안에 군량을 도착시키지 못했음을 핑계 삼아 군령으로 남편을 굴복시킨다.

취홍이 도〃ᄒ미 좌우를 호령ᄒ여 장연을 나입ᄒ라 ᄒ니 무시 쇠스슬노 장연의 목을 올가 장하의 이르미 장휘 ᄭᅮ지 아니ᄒ거늘 원쉬 디로왈 이제 도적이 침노ᄒ미 황상이 날노뻐 도적을 막으라 ᄒ시니 니 황명을 밧ᄌ와 쥬야 용녀ᄒ거늘 그디는 엇지ᄒ여 막즁 군량을 진시 디령치 아니ᄒ엿ᄂᆞ뇨 쟝녕을 어긔엿스니 군법은 ᄉᆞ시업ᄂᆞ니 그디는 나를 원치 말나 ᄒ고 무ᄉᆞ를 명ᄒ여 니혀 버히라 ᄒ니 장휘 디로디즐왈 니 비록 용녈ᄒ나 그디의 가뷔라 쇼〃 혐의로뼈 군법을 빙ᄌᄒ고 가부를 곤욕ᄒ니 엇지 녀ᄌᆞ의 도리〃오 ᄒ거늘 원슈 ᄎᆞ언을 듯고 더욱 항복 밧고져 ᄒ여 짐짓 ᄭᅮ지져왈 그디 ᄉᆞ쳬를 모르는도다 국가 즁임을 맛트미 곤이외는 니 쟝즁의 이슬ᄲᅮᆫ더러 그디 이믜 범법ᄒ엿스니 엇지 부〃지의를 싱각ᄒ여 군법을 착난케 ᄒ리오 그디 비록 나를 쵸기갓치 녀기ᄂᆞ 니 ᄯᅩᄒᆞᆫ 그디갓흔 장부는 원치 아니ᄒᆞ노라 ᄒ고 무ᄉᆞ를 지촉ᄒ는지라 장휘 이의 다〃라는 디답헐 말이 업스미 다만 고기를 슈기고 왈 군량을 뉵노로 슈운치 못ᄒ여 강하로 슈운ᄒ미 순풍을 만나지 못ᄒ여 지완ᄒ미니 엇지 홀노 니 ᄌᆞ라 ᄒ리오 ᄒᆞᆫ디 졔장이 ᄯᅩᄒᆞᆫ ᄉᆞ셰 그리ᄒᆞᆫ 줄노 구지 간흐거놀 원쉬 양구의 왈 두로 낫츨 보아 용스흐나 바히 그져 두지 못흐리라 흐고 무스를 명흐여 결곤 십여장의 이르러는 분부흐여 나출흔 후203)

좀 장황하지만 이 글에는 몇 가지 주목할 만한 내용이 있다. 먼저, 정수정이 술을 마시고 취흥이 도도하자 좌우를 호령하여 남편을 나입한 내용이다. 이 장면은 당시 남성들의 전유물인 술 마시고 군대를 호령하는 호쾌한 장부의 풍모를 여성인 정수정의 모습으로 표상한 것이다. 이 같은 장부의 모습이 정수정으로 하여금 남편을 잡아들여 문죄하도록 하는 데까지 나아갔다. 이것은 남편에게 불만을 품었던 여성들이 정수정의 행동을 통해 감정의 카타르시스를 맛보도록 하여 독자의 인기를 끌려는 것으로 보인다. 특히 남편에 대한 여성들의 불만의 극치를 보여주는 곳은 정수정이 남편의 목을 쇠사슬로 묶어 나입하게 하는 장면인데, 이것은 남편의 권위를 완전히 무시한 일이다. 곧 정수정이 남편을 개처럼 쇠사슬로 묶어 나입하도록 한 것은 남편을 인간으로 인정하고 싶어하지 않았던 당시 여성들의 심정의 일단을 드러낸 것으로 볼 수 있다.

이 같은 여성들의 심정을 좀더 발전시킨 사건이 정수정이 군법을 이용하여 남편을 항복받으려고 한 사건이다. 당시 현실적으로 아내가 남편의 항복을 받을 수 있는 길은 없었다. 그런데 정수정은 남편을 굴복시키기 위해 군사적으로 우월한 지위를 활용한다. 곧 그녀는 군령을 위반한 사실을 기화로 삼아 남편 장연을 굴복시킨다. 이

---

203) 윗책, 66쪽.

것은 당시 여성들이 남편을 굴복시킬 수 있는 출신의 기회가 원천적으로 봉쇄되어 있었던 제도에 대한 불만의 표출인 동시에 출신에 대한 욕구의 표상이라고 할 수 있다. 따라서 정수정의 출신과 남편을 굴복시키는 모습을 통해 당시 여성 독자들은 작품 속에서나마 자신들의 염원을 충족시킬 수 있었을 것이다. 그리고 이를 좀더 극적으로 표현한 것이 남편의 항거와 굴복 과정이다. 정수정의 행동에 대하여 장연은 군법을 빙자하여 가부를 곤욕함이 아내의 도리가 아니라고 했다. 이것은 당시 사대부가 남성들의 보편적인 아내관이었다. 장연은 당시 가정의 질서인 가부장의 권위로 아내인 정수정과 맞섰다. 그러나 정수정은 아내란 사실 때문에 자신을 초개같이 여기는데, 가정이란 갈라서면 그만이라면서 그보다 우위의 개념인 국가의 지위를 들어 남편의 요구를 묵살하고 그를 굴복시키려고 했다. 이것은 아내라는 열등한 지위 때문에 자신들의 불만을 표출하지 못했던 당시 여성들의 감정을 적절히 표현한 것이다.

다음으로 남편인 장연이 굴복하자 정수정이 그를 십여 장 때린다는 점이다. 이것은 당시 관습으로는 도저히 상상할 수 없는 일이다. 그럼에도 불구하고 정수정이 지위를 이용하여 남편을 굴복시키고 매를 때림으로써 남편에 대한 불만을 가졌던 여성 독자들이 통쾌감을 맛보도록 했다. 이것은 정수정의 행동을 통해 가부장제에 대하여 불만을 가졌던 당시 여성들의 불만을 소설을 통해서나마 해소할 수 있도록 한 것이다. 따라서 이 사건은 정수정의 행동을 통해서 여성 독자들의 욕구를 대리 충족시킴으로써 인기를 얻기 위해 설정된 것으로 보인다.

이 같은 정수정의 행동은 결국 시어머니마저 굴복시키는 데까지 나아간다. 장연이 돌아와 모친에게 그동안 있었던 일을 이야기하자 모친은 매우 통분하게 여긴다. 그럼에도 불구하고 정수정의 벼슬이 각노에 이르렀으므로 능히 제어하지 못할 줄 알고 그동안의 일을 혐의치 않는다.[204] 이것은 당시의 관습과는 달리 자부가 지위를 이용하여 시모를 굴복시키고 있다는 점에서 당시 여성 독자들에게 환영받을 만한 사건이었다. 당시 독자들은 소설 속의 정수정의 행동을 통해서나마 통쾌감을 맛보면서 자신들의 꿈을 실현할 수 있었을 것이다.

정수정의 이 같은 행동은 그녀의 뛰어난 능력 때문에 가능한 일이었다. 곧 정수정은 당시의 무예의 영웅에 대한 고정관념을 깨뜨리고 국가의 위기를 맞이하였을 때 여인의 몸으로 대원수가 되어 출전한다. 그녀가 당시의 고정 관념을 깨뜨리고 여인의 몸으로 무예의 영웅이 되어 전장에 나가 능력을 발휘한다는 것은 큰 의미를 지닌다. 그것은 여성이라도 능력이 있으면 출신할 수 있어야 한다는 주장을 작품화한 것으로 볼 수 있다. 이 같은 주장을 구체화한 것이 황제와 신하들의 대화 내용이다.

상왈 전일은 슈정의 녀화위남헌 쥴 모르고 젼장의 보너거니와 이믜 녀진 쥴 알진디 엇지 젼장의 보너리오 졔신왈 츠인은 각별이 하놀이 폐하를 위ᄒᆞ여 너신 스룸이오니 폐하는 념네마옵소셔[205]

---

204) 윗책, 67쪽.
205) 윗책, 65쪽.

여기서 특히 황제와 제신들의 대화 내용은 당시의 관습과 관련하여 관심을 끄는 대목이다. 전에는 여자인 줄 모르고 정수정을 전장에 보냈지만 지금은 여자인 줄 알므로 전장에 보낼 수 없다는 황제의 말에 신하들이 그녀는 하늘이 낸 사람이니 염려말라고 한다. 이 말은 능력 있는 영웅이라면 여인이라도 전장에서 활약할 수 있음을 주장한 것이다. 이러한 주장은 당시 여성들의 출신의 욕구를 대변한 말이다.

지금까지 살핀 바와 같이 정수정은 당시 관습의 전형적 여성상인 현모양처형의 여성상을 거부하고 시모와 남편을 굴복시킬 정도로 적극적인 행동을 보인 인물이다. 당시 여성들은 이념과 제도 때문에 가정적 억압에서 벗어날 수 있는 방법이나 출신의 기회가 제도적으로 마련되어 있지 않았다. 그런데 정수정이 자신의 지위를 이용하여 남편과 시모를 굴복시킨 것은 여성 독자들의 사회 제도에 대한 비판과 출신의 욕구를 충족시키는 역할을 했을 것이다. 따라서 〈정수정전〉은 당시 여성 독자들의 출신의 염원과 가정적 억압에 대한 반항을 작품화함으로써 대중소설로서 성공할 수 있었을 것이다.

# 제5장 조선 후기 대중소설의 특징

　필자는 앞에서 방각본 소설 여덟 작품을 세 부분으로 나누어 대중
소설이란 시각에서 살폈다. 첫째는 한국의 초기 대중소설이라 할
수 있는 전기수 목록에 올라 있는 〈숙향전〉과 〈소대성전〉, 〈임장군
전〉을 살펴보았다. 둘째는 대중소설의 발달 과정에 있었던 방각본
소설 가운데 복수담을 위주로 한 작품, 〈유충열전〉과 〈조웅전〉을
고찰하였다. 셋째는 역시 대중소설의 발달과정에 있었던 방각본 소
설 가운데 결연담을 위주로 한 작품, 〈이대봉전〉과 〈황운전〉, 〈정
수정전〉을 논의하였다.

　지금까지 살핀 작품들은 한국의 대중소설사에서 볼 때 대체로 초
기 단계에서 이루어진 대중소설들이다. 그런데 이들을 세 부분으로
나누어 논의하였지만 제2장에서 다룬 작품들과 제3장, 제4장에서
다룬 작품들이 큰 시대적 차이를 두고 이루어졌다고 할 수는 없
다.206) 특히 제3장과 제4장으로 나누어 논의한 작품들은 대체로 비

---

206) 그렇다고 제2장에서 다룬 작품들이 제3장과 제4장에서 다룬 작품들보다 이른
　　시기에 이루어진 사실을 부정하는 것은 아니다. 다만 이 작품들의 성립 시기의 간격
　　이 크지 않음을 지적하고자 한다.

숫한 시기에 간행되었을 가능성이 크다.

따라서 한국의 초기 대중소설이라 할 수 있는 방각본 소설들은 대체로 짧은 기간에 집중적으로 작품화했을 것으로 추정된다. 이처럼 당시의 방각본 소설이 비교적 짧은 기간에 작품화함에 따라 비슷한 소재와 줄거리, 인물 묘사의 전형성과 도식적 표현 따위의 면모를 보이는 경우가 많은 것으로 보인다. 이런 현상이 나타난 이유는 몇 가지로 설명될 수 있을 것이다. 예를 들어 대부분의 방각본 소설이 짧은 기간에 전기수와 일부 출판업자 같은 얼치기 작가들[207]에 의해서 창작되었기 때문일 것이다. 특히 전기수는 수많은 작품을 구송해야만 했으므로, 구송의 편의를 위해 몇 개의 틀을 정해 놓고 모든 작품을 그 틀에 맞춰 구송했을 것이고, 그 때문에 줄거리와 표현 등에서 도식성을 보인 것으로 볼 수 있다. 그런데 방각본 소설이 유행하자 이들 가운데 상당수는 방각본 소설의 작자로 활동했을 것이고, 그런 까닭에 방각본 소설에 도식성이 나타나기도 했을 것이다. 또 방각본 업자들이 작품을 의뢰하자 얼치기 작가들이 틀을 정해 놓고 주인공과 일부 줄거리 순서만 바꿔 작품을 제작했기 때문에 이런 현상이 나타났을 수 있다. 그리고 이 과정에서 방각본들 사이에 서로 영향을 주고받음에 따라 이런 현상이 나타났을 수도 있다. 바로 이런 요인들 때문에 당시 방각본 소설들이 여러 면에서 서로 유사성을 보이는 것으로 설명할 수 있다.

그러므로 이 장에서는 위에서 언급한 사실들을 증명하기 위하여

---

207) 얼치기 작가란 전기수와 방각본 업자를 포함하여 소설을 기계적으로 제작한 모든 사람들을 말한다.

먼저 당시 방각본 소설의 주요 소재였던 결연과 복수를 중심으로 각 작품의 유사점과 차이점을 살펴보려고 한다. 그리고 나서 이들 작품의 도식성과 관련하여 그 표현법을 고찰하기로 한다. 특히 표현법에서는 서두와 인물 묘사, 장면 전환의 방법, 작전이나 싸움과 관련된 표현법 따위를 중심으로 그 유사성을 살펴보려고 한다. 다음으로는 지금까지 논의된 작품들의 내용의 유사성과 전형성을 밝히기 위하여 영웅의 일생이라는 구조의 단락을 중심으로 작품을 검토하기로 한다. 마지막으로는 주제를 살펴보려고 한다. 이 때 주제는 주로 체제 수호의 윤리에 토대한 권선징악에 초점을 맞추려고 한다. 필자는 이를 통하여 조선 후기의 방각본 소설의 특징이 방각본 업자들의 상업적 이윤 추구와 관련된 대중소설임을 밝히고자 한다.


## 1. 소재

방각본 소설의 주된 소재는 결연과 복수이다. 작품에 따라 결연이나 복수 가운데 하나를 작품화한 경우도 있지만, 대체로 두 소재를 함께 작품화한 것이 보편적이다. 물론 이외에도 영웅소설의 경우 전쟁을 중요 소재로 다룬다. 그리고 전쟁과 관련하여 볼 때 영웅의 활약과 관련된 무예와 병법 따위와 같은 다양한 소재가 등장하기도 한다. 그러나 방각본 소설이 대중소설이라는 점을 감안하면 역시 독자의 흥미와 관련된 소재는 결연과 복수이며, 전쟁은 결연이나 복수의 부수적 역할을 하는 것이 일반적이다. 이런 점을 고려하여 이 글에서는 방각본 소설의 소재 가운데 결연과 복수에 한정하여 논의를 펴고자 한다.


## 1) 결연

방각본 소설의 경우 결연은 대체로 천상의 뜻에 의한 결연과 부모의 의사에 따른 결연, 본인들의 의사에 의한 결연으로 나누어 살필 수 있다. 그런데 대부분의 경우 부모의 의사에 의한 결연이 주류를 이룬다. 그리고 이들의 결연이 대체로 어린 시절에 이루어지고 있다는 점에서 공통점을 찾을 수 있다. 그러므로 여기서는 지금까지 살핀 여덟 작품 가운데 결연 모티브가 나타나지 않는 〈임장군전〉을 제외한 일곱 작품을 중심으로 결연의 형태와 결연의 장애 내용, 결연의 성취 방법 따위가 어떻게 나타나는지 살펴보고자 한다.

먼저 이들 작품의 주인공들이 결연하는 형태는 어떤 모습인지 살펴보자.

〈숙향전〉의 경우 숙향과 이선의 결연은 하늘이 정했다. 그 같은 증거로 숙향과 이선의 탄생담을 들 수 있다. 숙향이 탄생할 때 선녀가 나타나 모친에게 그녀의 배필은 낙양 이상서의 아들이라는 사실을 구체적으로 알려주었다는 점에서[208] 이를 확인할 수 있다. 또한 이선이 태어날 때도 선녀가 모친에게 그의 배필이 낙양 땅 김전의

---

208) "이 아희는 월궁소애라 샹졔믜 득죄ᄒ고 틱을션군과 인간의 젹강ᄒ엿시니 귀히 길너 텬졍을 어긔지 말으소셔 이 아희 비필은 낙양 니샹셔 집 아지니 이는 틱을이라 니 이졔 그리로 가ᄂ니 이 아희 일홈은 슉향이라 ᄒ고 즈는 소익라 ᄒ소셔"(전집4, 460–61쪽.)

딸 숙향이라고 알려주었다는 점에서[209] 이들의 결연은 철저히 하늘의 뜻임을 알 수 있다.

〈소대성전〉의 경우 소대성과 이채봉과의 결연은 그녀의 부친 이진의 뜻에 의해 이루어진다. 소대성을 본 이진은 그가 비범한 인물임을 알고[210] 그를 채봉의 배우자로 삼는다. 그런데 채봉을 낳을 때 그녀의 모친에게 선녀가 나타나 채봉은 동해 용왕의 태자와 속세 연분을 맺으려고 태어났으므로 천정을 어기지 말라고[211] 이야기한 점을 고려하면 이들의 결연이 비록 부친에 의해 이루어졌다고 하더라고 그 내면에는 하늘의 뜻이 있었음을 알 수 있다. 특히 소대성의 모친의 태몽에 소대성은 비를 잘못준 죄로 적강한 동해 용자(龍子)의 화신으로 설명되어 있는[212] 점을 고려할 때 이들의 결연은 하늘이 예정했음을 알 수 있다.

〈유충열전〉의 경우 유충열과 강소저의 혼인은 강소저의 부친 강희주의 뜻에 의해 이루어진다. 유충열을 만난 강희주는 그가 유심의 아들이란 사실을 알고, 그의 비범함을 발견하여 딸의 배우자로 삼는다. 그런데 강소저를 낳을 때 그녀의 모친의 꿈에 자미원 대장성과 연분이 있다고[213] 한 것으로 보아 이들의 결연은 하늘의 뜻임

---

209) "금일 티을션군이 하강ᄒ기로 왓거니와 이 아희 비필은 낙양ᄯ 김젼의 녀아 숙향이니 월궁소아로셔 하강ᄒ기로 이졔 그리로 가ᄂ이다 ᄒ고 문득 간디업더라"(윗책, 469쪽.)

210) 이진이 소대성의 비범성을 알게 된 것은 청룡의 꿈을 통해서이다.(윗책, 401쪽.)

211) "우리는 월궁션이러니 항의의 명을 바다 왓ᄉ오미 이 ᄋ기ᄂ 범인이 아니라 동졍 룡녀로서 동히 뇽왕티ᄌ와 속세 연분을 밋고져 ᄒ여 부인게 의탁하여시니 귀히 길너 텬졍을 어긔지 마ᄅ소셔"(윗책, 401쪽.)

212) 윗책, 399-400쪽.

을 알 수 있다. 특히 유충열을 낳을 때 그의 모친에게 선녀가 자미원 장성이 유심의 집에 환생했다는 말을[214] 한 것으로 보아 유충열은 자미원 대장성의 환신으로, 강소저의 배필임을 확인할 수 있다. 이런 점을 고려할 때 〈유충열전〉의 결연에도 하늘의 뜻이 개입되었음을 알 수 있다.

〈조웅전〉의 경우 과객인 조웅과 주인집 딸인 장소저가 밤중에 노래로 화답한 것이 계기가 되어 자신들의 의사에 따라 결연하였다. 특히 조웅이 밤중에 장소저의 방에 들어가 정욕에 이끌려 첫날밤부터 정을 나눴다는 점은 매우 파격적인 결연 내용이다. 따라서 〈조웅전〉의 경우 주인공들의 자유의사에 따른 결연의 형태라고 할 수 있다.

〈이대봉전〉의 경우 주인공들이 탄생할 때 모친들이 봉황 한 쌍이 내려오다가 봉은 이대봉의 모친에게, 황은 장애황의 모친에게 달려드는 꿈을 꾼다.[215] 이들의 결연은 이 꿈을 매개로 그들 부모들에 의해 이루어진다. 따라서 이들의 결연은 꿈이나 다른 매개물을 통한 하늘의 지시가 구체적으로 나타나지 않았다는 점에서 부모들의 의사에 따른 결연으로 보는 것이 타당할 것이다. 다만 이들의 결연에 모친들의 꿈을 통해 하늘의 결연 암시가 나타났다는 점에서 하늘의 뜻도 일부 있었다고 할 수 있다.

〈황운전〉의 경우 이들의 결연은 부친들 사이의 우정 때문에 이루어졌다. 황운의 부모와 설월중단의 부모가 서로 친구 사이였고, 황

---

213) "소녀는 옥황선녀옵더니 연분이 자미원 티장성과 흔가지로 잇다가 소녀를 강문의 보너미 왓스오니 부인은 이휼흐옵소셔"(전집2, 346쪽.)

214) 윗책, 336쪽.

215) 윗책, 379–80쪽.

운의 부친이 정배당하자 설월중단의 부친 설영에게 아들의 장래를 부탁했다는 점에서 이들의 결연은 부모들의 의사에 따른 것으로 보인다. 그런데 설월중단을 잉태할 때 그녀 모친의 꿈에 "이 곳츤 봉닉산 계홰니 황하슈의 시므면 지엽이 번셩ᄒ리라"216)고 하여 이들의 결연을 암시적으로 지시하고 있다는 점에서 하늘의 뜻도 일부 작용했음을 알 수 있다.

〈정수정전〉의 경우 정수정과 장연의 결연은 부친들의 의사에 의해 이루어졌다. 장연의 부친이 정수정의 부친을 집에 초대한 자리에서 그녀의 부친이 장연을 보고 흡족하게 여겨 청혼해서 결연이 이루어졌다. 따라서 이들의 결연은 부친들의 의사에 의해 이루졌음을 확인할 수 있다. 그런데 정수정이 태어날 때 선녀가 "츳아 빅필은 황셩의 잇ᄂ니 씌를 일치 마르쇼셔"217)한 점으로 미루어 볼 때 이들의 결연에는 하늘의 뜻도 일부 작용한 것으로 보인다.

지금까지 살핀 바와 같이 주인공의 결연이 철저하게 하늘의 뜻에 의해 이루어진 작품은 〈숙향전〉이다. 그런데 〈숙향전〉은 하늘이 주인공들의 결연을 지시했음에도 불구하고 부모들이 그들의 결연을 이루어주지 않았기 때문에 오히려 자신들의 의지에 의해서 결연을 성취하고 있다는 점이 특징이다. 이는 결국 이들의 결연이 하늘의 뜻을 이루기 위해 주인공들의 의사에 따라 결연이 이루어졌음을 뜻한다. 〈소대성전〉과 〈유충열전〉은 여주인공의 부친의 뜻에 의해 결연이 이루어지지만 여주인공들의 탄생 과정에 하늘의 지시가 있었

---

216) 전집5, 1019쪽.
217) 전집3, 59쪽.

다는 점에서 부분적이나마 하늘의 뜻이 작용했음을 알 수 있다. 그러므로 이 두 작품은 같은 형태의 결연이다. 〈이대봉전〉과 〈황운전〉, 〈정수정전〉의 경우 주인공들의 부친들끼리 미리 결연하는 것이 특징인데, 이들 작품은 주인공들의 탄생 과정에 이들의 결연을 하늘이 암시적으로 표현하고 있다는 점에서 공통된다. 특히 〈황운전〉과 〈정수정전〉의 경우 여주인공들에게 결연의 배우자에 대한 암시를 보이고 있다는 점에서 〈소대성전〉이나 〈유충열전〉의 경우와 유사성을 보인다. 이들 여섯 작품을 제외한 〈조웅전〉의 경우에는 하늘의 뜻이나 부모들의 뜻과는 상관없이 주인공들의 자유로운 의사에 의해 결연을 이루고 있다는 점에서 독특함을 보인다.

　따라서 결연의 형태를 살펴보면 〈숙향전〉처럼 철저하게 하늘의 뜻에 의해 이루어지는 결연과, 여주인공의 부친에 의해 이루어지지만 하늘의 뜻이 일부 작용한 〈소대성전〉과 〈유충열전〉 형태의 결연과, 주인공 부모들의 의사에 의해 이루어지되 하늘이 이들의 결연을 암시한 〈이대봉전〉과 〈황운전〉, 〈정수정전〉 형태의 결연과, 주인공들의 자유의사에 의해 이루어지는 〈조웅전〉 형태의 결연이 있다. 그런데 〈숙향전〉과 〈조웅전〉을 제외한 작품들의 결연은 정도의 차이는 있지만 대체로 부모의 의사와 하늘의 뜻이 관련된 결연을 이루고 있다는 점에서 공통점을 보인다. 이것은 이들 작품의 결연이 당시 결연에 대한 사회의 통념에 따라 이루어지고 있음을 보여주는 것이다. 이러한 점을 고려할 때 〈숙향전〉과 〈조웅전〉을 제외한 나머지 작품들의 결연의 형태는 당시 사회의 관습을 그대로 작품에 반영한 것으로 보인다. 그리고 이 점에서 이들의 결연의 형태는 도식화와 관련된 것으로 볼 수 있다.

주인공들은 결연을 성취하는 과정에서 여러 종류의 고난을 겪는다. 〈숙향전〉을 제외한 여섯 작품들의 경우 주인공들은 어린 시절에 결연하는데, 결연 후에 다시 헤어졌다가 고난을 겪은 후에 결연을 성취한다. 그런데 그 성취 과정에는 대체로 주인공들의 결연을 방해하는 사건이 발생한다. 다만 〈숙향전〉의 경우는 주인공들의 결연이 어린 시절에 이루어지는 것이 아니라 그들이 하늘이 정해준 결연을 이루기 위해서 고난을 겪는다는 점에서 다른 작품들과 구별된다. 따라서 여기서는 〈숙향전〉을 제외한 각 작품들의 경우 주인공들의 결연을 방해하는 사건을 중심으로 결연의 장애 내용과 특징 따위를 살펴보려고 한다.

〈소대성전〉의 경우 소대성과 이채봉의 결연에 장애가 발생한 것은 이채봉 부친의 죽음이다. 소대성의 비범성을 알아본 이진이 죽자 그의 부인은 걸인에 불과한 소대성을 귀한 딸의 배우자로 삼을 수 없다면서 아들들과 공모하여 그를 쫓아버린다. 따라서 이들의 결연의 장애는 이채봉 부친의 죽음과 그녀의 모친의 박해 때문이다. 〈유충열전〉의 경우 강소저의 부친 강희주와 정한담의 대결 때문이다. 강희주는 정한담과 대결했다가 패하자 정배가게 되었으며, 그의 가족은 궁노비가 되었다. 이 때문에 유충열과 강소저는 서로 헤어져 고난을 겪는다. 따라서 이들의 결연의 장애는 정적들 때문에 발생했다. 〈조웅전〉의 경우 장소저의 자색을 들은 강호자사의 강압 때문에 고난이 시작된다. 곧 강호자사가 그녀가 절색이란 소문을 듣고 그녀를 재취로 삼으려고 해서 결연의 장애가 발생했다. 〈이대봉전〉의 경우 주인공들의 결연의 장애는 두 가지로 나타난다. 하나는 주인공의 부친이 정적과의 대결에서 패했기 때문이다. 왕회와의 대결에서 이대봉의 부친이 패하자 이대봉까지 정배를 가게 되었다. 그 일 때문에 장애황의 부모마저 죽음으로써 문제가 발생한다. 다른 하나는 왕회의 아들 석연이 그녀를 배우자로 삼으려는 데서 결연의 장애가 발생한다. 그런데 이들의 결연의 장애자가 같은 일당이라는 점에서 주인공 부친의 정적 때문에 결연에 문제가 발생한 것으로 볼 수 있다. 〈황운전〉의 경우 결연의 장애는 둘로 나타난다. 하나는 황운과 설월중단의 부친이 진권 일당과의 대결에서 패했기 때문이다. 두 사람이 진권 일당과의 대결에서 패하자 각각 정배당함으로써 주인공들은 결연을 성취하는 데 어려움이 생겼다. 다른 하나는 진권 일당인 양철이 설월중단을 며느리로 삼으려고 청혼한 데서 문제가 발생한다. 그리고 이들의 결연의 방해자가 같은 일당이라는 점에서 〈이대봉전〉의 경우와 유사하다. 〈정수정전〉의 경우 결연의 장애는 주인공 부친이 정적과의 대결에서 패했기 때문이다. 정수정의 부친이 유배지에서 죽고, 장연의 부친마저 죽자 이들의 결연에 문제가 발생한다. 그러므로 이들의 결연의 장애도 정적 때문이라고 할 수 있다.

지금까지 살핀 바와 같이 〈소대성전〉과 〈조웅전〉을 제외한 〈유충열전〉과 〈이대봉전〉, 〈황운전〉, 〈정수정전〉의 경우는 주인공 부친의 정치적 패배 때문에 결연에 문제가 발생했다. 따라서 이 같은 경우는 주인공이 적대자를 물리치는 것이 결연의 장애를 없애는 길이다. 〈소대성전〉의 경우 인물의 평가 방법에 대한 견해 차이 때문에 문제가 발생한 것으로 나타나며, 〈조웅전〉의 경우 장소저의 자색을 취하려는 관리의 횡포가 작용하고 있다는 점이 특징이다.

이상에서 살핀 바를 고려할 때 주인공들의 결연의 방해자는 대체로 주인공 부친의 원수와 동일함을 알 수 있다. 특히 〈이대봉전〉과 〈황운전〉은 부친의 원수가 바로 결연의 방해자로 등장한다는 점에서 모든 문제의 원인을 적대자에게 두고 있는 것이 특징이다. 이는 두 작품의 구조의 유사성을 보여주면서, 동시에 주인공이 부친의 적대자를 물리치는 것이 결연의 방해자를 제거하는 것이 되도록 하여 모든 문제의 해결의 초점을 적대자와의 대결에 두도록 했다.

주인공들이 결연을 성취하기 위해서는 자신들의 결연을 방해하는 장애를 제거해야 한다. 따라서 여기서는 이들 작품의 경우 주인공들이 결연의 장애를 어떤 방법으로 제거하고 결연을 성취하는지 살펴보기로 하자.

〈소대성전〉의 경우 소대성이 항복의 위기에 빠진 황제를 구하고 선우와 호왕의 침략을 물리치는 공을 세우고 노왕이 되어 결연을 성취한다. 〈유충열전〉의 경우 유충열이 항복의 위기에 빠진 황제를 구하고, 부친과 장인의 정적이자 원수인 정한담의 반역을 물리치는 공을 세우고 결연을 성취한다. 〈조웅전〉의 경우 조웅이 항복의 위기에 빠진 위왕을 구하고 대원수가 되어 강호자사를 삭탈관직하고 결연을 성취한다. 〈이대봉전〉의 경우 이대봉과 장애황이 북흉노와 남선우의 침략을 물리치는 공을 세우고 결연의 방해자인 왕회를 징계한 후 결연을 성취한다. 〈황운전〉의 경우 황운과 설월중단이 진권 일당의 반역을 물리쳐 공을 세우고 결연을 성취한다. 그런데 결연의 방해자가 반역자이므로 반역을 물리치는 것이 결연의 방해자를 제거하는 역할을 한다. 〈정수정전〉의 경우 북호의 침략을 물리치는 공을 세우고 결연을 성취한다.

지금까지 살핀 바와 같이 여섯 작품 모두 주인공들의 입공을 토대로 결연의 장애물을 제거하고 결연을 성취한다. 다만 남자 주인공만 공을 세우고 결연하느냐, 남녀 주인공이 함께 공을 세우고 결연하느냐의 차이는 있다. 그러나 이들이 모두 입공에 토대해서 결연을 성취한다는 점에서 공통된다. 특히 〈유충열전〉과 〈이대봉전〉, 〈황운전〉의 경우 적대자가 결연의 방해자로 등장하며, 주인공이 적대자와 대결하여 승리함으로써 입공한 후 복수와 결연을 동시에 성취하고 있다는 점이 특징이다.

필자는 지금까지 당시 대중들의 취향을 작품에 반영하여 상업적 목적을 달성하려는 방각본 소설의 주요 소재 가운데 하나인 결연과 관련한 몇 가지 점을 살펴보았다. 그 결과 결연의 형태는 대체로 하늘의 뜻과 관련이 있지만 부모에 의해서 이루어지는 것이 공통적이다. 다만 〈숙향전〉의 경우 하늘이 정한 배우자를 주인공이 스스로 찾아서 결연한다는 점에서 자유의사에 따라 결연을 성취하는 〈조웅전〉과 유사한 점이 있다. 그러나 나머지 작품들의 경우 당시 관습적 결연의 형태인 부모의 의사에 따른 결연을 이루고 있다는 점에서 당시 사회의 통념을 그대로 작품화한 것으로 보인다. 그리고 모든 작품의 주인공들이 한결같이 결연의 난관을 극복하는 방법으로 입공을 통한 결연의 성취를 보여주는데, 이는 독자들의 입신 출세의 욕구를 작품에 반영한 결과로 보인다.

대부분의 방각본 소설에서 주인공들의 결연의 형태가 유사하다는 점과 결연 성취의 방법이 동일하다는 점은 그만큼 방각본 소설이 짧은 기간에 집중적으로 간행된 사실과 무관하지 않은 증거일 수 있다. 또한 얼치기 작가들이 방각본 업자들의 요구에 따라 그들의 도식화된 틀에 맞춰 작품을 양산시킨 결과일 수도 있다. 결국 이 같은 현상은 방각본 소설의 유행을 상업적으로 이용한 결과로 인해 비슷한 줄거리의 소설이 등장했을 가능성이 있음을 보여주는 증거가 된다. 그리고 결연의 도식성도 이런 요인 때문에 나타난 현상으로 보인다.

## 2) 복수

방각본 소설에서 복수는 독자들에게 일종의 해원일 수 있다. 그것은 앞에서 언급한 바와 같이 병자호란 때문에 생긴 민족적 수치심의 해소 방법으로 적대자에 대한 복수를 활용할 수 있었을 것이다. 또한 당시 소설 독자의 다수가 중인층과 여성들이라는 점을 고려할 때 이들에 대한 여러 형태의 사회적 제약은 이들의 숨통을 조였을 것이고, 그 돌파구로 소설 속의 복수를 택했을 수도 있다. 따라서 복수라는 소재는 당시 이러한 점과 관련하여 방각본 소설의 소재로 채택되었을 가능성이 크다. 이 같은 추정의 근거로 초기 방각본 소설에 나타나지 않던 복수의 모티브가 방각본 시대의 작품들에 빠짐없이 나타난다는 사실을 들 수 있다. 곧 〈유충열전〉과 〈조웅전〉, 〈이대봉전〉, 〈황운전〉, 〈정수정전〉 등이 방각본 시대에 나타난 작품들인데, 이 작품들에 복수의 모티브가 집중적으로 나타났다는 사실은 복수의 모티브가 당시 독자들의 해원에 대한 욕구를 충족시키기 위하여 소설의 소재로 등장했을 가능성을 보여주는 증거일 수 있다.

지금까지 살핀 작품들의 경우 〈숙향전〉과 〈소대성전〉, 〈임장군전〉을 제외하면 복수의 모티브는 두 가지 형태로 나타난다. 하나는 주인공이 부친의 원수를 갚는 경우이다. 이 경우에는 부친의 정치적 패배를 자식이 극복하는 것으로, 주인공 부친의 정적이 주인공의 정적이 된다. 다른 하나는 주인공이 자신의 결연의 방해자에게 복수하는 것이다. 이 경우에는 적대자가 주인공과 그의 배우자의 원수로 등장하며, 이들을 물리치는 것으로 복수를 하고 결연을 성취한다. 물론 작품에 따라서는 이 두 가지의 복합적 형태의 복수가 나타나기도 한다.

〈유충열전〉의 경우 주인공의 복수의 대상자는 정한담이다. 그는 주인공의 부친과 배우자인 강소저의 부친의 정적이라는 점에서 주인공의 원수인 동시에 결연의 방해자이다. 또한 그는 천자가 되려고 반역을 일으킨 인물이다. 따라서 〈유충열전〉의 경우 주인공의 복수는 부친의 정적에 대한 복수일 뿐만 아니라 결연의 방해자에 대한 복수와 반역자에 대한 처벌을 동시에 실현한다. 그런데 유심과 강소저의 부친은 정치적으로 같은 편이라는 점과 정한담이 유충열의 결연을 직접적으로 방해하지는 않았다는 점을 고려할 때 유충열의 복수는 근본적으로는 부친의 정적에 대한 복수와 반역자에 대한 처벌의 성격이 강하다.

〈조웅전〉의 경우 조웅의 복수의 대상자는 두병이다. 그는 주인공 부친의 정적이자 주인공의 부친을 죽게 한 원수이다. 또한 그는 천자의 자리를 빼앗으려는 반역자이다. 특히 두병이 황제의 죽음을 틈타서 태자를 쫓아내고 황제의 자리에 올랐다는 사실은 그가 조웅의 출신의 방해자임을 뜻한다. 따라서 조웅의 복수는 부친의 정적에 대한 복수이며 자신의 출신의 기반 마련과 반역자에 대한 징벌의 성격이 강하다.

〈이대봉전〉의 경우 이대봉의 복수의 대상자는 왕회이다. 그는 이대봉 부친의 정적이자 주인공을 죽이려 한 원수이다. 뿐만 아니라 주인공의 결연을 방해한 자이다. 특히 그가 이대봉의 배우자인 장애황을 자신의 며느리로 삼기 위하여 강제 혼인을 시도함으로써 주인공들의 결연을 파탄시키려했다는 점에서 그는 주인공과 주인공 부친의 원수일 뿐만 아니라 배우자와의 결연을 방해한 원수이기도 하다. 따라서 이대봉의 복수는 부친의 정적에 대한 복수와 자신의 복수, 결연의 방해자에 대한 복수라는 총체적 복수의 성격을 갖는다. 그리고 장애황의 입장에서는 결연의 방해자에 대한 징벌의 성격을 띤다.

〈황운전〉의 경우 주인공의 복수의 대상자는 진권이다. 그는 황운 부친의 정적이며 국가의 반역자이다. 특히 진권의 일당인 양철이 설월중단을 며느리로 삼으려고 그녀의 부친을 참소하여 귀양보낸 후 강제 혼인을 시도했다는 점을 고려할 때, 그는 여주인공 부친의 정적이자 결연의 파탄을 의도한 결연의 방해자이다. 따라서 황운과 설월중단의 복수는 부친의 정적에 대한 복수이자 반역자에 대한 징벌이며, 그들의 결연의 방해자에 대한 복수의 성격을 동시에 갖는다.

〈정수정전〉의 경우 정수정의 복수의 대상자는 진량이다. 그는 정수정 부친의 정적으로, 부친을 적소에서 죽게 한 인물이다. 따라서 정수정의 복수는 부친의 원수를 갚는다는 개인적 차원의 복수의 성격을 갖는다.

지금까지 살핀 복수의 형태를 살펴보면 〈유충열전〉과 〈조웅전〉, 〈정수정전〉의 경우 주인공의 복수는 부친의 정적에 대한 복수의 성격을 갖는다. 여기에다 〈유충열전〉과 〈조웅전〉의 경우는 반역자에 대한 징벌을 덧붙이고 있다. 그런데 〈이대봉전〉과 〈황운전〉의 경우 주인공들의 복수는 부친의 정적에 대한 복수와 자신들의 결연의 방해자에 대한 복수의 성격을 갖는다. 〈황운전〉의 경우는 〈유충열전〉과 〈조웅전〉의 경우와 마찬가지로 반란자에 대한 징벌의 성격을 띤다.

필자는 지금까지 복수의 양상을 살펴보았다. 그 결과 복수는 주인공의 맺힌 한을 푸는 내용으로 이루어졌음을 알 수 있었다. 또한 복수의 내용이 대체로 부친의 원수를 갚는 것과 결연의 방해자에 대한 징벌의 성격을 갖는 것을 확인하였다. 그런데 〈유충열전〉과 〈조웅전〉, 〈황운전〉의 경우 주인공의 적대자가 국가의 반역자로 등장한다는 사실은 주인공의 복수 행위에 대한 정당성을 부여함과 동시에 체제 수호의 줄거리를 통해서 당시 사회의 왕권의 안정에 대한 욕구에 영합하려는 의도를 드러낸 것으로 보인다. 그리고 바로 이같은 점 때문에 방각본 소설이 상업적으로 성공을 거둘 수 있었을 것이다.

지금까지 살핀 바와 같이 다수의 방각본 소설은 복수를 소재로 택했다. 그런데 이처럼 유사한 줄거리를 가진 복수담의 소설이 많이 등장했다는 점은 당시 방각본 소설의 대량 등장과 무관하지 않다. 곧 이것은 출판업자들이 독자들의 소설적 욕구를 상업적으로 충족시키려는 의도에서 방각본 소설을 기계적 생산품으로 만들었기 때문이다. 그에 따라 방각본 소설은 그 줄거리에서 도식성을 보이게 되었을 것이다. 이것은 방각본 소설의 성격을 파악하는 데 하나의 좋은 증거이다.

## 2. 표현법

방각본 소설들 사이에는 같은 상황을 설명할 때 그 표현법이 서로 유사한 경우가 많다. 예를 들어 작품을 시작하는 도입부라든가, 주인공의 탄생의 모습이라든가, 인물의 모습을 설명할 때라든가, 전장에서 싸우는 장면을 설명할 때와 같은 곳에서 대체로 비슷한 표현을 쓰고 있다.

이 같은 현상은 방각본의 성격과 밀접한 관련이 있을 것이다. 곧 방각본 소설의 출판이 당시 소설에 대한 독자들의 욕구를 단지 상업적인 측면에서 수용하는 데만 치중하였기 때문에 이런 현상이 나타난 것으로 보인다. 방각본 업자들은 작가의 개성이나 작품의 예술성보다는 상품으로서의 작품 제작의 용이성에 더욱 관심이 높았을 것이다. 그래서 그들은 당시 독자들에게 인기를 끌었던 전기수를 소설의 작자로 활용하여 급히 작품을 제작하거나, 몇 개의 유형을 정해 놓고 그 틀에 맞춰 작품을 제작했을 가능성이 크다. 따라서 여

기서는 방각본 소설의 내용 가운데 몇 곳의 표현법을 서로 비교하여
이들의 같은 점과 차이점을 살펴보고자 한다.


## 1) 서두

방각본 소설의 서두는 대체로 일정한 형식으로 이루어져 있다.
이제 앞에서 살펴본 작품들의 서두를 나열하여, 이들의 공통점과
차이점을 살펴보기로 한다.


화셜 숑시졀의 남양 ᄯᅡ히 일위 현시 이시니 셩은 김이오 명은 션이
라 유시로부터 지긔 과인ᄒ여 십세 전의 문필이 특츌ᄒ미 일셰 사름이
츄앙ᄒᄂᆫ 비오 그 부친 운슈션싱은[218](〈숙향전〉)


대명 셩화년간의 일위 지샹이 〃시되 셩은 소요 명은 량이라 지조와
덕힝이 일국의 진동ᄒ더니 일즉 룡문의 올나 벼슬이 병부샹셔의 니르
러 명망이 됴야의 덥헛더니[219](〈소대셩전〉)


화셜 디명 슝졍말에 조선국 츙쳥도 츙듀 단월 ᄯᅡ히 흔 스람이 〃스니
셩은 님이오 일홈은 경업이라 어려셔붓터 학업을 힘쓰더니[220](〈임장
군전〉)


각설이라 디명국 영종황제 직위초의 황실리 미약ᄒ고 ㅇ영이 불힝흔

---

218) 전집4, 459쪽.
219) 윗책, 399쪽.
220) 전집2, 431쪽.

중의 남만 북젹과 셔역이 강셩ᄒ야 모역할 쓰슬 두미 이런고로 천자 남
경의 잇슬 쓰시 업셔…잇써의 조졍의 ᄒᆞᆫ 신ᄒᆞ 이스되 셩은 유요 명은
심이니 젼일 션조황졔 긔국공신 유긔의 십삼대 손이요221)(〈유충열젼〉)

디송 문황뎨 즉위 니십삼년이 긔국공신 됴졍이 진튱갈역ᄒ더니 죽
은후 튱열묘를 세우시고 스시로 친졔ᄒ실시 원니 됴졍 싱시의222)(〈조
웅젼〉)

디명 셩화년간의 효종황졔 직위 삼년이라 잇써 긔쥬 짜의 ᄒᆞᆫ 스람이
잇스니 셩은 이요 명은 익이라 좌승상 영준의 장손이요 이부상셔 덕연
의 아달리라 세디 명가지자손으로 일직 쳥운의 올나 벼사리 이부시랑
의 쳐하미 명망이 조졍에 진동하나223)(〈이대봉젼〉)

화셜 디송 문종황졔 화평년간의 남경 응쳔부 양쥬 짜의 일위 명공이
〃스되 셩은 황이오 명은 한이니 한승상 황퓌의 손이오224)(〈황운젼〉)

화셜 디송 틱종황뎨 시졀의 병부상셔 겸 표긔장군 뎡국공이란 직상
이 〃스니 문뮈겸젼ᄒ기로 됴애 공경츄앙ᄒ며 명망이 일셰의 들네
디225)(〈정수정젼〉)

위에 인용한 작품들의 서두는 대체로 이야기의 시작을 알리는 허

---

221) 윗책, 335쪽.
222) 전집3, 79쪽.
223) 전집2, 379쪽.
224) 전집5, 1019쪽.
225) 전집3, 59쪽.

두사,[226] 배경에 대한 설명부, 등장인물의 소개부의 순서로 이루어져 있다.

첫째, 이야기의 시작을 알리는 허두사의 경우 '화설'이나 '각설'이 있는 경우와 없는 경우로 나뉜다. 〈숙향전〉과 〈임장군전〉, 〈황운전〉, 〈정수정전〉은 '화설'이란 허두사로 이야기를 시작하며, 〈유충열전〉은 '각설이라'는 허두사로 이야기를 시작한다. 〈소대성전〉과 〈조웅전〉, 〈이대봉전〉은 허두사 없이 바로 시대적 배경을 설명하면서 작품을 시작한다. 그런데 방각본 소설은 대체로 '화설'이라는 허두사를 갖는 것이 일반적이다.

둘째, 배경에 대한 설명부의 경우 모든 작품이 시대적 배경을 구체적으로 설명하고 있다는 점에서 공통된다. 그러나 공간적 배경의 경우에는 이를 설명한 작품과 생략한 작품으로 나뉜다. 이를 설명한 작품은 〈숙향전〉과 〈임장군전〉, 〈이대봉전〉, 〈황운전〉이고 나머지 작품들에서는 이를 생략하였다. 이로 보면 방각본 소설은 시대적 배경을 구체적으로 설명하는 것이 일반적임을 알 수 있다.

셋째, 등장인물의 소개 방법은 '성은 ○요 명은 ○라'는 방식이 일반적으로 쓰이고 있다.[227] 이는 방각본 소설에서 성명을 설명하는 방법이 정형화되어 있음을 보여준다.

---

226) 허두사라는 용어는 필자가 임의로 정한 단어로, 작품의 시작을 알리는 말인데, 의미가 없는 말이란 뜻으로 사용한다. 한국의 고전소설에서 흔히 쓰이는 허두사는 '화설'과 '각설' 두 가지이다. 중국에서는 이 허두사가 주로 '화설'이 쓰였다. 우리나라의 경우 초기 소설인 구운몽에는 이 허두사가 나타나지 않다가 조선 후기 소설에 집중적으로 나타나는 것으로 보아, 방각본 소설 시대에 본격적으로 사용된 것으로 추정된다.

227) 다만 〈조웅전〉과 〈정수정전〉의 경우 이 같은 방법을 사용하지 않았다.

이상에서 살핀 바와 같이 모든 방각본 소설의 서두는 대체로 비슷한 방법으로 이야기를 시작한다. 곧 허두사로 이야기의 시작을 알리고, 배경을 설명한 다음 인물을 소개하는 순서로 이야기가 진행된다. 이는 방각본 소설의 이야기가 정해진 틀에 맞춰 진행됨을 보여준다. 다만 그런 가운데서도 일부 작품들의 경우 큰 테두리는 그대로 둔 채 부분적으로 변화를 시도하기도 했다. 〈유충열전〉과 〈조웅전〉처럼 당시의 정세나 조정의 분위기를 서두에 도입하여 변화를 시도한 예가 그것이다. 그러나 전체적으로 볼 때 방각본 소설의 서두는 일정한 형식에 맞춰 기계적인 방법으로 이야기를 전개했음을 알 수 있다. 이는 이들 작품이 그만큼 소설을 상품으로 인식한 방각본 업자들의 욕구에 맞춰 전기수 등의 얼치기 작가에 의해 기계적으로 제작된 상업주의적 산물일 가능성을 시사하는 것이다.

## 2) 주인공의 탄생과 인물 묘사

방각본 소설들에서는 인물의 탄생 상황의 설명이나 인물 묘사에서 대체로 비슷한 표현을 사용한 경우가 많다. 그리고 인물의 탄생 상황의 설명이나 인물 묘사의 대상은 대체로 주인공에 치중되어 있으며, 부수적인 인물에 대한 묘사는 거의 나타나지 않는다. 따라서 여기서는 주인공의 탄생 상황의 설명과 인물 묘사가 구체적으로 나타나는 작품을 중심으로 묘사의 특징들을 살펴보기로 한다.

먼저 주인공이 탄생할 때의 장면을 보면, 선녀가 나타나 아이를 씻기는 모습이나 아이의 모습을 설명하고 있다.

순샨ㅎ고 선녜 뉴리병의 향슈롤 기우러 아희롤 씻겨 누이고228)(〈숙
향전〉)

일기 옥동을 순산ㅎ 는지라 선녜 옥병의 향슈롤 기우려 아희롤 씻겨
누이거놀229)(〈숙향전〉)

일기 옥동을 싱ㅎ니 룡의 얼골의 표의 머리며 곰의 등의 일회 허리
오 전납의 팔이며 소리 웅장ㅎ여 종고롤 울님갓흐니 진실노 쳔하 긔남
지라230)(〈소대셩전〉)

옥동자를 탄싱홀제…옥병의 힝탕수를 부어 동자를 시치시면231)(〈유
충열전〉)

위의 인용문들은 〈숙향전〉과 〈소대성전〉, 〈유충열전〉에서 뽑은
것으로, 모두 탄생한 주인공을 옥동이라 표현하고 있다. 또 〈숙향
전〉과 〈유충열전〉은 주인공이 탄생하자 선녀가 내려와 옥병의 향수
로 아이를 씻긴다. 이처럼 특정한 상황에서는 비슷한 설명 방법이
나 유사한 표현을 사용한 것이 특징이다. 이 같은 표현의 또 다른
예를 들어보자.

홀연 하늘노셔 흰꼿 흔 가지 써러져 댱씨 압희 나려지거놀 즈셰 본즉
힝화도 아니오 미화도 아니오 묽은 향취 옹비ㅎ 는지 댱시 부뷔 이샹이

---

228) 전집4, 460쪽. 숙향이 탄생할 때의 모습에 대한 설명이다.
229) 윗책, 469쪽. 이선이 태어날 때의 모습을 설명한 부분이다.
230) 윗책, 400쪽.
231) 전집2, 336쪽.

넉이더니 문득 광풍이 디작ᄒᆞ여 그꼿치 훗터지거눌232)(〈숙향전〉)

벽녁홰 잇거눌 부인이 고히 너겨 구경코져 ᄒᆞ더니 문득 광풍이 일며 그 꼿츨 낫〃치 쩌러치ᄂᆞᆫ지라233)(〈정수정전〉)

위의 인용문은 〈숙향전〉과 〈정수정전〉에서 뽑은 것으로, 둘 다 여주인공의 탄생 전에 일어난 사건이다. 그런데 전체적으로는 〈숙향전〉에 비해서 〈정수정전〉이 간략화되어 있지만 꽃이 흩어지는 상황에 대한 설명은 비슷하다. 곧 부인이 그 꽃을 보려고 했더니 갑자기 광풍이 일어나 흩어버렸다는 점에서 유사하다. 이는 두 작품 사이에 묘사나 표현의 유사성이 있음을 보여준다. 결국 이 같은 현상은 앞에서 언급한 것처럼 전기수나 얼치기 작가들의 작품 제작 때문에 방각본 소설들 사이의 영향 관계로 생겨났을 가능성을 시사하는 것이다. 말하자면 방각본 소설의 상품화 과정에서 작품들이 서로 영향을 주고받음에 따라 이 같은 도식화 현상이 나타났을 가능성이 있다.

다음은 주인공의 인물 묘사에 대한 부분을 살펴보기로 하자. 주인공의 인물 묘사는 주인공이 탄생할 때 그의 모습을 구체적으로 설명하는 작품도 있다.234) 그러나 대체로 주인공이 좀 자란 후에 그의 용모와 자질을 설명하면서 구체화된다.

---

232) 전집4, 460쪽.

233) 전집3, 59쪽.

234) 〈소대성전〉을 그 예로 들 수 있다. "일기 옥동을 싱ᄒᆞ니 룡의 얼골의 표의 머리며 곰의 등의 일희 허리오 전납의 팔이며 소ᄅᆡ 웅장ᄒᆞ여 죵고를 울님갓ᄒᆞ니 진실노 쳔하 긔남지라"(전집4, 400쪽).

셰월이 여류ᄒ여 대셩의 나히 십셰 되미 반악의 용모와 두목지의 풍치
롤 가져시며 니빅의 문장과 왕희지의 필법을 가져시니[235]　(〈소대성전〉)

셰월리 여류ᄒ야 칠셰의 당ᄒ미 골격은 쳥수ᄒ고 총명은 발쳬ᄒ아
필법은 왕히지요 문장은 이티빅이며 문예장약은 손오의게 지니더
라[236]　(〈유충열전〉)

셰월리 여류ᄒ야 디봉으 나이 십삼셰예 이르미 기고리 장디ᄒ고
늠〃한 풍치와 활달한 거동이 차시의 뭇쌍이요 영풍호걸은 진셰간 긔
남자라 시셔빅가어를 무불통지ᄒ며 육도삼약과 소노의 병셔를 잠심ᄒ
니 총명지혜 관중아기으계 지니난지라[237]　(〈이대봉전〉)

위의 인용문들은 〈소대성전〉과 〈유충열전〉, 〈이대봉전〉에서 뽑
은 것이다. 그런데 모두 '세월이 여류하여'로 시작하여 주인공의 용
모와 재질을 설명하는데, 한결같이 주인공의 비범함을 이야기하고
있다. 예를 들어 소대성과 유충열은 모두 이백의 문장과 왕희지의
필법을 지닌 인물로 묘사된다. 또 유충열과 이대봉은 병법의 대가
인 손오나 관중, 악의보다 뛰어나다고 했다. 이들의 용모와 관련된
표현을 보면 소대성은 반악의 용모와 두목지의 풍채를 지닌 인물로,
유충열은 청수한 골격을 지닌 인물로, 이대봉은 기골이 장대하고
늠름한 풍채의 인물로 설명되는데, 화자는 이들이 모두 빼어난 기
남자임을 역설하고 있다. 이처럼 인물에 대한 묘사나 표현은 여러

---

235) 윗책, 400쪽.
236) 전집2, 337쪽.
237) 윗책, 380쪽.

모로 유사성을 보인다.

이는 결국 이들 작품이 얼치기 작가들에 의해 제작되면서 서로 영향을 받았기 때문일 것이다. 곧 이들이 이미 이루어진 작품을 모방하여 인물 묘사를 하다 보니 이와 같은 정형화된 표현이 나타났을 수 있다. 그러므로 방각본 소설에서 인물에 대한 설명이나 표현이 이처럼 정형화된 형태로 나타난다는 사실은 얼치기 작가들이 방각본 소설을 서로 영향 관계 아래서 대량으로 제작했을 가능성을 보여 주는 것이다. 그런 점에서 방각본 소설은 기계적으로 제작된 상업주의적 대중소설이라 할 수 있다.


### 3) 장면 전환

방각본 소설에서는 장면을 전환할 때 대체로 일정한 어투를 사용하여 장면이 전환됨을 알리고 장면을 전환하였다. 장면 전환의 어투들은 대체로 유사하며, 모든 작품에 같거나 유사한 어투가 동시에 나타나는 것이 특징이다. 예를 들어 장면 전환의 어투로 가장 많이 사용된 것은 '각설'이다.[238] 이 '각설'은 일부 작품에서는 '각설이때'라든지 '각설이라 이때'같은, 일종의 변이 형태인 복합적 어투로 나타나기도 한다.[239] 다음으로 많이 나타나는 단어가 '차설'이고,[240] 이의 변형인 '차설 이때'나 '차설 선시에'가 나타나기도 한

---

238) 각설은 여덟 작품에 모두 나타난다.

239) 이 같은 표현은 완판본에 주로 나타나는데, '각설 이때'는 〈유충열전〉과 〈이대봉전〉에, '각설이라 이때'는 〈유충열전〉에 나타난다.

240) '차설'은 대체로 경판본에만 주로 나타나는데, 〈소대성전〉에는 나타나지 않는다.

다.241) '이때'와 '차시'도 빈도가 매우 높은 어투이다.242) 또 '이적
에'라는 어투를 사용한 작품도 일부 있다.243) 일부 작품에서는 허
두사로 흔히 쓰이는 '화설'이란 단어가 사용되기도 했다.244) 또 '각
설 선시에'라는 어투가 나타나는 작품도 있으며,245) '선시에'라는
어투도 일부 나타난다.246) 좀 드문 경우지만 '재설'이란 어투가 나
타난 작품도 있다.247)

지금까지 살핀 바와 같이 방각본 소설의 경우 장면을 전환할 때는
일정한 어투를 사용하여 독자들에게 장면이 전환됨을 알리고 있다.
그리고 그 장면의 전환을 알리는 어투도 대체로 틀이 정해져 있다.
이처럼 정형화한 어투가 사용된 것은 소설 낭독본에서 장면이 전환
됨을 알리기 위해서 사용된 것으로 보인다. 곧 전기수가 소설을 낭
독하다가 중단하거나 장면을 전환할 때 청중들의 작품 이해의 편의
를 위해 이 같은 어투를 사용하였을 것이다. 그러다 후일 전기수들
이 방각본의 작자화하면서 이것을 사용한 다음부터 장면 전환을 위
한 관습적 표현으로 굳어졌을 가능성이 크다. 이는 그만큼 방각본
소설의 줄거리 전개 방식이 일정한 틀에 따라 이루어짐을 보여주는
증거이다. 이러한 점은 방각본 소설의 창작이 당시 독자들의 소설
에 대한 욕구를 충족시키면서 이득을 얻으려는 방각본 업자들의 상

---

241) 둘 다 〈황운전〉에 나타난다.
242) 〈숙향전〉을 제외한 모든 작품에 나타난다.
243) 〈숙향전〉과 〈소대성전〉, 〈황운전〉에 나타난다.
244) 〈숙향전〉과 〈황운전〉, 〈조웅전〉에서 사용되었다.
245) 〈숙향전〉에 나타난다.
246) 〈조웅전〉과 〈정수정전〉에 나타난다.
247) 〈조웅전〉에 나타난다.

업적 목적과 무관하지 않음을 반증하는 것이다.


## 4) 전쟁 장면

방각본 소설에서는 전쟁의 과정에서 유사한 표현을 사용한 경우를 많이 볼 수 있다. 따라서 여기서는 전쟁과정에서 사용된 유사한 표현들의 예를 들어 이들이 어떤 점에서 같고 다른지를 살핌으로써 방각본 소설의 표현법의 특징을 살펴보기로 한다.

크게 웨여왈 무지흔 오랑키 감히 텬병을 항거호니 너의 머리를 버혀 대국 위엄을 빗니리라[248] (〈소대성전〉)

웨여왈 무도흔 남적놈아 천명을 거역호니 죄사무석이로다[249] (〈유충열전〉)

웨여왈 반적은 드르라 네 천위을 거사려 가미 황지을 항거코자 호니 죄사무셕이라[250] (〈이대봉전〉)

고셩디질왈 기갓탄 오랑키야 네 천위을 범하야 시졀을 요란케하니 죄사무셕이요[251] (〈이대봉전〉)

---

248) 전집4, 409쪽.
249) 전집2, 351쪽.
250) 윗책, 392쪽.
251) 윗책, 403쪽.

디미왈 무지 오랑키 쳔시를 모로고 무단이 기병ㅎ여 지경을 침노ㅎ
미 황졔게셔 날노 ㅎ여곰 너의를 쇼멸ㅎ라 ㅎ시니 샐니 목을 늘희여
니 칼을 바드라[252](〈정수정전〉)

위에 인용한 다섯 개의 문장은 적병의 기병 행위에 대하여 주인공
이나 황제의 군대 장수들이 적병의 장수를 꾸짖는 말이다. 이 글들
은 한결같이 적병을 무지한 오랑캐로 표현하고 있다. 또 천명을 거
역하였으니 죽이겠다는 내용으로, 표현을 약간씩 달리하고 있으나
적병을 꾸짖는 방법이나 순서, 내용은 모두 같다. 이는 결국 방각본
소설에서 적병을 꾸짖는 표현이 정형화되어 있음을 보여주는 증거
이다.

니다르며 웨여왈 젹장은 닷지 말나 니 너롤 버혀 냥장의 원슈롤 갑
흐리라[253](〈소대성전〉)

쳔동갓튼 소릭을 지르며 워여왈 반젹 묵특은 쌜이 나와 니 날닌 칼
을 바드라[254](〈이대봉전〉)

크게 웨여왈 송장 조명건은 샐니 나와 나의 칼를 바드라[255](〈황운
전〉)

---

252) 전집3, 62쪽.
253) 전집4, 411쪽.
254) 전집2, 401쪽.
255) 전집5, 1026쪽.

기갓튼 젹장놈은 쌜이 나와 항복하라[256](〈이대봉전〉)

위에 인용한 네 개의 문장들은 모두 상대방에게 싸움을 청할 때 하는 말을 모은 것이다. 그 내용들은 모두 큰 소리를 질러 적을 부른 다음 빨리 나와 싸우자는 것이고, 또 자신이 상대방을 이기겠다는 내용을 표현한 것이다. 그런데 대체로 그 순서와 표현이 정형화되어 있다.

적진중의셔 방포일셩의 흔 장수 니다라 웨여왈 명진중의 천극흔 적수잇거든 밧비 나와 디젹흐라 흐니 명진중의셔 응포흐고 좌익장 주션우 응셩흐고 달열드러 쓰올시[257](〈유충열전〉)

젹진의셔 방포일셩의 흔 쟝쉬 달녀나오며 디호왈 반젹 됴웅은 밧비 니 칼을 바드라 흐니 원쉬 분긔 디발흐여 즛쳐드러가니[258](〈조웅전〉)

믄득 방포일셩의 밍학신과 뉴합이 니닷거늘[259](〈황운전〉)

홀연 일셩포향의 셔하귀 삼쳔병을 모라 즛쳐나오며 흔 칼노 진양을 버히고 바로 진권을 취흐니[260](〈황운전〉)

문득 일셩포향에 스면 복병이 니다라 싀살흐니 젹장이 황겁흐여 진

---

256) 전집2, 394쪽.
257) 윗책, 351쪽.
258) 전집3, 91쪽.
259) 전집5, 1027쪽.
260) 윗책, 1028쪽.

을 거두고져 ᄒ나 군중에 혀여져 디병에 죽은 비되여 죽엄이 뫼갓튼지
라 둑치 여러 쟝슈를 다 죽이고 황망이 에운 디를 헷쳐 죽도록 뺏호며
다라나거놀 경업이 좌우츙돌ᄒ며261)(〈임장군전〉)

위의 인용문 다섯은 상대방과 접전하는 모습을 설명하는 내용 가
운데서 뽑은 것이다. 그런데 그 표현 방법은 대체로 갑자기 방포소
리가 나더니 한 장수(복병)가 나와 상대방을 공격하는 모습을 설명
하는 순서로 이루어졌다. 그리고 그 표현법도 정도의 차이는 있지
만 서로 비슷하다. 상대방과 접전하는 모습을 설명하는 경우로, 이
와 유사한 표현은 상대방을 속일 때도 등장한다.

굴돌통이 창을 빗기고 위한을 마ᄌ 싸와 슈합이 못ᄒ여 위한이 굴통
을 버히니 호진중의 호창이 니다라 대호왈 젹쟝은 닷지말나 네 머리를
비혀 굴돌통의 원슈를 갑흐리라 ᄒ니 위한이 마ᄌ 싸와 오십여합의 호
창이 거줏 피ᄒ여262)(〈소대성전〉)

츅담이 디로하야 한주로 더부러 접전할시 수합이 못하야 한주 거짓
피하여 닷거늘 츅담이 한주을 조차가더니263)(〈이대봉전〉)

위의 인용문들도 역시 서로 접전하다가 상대방을 속이기 위하여
도망하는 부분을 설명한 부분이다. 그런데 그 순서가 서로 접전하
다가 상대방을 속이기 위하여 도망하는 척하자 상대방이 뒤쫓아가

---

261) 전집2, 433쪽.
262) 전집4, 409쪽.
263) 전집2, 394쪽.

는 것이다. 이러한 표현도 방각본 소설들 사이의 영향 관계가 있는 것으로 보인다. 이로 볼 때 방각본 소설에서는 상대방과 접전하는 표현을 정형화하여 사용한 듯하다.

지금까지 살핀 바와 같이 방각본 소설들은 작품에 상관없이 유사한 상황에서는 서로 유사한 표현을 사용하는 경우가 많음을 알 수 있다. 이는 그만큼 방각본 소설들의 표현이 정형화되어 있음을 보여주는 증거이다. 방각본 소설에 이러한 현상이 나타난 것은 당시 방각본 소설의 제작이 얼치기 작가들의 기계적 제작 관습 때문이었을 것이다. 이것은 방각본 소설이 작가의 개성보다는 관습적 표현을 중시했던 문학적 전통과 관련이 깊음을 뜻한다. 게다가 방각본 소설을 개인의 창작물로 보기보다는 하나의 상품으로 이해했던 방각본 업자들의 상업주의적 태도와도 관련이 깊을 것이다. 그런 점에서 방각본 소설은 개성적 창작물이라기보다는 방각본 업자들의 상품적 생산물이라 할 수 있다. 그리고 바로 이런 요인 때문에 방각본 소설은 작품에 관계없이 유사한 상황에서는 대체로 정형화된 표현을 사용한 것으로 추정된다. 이로 보면 방각본 소설은 여러 면에서 도식화되어 있는 것이 그 특징이라고 할 수 있다.


## 3. 구조

앞에서 언급한 바와 같이 방각본 소설은 비교적 짧은 기간에 집중적으로 등장했다. 이에 따라 방각본 소설의 구조는 도식성을 보이

는 경우가 많으며, 줄거리의 전개 방식도 몇 개의 유형으로 정형화
되어 있다.[264] 또 동일한 줄거리에 주인공 이름만 바뀐 듯한 작품
도 있다. 이러한 사실은 방각본 소설이 그만큼 정해진 틀에 따라 짧
은 기간에 제작되었을 가능성이 있음을 시사한다. 따라서 여기서는
지금까지 살핀 작품들을 중심으로 이들의 내용의 유사성을 비교하
여, 내용의 정형성을 살펴보려고 한다.

　지금까지 살핀 방각본 소설은 모두 일대기 구조로 이루어진 작품
들이다. 일대기 구조라는 말은 말 그대로 한 사람의 일생을 작품화
한 것이다. 곧 주인공의 탄생에서 죽음까지의 과정에서 주인공에게
일어난 사건을 모두 작품화했다. 영웅소설이 일대기 구조로 이루어
졌음은 이미 여러 학자들이 밝힌 바 있다.[265] 또한 영웅소설의 구
조와 관련하여 영웅의 일대기 구조를 구체화한 작업도 많이 이루어
졌다. 특히 필자는 각 줄거리의 단락 배열 방법이 유형과 밀접한 관
련이 있음을 밝힌 바 있다.[266] 그런데 앞에서 살핀 작품 가운데 초
기 전기수 목록에 올라 있는 〈숙향전〉과 〈소대성전〉, 〈임장군전〉은
결연과 복수를 작품의 주요 소재로 삼은 방각본 시대의 소설과는 그
내용에서 차이를 보인다. 따라서 여기서 이들을 일률적으로 비교하
기는 어렵기 때문에 주로 방각본 시대의 작품을 중심으로 다루되 주

---

264) 임성래의 『영웅소설의 유형 연구』에서는 단락의 배열 방법을 기준으로 이를 네
　　유형으로 나누었다.
265) 대표적인 것으로 김열규의 『한국민속과문학연구』(일조각, 1975)와 조동일의 「
　　영웅의 일생, 그 문학사적 전개」(『동아문화』 10집, 서울대 동아문화연구소, 1971)
　　가 있다.
266) 임성래, 『영웅소설의 유형 연구』를 볼 것.

인공의 일대기 가운데 공통되는 중요한 사건을 몇 개의 단락으로 뽑아 각 작품들 사이에 겹치는 단락을 중심으로 비교 작업을 해서 이들의 상관관계와 단락 내용의 정형성을 살피기로 한다.

일대기 구조에서 흔히 나타나는 단락을 뽑으면 ①탄생, ②고난, ③구출, ④정혼, ⑤수학, ⑥입공, ⑦복수, ⑧재회와 혼인, ⑨결말 등 아홉이다. 이 단락들은 작품에 따라 배열 순서가 다른데, 배열 순서에 따라 유형이 결정된다. 그런데 앞에서 살핀 작품들의 경우 단락 배열의 순서가 서로 같은 작품도 있고, 그렇지 않은 작품도 있다. 작품에 따라서는 위의 단락 가운데 몇 개의 단락만 나타나는 작품도 있다. 그러므로 여기서는 먼저 각 작품의 단락 배열의 순서를 간략히 단락 번호로 소개한 후 이를 중심으로 각 작품의 단락을 비교하여 각 단락 내용의 도식성을 설명하기로 한다.

〈숙향전〉:　①②③②③⑧⑨
〈소대성전〉:①②③④②⑤⑥⑧⑨
〈임장군전〉:①⑥②⑨
〈유충열전〉:①②③④②⑤⑥⑦⑧⑨
〈조웅전〉:　①②⑤④⑥⑦⑧⑨
〈이대봉전〉:①④②⑤⑥⑦⑧⑨
〈황운전〉:　①④②⑤⑥⑦⑧⑨
〈정수정전〉:①④②⑤⑥⑦⑧⑨

위의 단락 배열에서 눈에 띄는 것은 〈숙향전〉과 〈임장군전〉의 간략성이다. 〈임장군전〉의 경우 임경업이라는 실존 인물을 작품화했다는 점에서 방각본 시대의 소설 내용의 정형성을 따르지 않은 것으로 보인다. 〈숙향전〉의 경우도 줄거리의 핵심이 하늘이 정한 배우자를 찾아 결연을 성취하는 데 초점이 놓여 있다는 점에서 다른 작품들과 내용의 차이를 보인다. 그런데 〈소대성전〉의 단락 순서는 방각본 시대의 작품들의 형태와 유사성을 보인다. 이는 초기 대중소설 가운데 〈소대성전〉이 당시 방각본 소설의 발달 단계에서 다른 작품들과 관련이 있음을 시사한다.

다음으로 주목되는 점은 〈유충열전〉과 〈조웅전〉의 줄거리 전개 단락 순서의 유사성과 〈이대봉전〉과 〈황운전〉, 〈정수정전〉의 줄거리 전개 단락 순서의 동일성이다. 〈조웅전〉과 〈유충열전〉의 단락은 정혼 후의 고난이 있었느냐의 여부만 차이가 날 뿐 나머지는 일치한다. 〈이대봉전〉과 〈황운전〉, 〈정수정전〉은 단락 순서가 완전히 일치한다는 점에서 주인공만 바뀌었을 뿐 기본적으로 같은 줄거리 유형을 지닌 작품들이다.[267] 따라서 여기서는 〈소대성전〉을 주로 하여, 방각본 시대의 작품들의 줄거리의 유사성을 중심으로 단락 내용의 정형성의 문제를 살펴보기로 한다.[268] 그리고 〈숙향전〉과

---

267) 윗책, 33쪽.

268) 이해를 돕기 위하여 〈소대성전〉의 줄거리를 요약하면 이렇다 ; 늦도록 자식이 없던 소량이 영보산 청룡사 노승에게 적선했더니 그 절 부처의 점지로 비를 잘못준 죄로 적강한 동해 용자 소대성을 낳는다. 그는 부모의 구몰로 고난을 겪던 중 이진의 구함을 받아 동해 용자와 연분이 있다는 그의 딸과 결연한다. 그는 이진이 죽자 쫓겨나 영보산 청룡사에 가서 노승에게 병서와 경문을 배운다. 그 후 호왕의 침략으로 위기에 빠진 천자를 구한다. 그 공으로 노국왕이 된 그는 이채봉과 혼인하여 부귀영화를 누리다가 죽는다.

〈임장군전〉은 제한적으로만 살피기로 한다.

먼저 주인공의 탄생 단락을 살펴보자. 〈소대성전〉은 소량이 늦도록 자식이 없다가 영보산 청룡사 노승에게 적선하고 소대성을 낳는데, 그의 전생 신분은 죄 때문에 적강한 동해 용자이다. 이 같은 내용의 설정은 〈숙향전〉에서도 같다. 김전이 늦도록 자식이 없다가 숙향을 낳았는데, 그녀도 전생에서 죄를 지어 적강한 소아라는 선녀였다. 이선의 부친도 늦도록 자식이 없었는데, 부인이 대성사 부처에게 빌었더니 밤에 부처가 귀자를 점지한다는 꿈을 꾸고 이선을 낳는다. 그는 천상의 선관인데 득죄하여 적강하였다. 〈유충열전〉은 유심이 늦도록 자식이 없자 남악산에 빌어 유충열을 낳는다. 그는 천상 선관으로 있을 때 득죄하여 적강했으며, 남악산 신령의 지시로 유심의 아들이 되었다. 〈이대봉전〉에서는 이익이 늦도록 자식이 없었는데, 천축국 금화산 백운암 노승에게 시주한 후 부인이 봉의 꿈을 꾸고 이대봉을 낳았다. 〈황운전〉에서 황한은 늦도록 자식이 없자 부인이 태항산에 기도한 후 태항산 신령이 아들을 점지하여 황운을 낳는다. 그는 전생 신분이 하괴성인데, 득죄하여 적강하였다. 설영도 늦도록 자식이 없었다. 그의 부인이 태항산에 기도한 후 태항신 신령이 딸을 점지하여 설월중단을 낳는다. 그녀는 전생 신분이 선녀이다. 〈정수정전〉에서 정수정은 만득녀로 태어나는데, 모친이 상제가 보낸 벽녁화를 받는 꿈을 꾸고 낳은 딸이다. 그리고 그녀의 전생 신분은 선녀이다.

위에서 살핀 바와 같이 방각본 소설의 주인공들은 만득자나 만득녀이다. 소대성과 이대봉은 부모가 절에 적선한 덕분에 부처의 점지로 태어난다. 이선은 모친이 절에 가서 기도하고 부처의 점지함으로 태어난다. 유충열과 황운, 설월중단은 부모가 산에 가서 빌었더니 산신령이 점지하여 낳은 인물들이다. 숙향과 정수정은 상제가 보내준 인물들이다. 그런데 대부분의 경우 주인공들이 천상에서 득죄하여 적강한 인물이라는 점과 이들의 전생 신분이 모두 천상적 존재였다는 점에서 공통된다. 이는 결국 방각본 소설에서 주인공에 대한 내용이, 부모들이 자식을 낳기 위해 드리는 정성의 내용에서는 서로 차이가 있으나, 만득자와 전생 신분이 천상적 존재로 정형화되어 있음을 보여준다.

주인공의 고난의 단락에 대하여 살펴보자. 주인공의 고난은 두 차례인 경우와 한 차례인 경우로 나누어지는데, 두 차례인 경우는 주인공이 처음 고난을 겪던 중 구출자를 만나 안정된 생활을 하다가 다시 고난에 빠지는 것이 보통이다. 소대성은 부모의 구몰로 고난을 겪다가 이진의 구함을 받아 안정을 찾은 후 이진의 죽음으로 다시 고난을 겪는다. 숙향은 전란으로 부모와 헤어졌으나 장승상의 구출을 받았다가 사향의 모함으로 다시 고난을 겪는다. 유충열은 부친의 정치적 패배로 고난을 받다가 강희주의 구함을 받았으나 강희주의 정치적 패배로 다시 고난을 겪는다. 조웅은 부친의 정치적 패배로 고난을 겪는다. 이대봉은 부친의 정치적 패배로 고난을 겪는다. 황운은 부친의 정치적 패배로 고난을 겪는다. 설월중단도 부친의 정치적 패배로 고난을 겪는다. 정수정은 부친의 정치적 패배로 고난을 겪는다.

이처럼 주인공의 고난 내용은 부모의 죽음이나 전란인 경우도 있으나 대체로 부친의 정치적 패배와 관련되어 있다. 예를 들어 〈유충열전〉에서 주인공의 고난은 주인공 부친의 정치적 패배 때문이었는데, 이 같은 내용은 〈조웅전〉과 〈이대봉전〉, 〈황운전〉, 〈정수정전〉에 그대로 나타난다. 다만 〈유충열전〉에서 주인공에게 두 차례 나타났던 고난이 〈이대봉전〉과 〈황운전〉, 〈정수정전〉에서는 한 차례만 나타난다. 그 까닭은 이 작품들에서는 남녀 주인공들이 어린 시절에 이미 정혼했기 때문이다. 말하자면 〈소대성전〉이나 〈유충열전〉의 경우 주인공에게 고난이 두 차례 나타난 것은 구출자의 딸과 주인공의 결연을 설정하기 위한 의도 때문인데,[269] 〈이대봉전〉과 〈황운전〉, 〈정수정전〉의 경우 이미 주인공들이 어린 시절에 정혼했기 때문에 결연을 위한 구출자의 등장이 필요 없으므로, 주인공들의 고난은 한 차례만 나타난다. 이는 주인공의 고난의 내용에 따라 줄거리가 결정될 만큼 방각본 소설의 줄거리 전개 방식이 정형화되어 있음을 보여준다.

구출의 단락은 〈소대성전〉과 〈숙향전〉, 〈유충열전〉에만 나타난다. 〈소대성전〉에서는 벼슬하다 그만 두고 고향에 돌아와 살던 승상 이진이 꿈에 청룡을 보고 청룡이 있던 곳을 찾아가서 자신의 친구의 아들인 소대성을 구한다. 〈숙향전〉에서는 간신의 참소를 만나 파직당하고 고향에 돌아와 살던 장승상이, 부인이 션녀가 그녀에게

---

269) 고난 받던 주인공이 구출자의 딸과 결연하는 내용은 〈소대성전〉에서 시작된 것으로, 〈유충열전〉에서는 이를 그대로 수용하면서 부친에 대한 복수를 강조하기 위하여 구출자의 적대자와 부친의 적대자를 일치시킨 것으로 보인다. 반면에 〈이대봉전〉과 〈황운전〉, 〈정수정전〉에서는 같은 내용을 다루면서도 결연을 먼저 설정하여 주인공의 고난의 원인을 결연의 방해자 때문이라고 했는데, 이것은 결연의 의미를 강조하려는 의도 때문인 것으로 보인다.

계화 한 가지를 준 꿈을 꾸었다고 해서 후원에 가서 숙향을 구한다. 〈유충열전〉에서도 간신의 참소를 입어 벼슬을 파직당하고 고향에 돌아와 살던 승상 강희주가 청룡이 물에 빠지려 하며 하늘을 우러러 통곡하는 꿈을 꾸고 그곳을 찾아가서 자신의 친구의 아들인 유충열을 구한다.

이로 보면 〈소대성전〉과 〈숙향전〉, 〈유충열전〉의 구출 단락은 인물만 바뀌었을 뿐 구출자의 신분이 모두 승상이고 고향에 돌아와 살았다는 점과 꿈을 통해 주인공을 구하게 되었다는 점 따위가 완전히 같다. 〈소대성전〉과 〈유충열전〉의 경우 구출자가 부친의 친구라는 점, 〈숙향전〉과 〈유충열전〉에서는 구출자가 간신의 참소를 입어 벼슬을 파직당하고 고향에 돌아와 산다는 점이 완전히 같다. 이는 방각본 소설에서 구출의 방법이나 내용이 정형화되어 있음을 보여준다.

정혼의 단락을 살펴보자. 앞에서 결연에 대하여 자세히 살폈으므로 여기서는 정혼의 단락이 어느 위치에 나타나는가를 중심으로 살펴보려고 한다. 그 까닭은 정혼의 단락 위치에 따라 작품의 내용이 달라지기 때문이다. 〈소대성전〉에서는 이진이 주인공을 구한 후 그의 딸과 정혼시키므로, 구출 후에 정혼이 나타난다. 〈유충열전〉에서도 강희주가 유충열을 구한 후 그의 딸과 혼인시키므로, 구출 후에 정혼 단락이 나타난다. 〈조웅전〉은 주인공이 수학한 후 장소저와 정혼하므로, 수학 후에 정혼 단락이 나타난다. 〈이대봉전〉과 〈황운전〉, 〈정수정전〉은 모두 주인공의 탄생 후에 바로 정혼 단락이 나타난다. 〈이대봉전〉은 부모가 봉황의 꿈을 꾸고 주인공들을 낳자 이를 상제의 뜻으로 해석하여 주인공들을 정혼시킨다. 〈황운전)에서는 부모들이 친구 사이로, 모친들이 함께 태항산에 기도한 후 주인공들을 낳자 정혼시킨다. 〈정수정전〉에서는 부친들끼리 주인공들을 어린 시절에 정혼시킨다.

위의 내용을 살펴보면 〈조웅전〉은 수학 후에 주인공이 정혼하므로 성격이 다르나, 〈소대성전〉과 〈유충열전〉의 경우는 주인공이 고난 후에 구출자의 딸과 정혼한다는 점에서, 〈이대봉전〉과 〈황운전〉, 〈정수정전〉은 주인공들이 탄생 후 어린 시절에 정혼한다는 점에서 공통된다. 이로 보면 정혼 단락의 위치나 내용이 고난 후의 구출자의 딸과 정혼하는 경우와 탄생 후 부모들에 의해 어린 시절에 정혼하는 것으로 정형화되어 있음을 알 수 있다.

수학의 단락을 살펴보자. 소대성은 영보산 청룡사에 가서 노승에게 병서와 경문을 배운다. 유충열은 서해 광덕산 백용사에 가서 노승에게 병서를 배운다. 그런데 〈소대성전〉의 청룡사 노승이나 〈유충열전〉의 백용사 노승은 모두 주인공의 부친에게 적선을 받고 주인공을 낳도록 한 인연이 있다는 점에서 공통된다. 조웅은 월정이란 중에게 배운 후 다시 광산도사를 찾아가 천문지리와 육도삼략을 배운다. 이대봉은 금화산 백운암에 가서 도사에게 배운다. 장애황은 마고선녀에게 도학과 법술, 병법을 배운다. 황운은 사명산 도인에게 팔문둔갑과 진법, 검술을 배운다. 설월중단은 천서 옥갑경을 얻어 이를 통해 스스로 무예를 익힌다. 정수정도 스스로 말달리기와 창쓰기를 익힌다.

위의 내용을 보면 남주인공들은 대부분 절에 가서 공부하는데, 이는 주인공의 탄생과 절과의 관련을 정형화한 것으로 보인다. 주인공들이 도사에게 수학한 내용은 주로 전쟁을 위한 무예와 관련된 것들이다. 여주인공들은 마고선녀에게 배우거나 스스로 공부하는데, 역시 무예와 관련된 것을 익힌다. 이로 보면 방각본 소설에서 주인공의 수학 단락의 내용은 주로 도사와 같은 초월적 존재를 통해 무예를 수련하는 것으로 정형화되어 있음을 알 수 있다.

입공의 단락을 살펴보자. 〈소대성전〉은 주인공이 뛰어난 무예 실력을 발휘하여 호왕의 침략으로 위기에 빠진 천자를 구하는 공을 세운다. 〈유충열전〉은 주인공이 부친의 원수인 정한담이 반역하자 출전하여 항복의 위기에 빠진 황제를 구하고, 정한담의 반역을 물리침으로써 국가의 위기를 구하는 공을 세운다. 〈조웅전〉은 부친의 원수인 두병이 반역하여 태자를 내쫓아 버리자 출전하여 먼저 위기에 빠진 위왕을 구한 후 전조 구신들과 힘을 합해 두병의 반역을 물리치고 태자를 보위에 오르게 하는 공을 세운다. 〈이대봉전〉의 경우 이대봉은 북흉노의 기병으로 천자가 항복의 위기에 빠지자 출전하여 천자를 구하는 공을 세우고, 장애황은 과거에 급제했다가 출전하여 남선우의 기병을 물리치는 공을 세운다. 〈황운전〉에서 황운은 부친의 원수인 진권이 반역하자 설월중단과 함께 출전하여 반역을 물리치는 공을 세운다. 〈정수정전〉에서 정수정은 과거로 입신한후 호국이 침략하자 출전하여 이를 물리치는 공을 세운다.

위의 내용을 살펴보면 주인공들은 한결같이 전장에 출전하여 무예로 적을 물리치는 공을 세운다. 소대성과 이대봉, 장애황, 정수정은 외적의 침략을 물리침으로써 공을 세우고, 유충열과 조웅, 황운, 설월중단은 국가의 반역자의 반란을 물리침으로써 공을 세운다. 특히 주인공이 반역자를 물리치고 공을 세우는 작품들은 반역자들이 모두 주인공 부친의 적대 세력이라는 공통점을 갖는다. 이로 보면 방각본 소설의 입공 단락이 주인공의 무예를 통한 입공으로 정형화되어 있으며, 그 내용은 외적을 물리치는 경우와 반란을 물리치는 경우로 나누어짐을 알 수 있다.

복수의 단락을 살펴보자. 초기 대중소설에는 복수 단락이 나타나지 않던 것이 방각본 시대의 소설들에는 모두 복수가 나타나는 것이 특징이다. 이는 앞에서 살핀 바와 같이 부친의 복수와 결연의 방해자에 대한 복수로 나누어진다. 유충열은 부친의 원수이자 결연의 방해자인 정한담을 장안시에서 베어 효수하고 삼족을 멸한다. 조웅은 부친의 원수인 두병을 죽여 간을 내어 씹으며, 태자에게 줄 고기를 봉하고 그 아들 다섯을 죽인다. 이대봉은 부친의 원수이자 결연의 방해자인 왕회를 잡아 원찬하고, 사공들은 죽인다. 황운과 설월중단은 부친들의 원수이자 결연의 방해자인 진권 일당을 모두 죽인다. 정수정은 부친의 원수인 진량을 죽인다.

이와 같이 〈조웅전〉과 〈정수정전〉은 적대자가 주인공 부친의 정적으로 설정되어 있다. 〈유충열전〉과 〈이대봉전〉, 〈황운전〉은 적대자가 모두 주인공 부친의 정적이자 주인공들의 결연의 방해자로 설정되어 있다. 그런데 모든 작품에서 주인공의 적대자가 주인공 부친의 정적이며, 부친을 패배시킴으로써 주인공을 고난에 빠뜨린 인물이라는 점이 같다. 또한 〈이대봉전〉을 제외한 모든 작품에서 주인공은 적대자에게 철저한 복수를 하고 있다는 점과 그들의 적대자가 모두 반역자라는 공통점을 갖는다. 이는 결국 주인공들에게 복수의 정당성을 부여하려는 의도로 보인다. 이로 볼 때 방각본 소설의 복수 단락은 대체로 주인공이 부친의 적대자이자 반역자인 인물들을 죽여 복수하는 내용으로 정형화되어 있음을 알 수 있다.

　재회와 혼인의 단락을 살펴보자. 이 부분은 그동안 흩어졌던 가족과 배우자가 서로 만나 혼인을 이루는 등 새로운 가정을 이루는 내용이다. 곧 흩어졌던 질서가 다시 자리 잡히는 단락이다. 〈소대성전〉에서는 소대성이 왕이 되자 이채봉의 집에 태감을 보내 그녀를 데려와 혼인한다. 〈유충열전〉에서는 유충열이 호적을 물리치고 돌아오던 도중 부친의 적소에 가서 부친을 구해 돌아오고, 가달에 가서 가달을 친 후 강희주를 구해 돌아오다가 모친을 만나고, 또 아내를 구해 돌아온다. 이로써 흩어졌던 가족이 모두 재회한다. 여기서 유충열과 강소저는 이미 혼인했기 때문에 재회가 새로운 가정의 출발이 된다. 〈이대봉전〉과 〈황운전〉, 〈정수정전〉은 모두 주인공들이 공을 세운 후 혼인하는 것이 특징이다. 이대봉은 흉노를 친 후 도중에서 부친을 구해 돌아온다. 장애황은 남선우를 물리친 후 도중에서 이대봉의 모친을 구해 돌아온다. 이로써 흩어졌던 가족이 재회하고 둘은 황제의 주혼으로 혼인한다. 황운과 설월중단이 공을 세우자 천자는 그들의 부친들을 사면한다. 이로써 흩어졌던 가족이 재회한다. 그리고 황운과 설월중단은 혼인한다. 정수정은 입공 후 천자에게 자신의 사연을 밝혀 천자의 주혼으로 장연과 혼인한다.

　이와 같이 이 부분은 주인공들의 입공으로 그동안 흩어졌던 가족이 재회하고, 주인공들은 자신의 배우자와 혼인하여 새로운 생활을 시작한다. 소대성과 유충열은 입공에 토대해서 배우자를 찾아 혼인하거나 재회하는 데 비해 이대봉과 장애황, 황운과 설월중단, 정수정과 장연은 남녀 모두 공을 세우고 혼인한다는 점에서 공통된다. 이로 보면 방각본 소설의 재회와 혼인의 단락은 남주인공의 입공으로 이루어지는 경우와 남녀 주인공의 입공으로 이루어지는 내용으로 정형화되어 있음을 알 수 있다.

결말의 단락을 살펴보자. 〈소대성전〉에서 소대성은 나라를 관후 지덕으로 다스려 요순 같았고, 십이자 삼녀를 두었으며 팔십일 세에 부부가 승천한다. 〈숙향전〉에서 황태후를 살린 공으로 초왕이 된 이선과 숙향은 칠십에 여동빈을 따라 하늘로 올라간다. 〈유충열전〉에서 유충열은 남평 여원 양국의 왕이 되어 강소저와 부귀영화를 누린다. 〈조웅전〉에서 조웅은 제왕 겸 좌복야가 되어 부귀영화를 누리다가 칠순에 부부가 함께 죽는다. 〈이대봉전〉과 〈황운전〉, 〈정수정전〉의 결말은 대체로 비슷하다. 이대봉과 장애황은 초왕과 연왕이 되어 부귀를 누리던 중 다시 북흉노와 남선우가 기병하자 이들의 침략을 물리치고 부귀영화를 누린다. 황운과 설월중단은 결연 후 형왕의 반역을 물리치고 황운은 초왕, 그의 딸은 황후가 되어 부귀영화를 누린다. 정수정과 장연은 기주후와 청주후로 영화를 누리던 중 호왕이 침략하자 정수정이 이를 물리치고 부귀영화를 누리다가 칠십오 세에 백일승천한다.

이처럼 이들 모든 작품의 결말은 주인공이 왕이 되어 부귀영화를 누리는 것이다. 〈소대성전〉과 〈숙향전〉, 〈정수정전〉의 경우 주인공들은 모두 하늘로 승천한다. 이는 그들이 전생에서 죄를 지었기 때문에 적강한 인물들이므로 죄값을 치르고 승천한 것으로 보인다.

〈유충열전〉과 〈이대봉전〉, 〈황운전〉은 주인공들이 부귀영화를 누리는 데서 작품이 끝난다. 〈조웅전〉은 주인공이 나이 먹어 부부가 함께 죽는다. 이로 보면 방각본 소설의 결말 내용은 주인공들이 부귀영화를 누리는 것으로 정형화되어 있음을 알 수 있다.

지금까지 주인공의 일대기를 중심으로 각 작품의 단락 내용을 비교하여 살펴보았다. 그 결과 방각본 소설은 단락 배열의 순서에 따라 줄거리의 차이가 나타나기는 하지만 같은 단락에서는 그 내용이 정형성을 보이는 것을 확인하였다. 이는 결국 방각본 소설이 줄거리나 주인공이 다르다고 하더라도 단락 내용은 정형화되어 창작되었음을 보여주는 것이다. 이 같은 현상이 나타난 것은 얼치기 작가들이 방각본 업자들의 주문에 맞춰 독자들의 욕구를 충족시킬 수 있는 줄거리를 선정한 후 짧은 시간에 단락 내용을 정해진 틀에 맞춰 작품을 상품처럼 기계적으로 제작했기 때문인 것으로 추정된다.

## 4. 주제

한국의 고전소설은 작품에 따라 세부적인 면에서 정도의 차이는 있지만 대체로 권선징악을 주제로 하고 있다. 이처럼 대부분의 작품의 주제가 동일하게 나타난 것은 물론 여러 가지 요인이 있겠지만 그 가운데서도 당시의 지배적 세계관이 소설에 반영되었기 때문인 것으로 보인다.

주지하듯이 조선왕조는 유교를 통치이념으로 삼고 그 실천에 주력하였다. 그로부터 유교사상은 매우 오랫동안 한국인의 생활 규범에 영향을 끼쳤다. 그 가운데서도 조선인들에게 가장 영향을 끼친 것은 삼강오륜에 토대한 충효의 논리였다. 이 충과 효가 윤리 규범 가운데 최고의 가치로 정착되었던 데는 지배층의 왕권 강화 의지가 크게 작용했다. 조선왕조는 무력으로 정권을 잡은 후 왕권의 절대적 권위를 부여하기 위하여 가정에서 자식이 부모에게 실행해야 할 도리로 효를 강조함으로써 가부장적 권위를 세운 후 이에 토대하여 왕에게 충성해야 한다는 논리를 폈다. 이로부터 충효라는 윤리 규범은 체제 수호를 위한 지배 이데올로기로 사회 전반에 걸쳐 자리 잡았다.

이러한 사회의 추세에 맞춰 조선왕조의 지배 이데올로기를 옹호하는 내용의 문학 작품들이 여러 장르에서 나타나기 시작했다. 그 가운데 하나가 소설이다. 조선 시대에 나온 소설 가운데 권선징악에 토대한 지배 이데올로기를 옹호하는 작품은 매우 많다. 그리고 조선 후기의 방각본 소설도 이 점에서는 예외가 아니다.

〈숙향전〉의 주요 줄거리는 이선과 숙향의 결연의 성취이다. 곧 숙향이 온갖 고난을 극복하고 이선과 결연을 이룬 것은 '고난 끝에 낙이 온다'는 속설을 증명한 것으로, 선인선과(善人善果)의 의미가 강하다. 또한 이 과정에서 작자는 고난을 통한 결연의 고귀함을 이야기하면서도 보은의 중요성을 강조하고 있다. 특히 숙향이 고난 받던 시절 그녀를 길러준 장승상 부부에게 감사하는 마음에서 의복을 마련해주고, 잔치를 열어 즐기도록 해준 것은 자식된 도리로서의 효를 실천하는 행동으로 볼 수 있다. 이런 점에서 〈숙향전〉은 당대 지배 이데올로기의 하나인 효에 충실한 작품이며, 고전소설의 통상적 주제인 권선징악의 범주를 크게 벗어나지 않는다.

〈소대성전〉의 주요 줄거리는 소대성의 성취와 결연담이다. 소대성은 그의 감추어진 능력을 알아보지 못한 장모 때문에 고난을 겪지만 호왕의 침입으로 위기에 빠진 황제를 구하여 공을 세우고, 헤어졌던 배우자를 찾아 결연을 이룬다. 따라서 이 작품은 소대성의 성취담을 통해 인물의 평가 방법이 달라져야 함을 강조하려고 했다. 그런데 소대성은 그의 성취과정에서 철저한 왕권 수호자의 위치에서서 호국의 침략을 물리치고 충을 실현한다. 그런 점에서 〈소대성전〉은 주인공의 충의 실천을 통해 지배 이데올로기를 수호하면서 권선징악의 주제를 실현하고 있는 작품이다.

〈임장군전〉은 비범한 능력을 지녔던 임경업이 불운한 시대와 무능한 왕권 탓에 그의 능력을 발휘하지 못했다는 비극적 줄거리를 갖고 있다. 그런 점에서 〈임장군전〉의 주제를 비극적인 인간의 운명이라고 파악한[270] 것은 타당성이 있다. 그러나 역시 〈임장군전〉의 줄거리를 관류하고 있는 것은 명나라의 황제와 조선의 임금에 대한 충성심이다. 임경업은 그가 옳다고 믿었던 충이라는 유교의 가치를 수호하기 위해 최선을 다했다. 작자는 임경업이 실천하고자 했던 충의 중요성을 강조하기 위하여, 두 인물의 행동을 대비시키고 있다. 곧 호왕은 은혜를 원수로 갚는 오랑캐성을 가진 인물로, 임경업은 왕마저 항복해버린 어려운 상황에도 굴하지 않고 명나라를 구하기 위해 최선을 다하는 충성된 인물로 비교하면서 독자로 하여금 임

---

270) 이윤석, 앞책, 202쪽.

경업의 편을 들도록 했다. 이로 보면 〈임장군전〉은 당시의 지배 이데올로기인 충에 충실한 작품임을 알 수 있다.[271]

〈유충열전〉은 주인공이 부친의 정적에게 복수하는 이야기에 결연담이 추가되어 있다. 유충열은 아버지의 정적인 정한담이 반역하자 이를 물리치고 위기에 빠진 천자를 구함으로써 충을 실현한다. 또한 이 공로로 유배되어 있던 부친을 구해 직위를 승직시키도록 함으로써 효를 구현하고 있다. 이 작품에서 중요한 것은 황제가 정한담의 말을 듣고 부친을 정배시킨 사건에서 그의 고난이 비롯되었지만, 그는 위기에 빠진 황제를 구해 충을 실천함으로써 지배 이데올로기의 수호자가 된 점이다. 그의 선행에 대한 보상으로 흩어졌던 가족이 재회하는데, 이로 보면 〈유충열전〉의 주제는 권선징악에 토대한 지배 이데올로기의 수호에 있음을 알 수 있다.

〈조웅전〉의 주제도 〈유충열전〉과 같다. 곧 주인공 부친의 정적이 반역하자 이를 물리치고 태자를 보위에 오르도록 함으로써 충을 실천한다. 곧 조웅이 반역자 두병을 물리치고 송나라 황실을 재건한 것은 충을 실천한 것이고, 동시에 반역자가 부친의 원수였으므로 부친의 원수를 갚았다는 점에서 효를 실천한 것이다. 따라서 이 작품은 주인공의 체제 수호를 위한 행동을 통해 권선징악의 주제를 드러내려 한 것으로 볼 수 있다.

〈이대봉전〉은 이대봉과 장애황의 결연담이다. 두 사람은 어린 시절에 정혼했으나 온갖 고난을 겪은 후에 결연을 성취한다. 이 과정

---

271) 송시열이나 정조가 임경업의 행동에 감동하여 전을 짓거나 짓도록 한 것은 바로
   이 같은 점 때문이었을 것이다.

에서 두 사람은 위기에 빠진 황제를 구하고 결연의 방해자를 징벌한다. 여기서 작자는 이들의 행동을 통해 충과 효의 중요성을 강조한다. 곧 위기에 빠진 황제를 구함으로써 충을 실천하고, 동시에 그 공으로 부친의 원수를 갚음으로써 효를 실천한다. 그 후 이들의 결연이 이루어지는데, 이것은 고난 끝에 즐거움이라는 권선징악의 주제를 보여주는 것이다. 이로 보면 〈이대봉전〉은 비록 여성 영웅의 활약이라는 새로운 소재를 보여주고 있으나, 그 주제는 앞에서 살핀 작품들처럼 권선징악에 토대한 지배 이데올로기의 수호에 있음을 알 수 있다.

〈황운전〉의 줄거리와 주제도 〈이대봉전〉과 크게 다르지 않다. 황운과 설월중단이 어린 시절에 맺은 정혼을 온갖 고난을 극복하고 성취하는 이야기이다. 이들은 부친의 정적의 반역을 물리치고 위기에 빠진 황제를 구함으로써 충과 효를 동시에 실천한다. 그런 점에서 이 작품의 주제도 권선징악에 토대한 지배 이데올로기의 수호에 있음을 알 수 있다.

〈정수정전〉의 줄거리도 〈이대봉전〉이나 〈황운전〉과 유사하다. 다만 이 작품은 여성의 우월의식을 작품화했기 때문에 작품 제명부터 여자 주인공의 이름을 따서 〈정수정전〉이라고 했다. 또 작품의 핵심 줄거리 가운데 하나가 남편과 시어미를 정수정이 굴복시키는 것이다. 그런데 정수정이 결연의 방해자를 물리치고, 국가에 충성을 보이고 있다는 점에서 지배 이데올로기를 수호한 작품의 범주에서 벗어나지 않는 것으로 보인다.

지금까지 간략히 살핀 바와 같이 이 작품들은 기본적으로 지배 이

데올로기의 수호를 통한 권선징악을 주제로 하고 있다. 그 이유는
여러 가지로 설명이 가능하다.

하나는 방각본 소설의 독자들이 대체로 책을 살 정도의 경제력을
갖춘 계층이라는 사실과 관련된다. 곧 이들은 책을 살 경제력을 갖
춘 사회의 기득권층이었으므로, 이들은 기본적으로 체제 수호를 통
해 사회의 안정을 바랐을 것이다. 이러한 그들의 욕구는 자연히 지
배 이데올로기의 옹호라는 세계관을 형성했을 것이다. 따라서 방각
본 업자들은 이들의 욕구를 반영하여 작품의 주제를 지배 이데올로
기의 수호에 둠으로써 상품성을 높이려고 했을 것이다.

다른 하나는 대부분의 인간들이 내면적으로 행복한 결말을 좋아
한다는 사실과 관련된다. 인간은 누구나 안정된 세계와 질서에 대
한 믿음을 갖고 있다. 이러한 신념의 희구는 흔히 권선징악의 욕구
로 표출된다. 그것은 불확실한 미래에 대해 희망을 가지려는 인간
의 자기최면의 한 표현이다. 따라서 방각본 업자들은 이 같은 독자
들의 심리를 상품화에 활용하기 위하여 방각본 소설의 주제를 권선
징악으로 설정했을 수 있다.[272]

마지막으로 문학적 전통과의 관련을 들 수 있다. 대체로 조선 시
대는 개성보다는 전통을 중시하던 사회였다. 이것은 조선 시대만 그
런 것이 아니라 근대 이전에는 세계 어느 나라에서나 보편적인 현상
이었다. 따라서 소설의 작가는 개성보다는 행복한 결말이라는 오랜
소설의 전통을 그대로 고수했을 가능성이 크다. 이러한 전통에 따라

---

272) 세계 어느 나라에서나 대중소설의 주제는 통상적으로 권선징악이라는 공통점을
갖는데, 이러한 사실은 이 점과 관련이 깊다.

조선 후기의 소설은 대부분 권선징악을 주제로 삼았을 것이고, 방각본 소설도 이러한 전통에 따라 권선징악을 주제로 삼았을 수 있다.

이상에서 살핀 바와 같이 조선 후기 대중소설의 특징은 독자의 흥미를 유지하기 위하여 그 나름의 소재와 기법을 활용한 데서 찾을 수 있을 것이다. 그 가운데 하나가 방각본 소설은 여러 가지 점에서 정형성을 보이고 있다는 것이다. 앞에서 결연과 복수를 소재로 한 작품들에서 살펴보았듯이 작품에 상관없이 동일한 상황에서는 대체로 정형화된 표현을 사용하였다. 또한 같은 단락에서는 그 내용이 정형화되어 있음을 쉽사리 발견할 수 있다. 그리고 대부분의 작품이 권선징악에 토대한 지배 이데올로기의 수호를 그 주제로 삼고 있다. 이 같은 현상이 나타난 것은 비교적 짧은 기간에 소설에 대한 독자들의 욕구를 충족시키기 위하여 많은 작품을 제작하려는 상인들의 상업성 추구 때문인 것으로 보인다. 곧 얼치기 작가들이 상인들의 요구에 맞춰 일정한 틀을 정해 놓고 적절한 주인공과 줄거리를 설정한 후 그 틀에 따라 작품을 제작했기 때문에 이런 현상이 나타난 것으로 보인다.

# 제6장 조선 후기 대중소설의 문학사적 의의

그렇다면 18세기 대중소설 등장의 문학사적 의의는 무엇인가? 그것은 한 마디로 상업주의적 문학의 시대를 열었다는 점에서 문학사적 의의를 갖는다. 곧 대중문학의 출현은 문학의 상품화를 통해서 문학을 대중화함으로써 대중을 문학의 주체로 삼았다는 점에서 중요한 의미를 갖는다.

대중소설의 등장으로 상업주의적 문학의 시대가 열렸다는 점이 문학사적으로 중요한 의의를 갖는 까닭은 무엇인가?

첫째, 오락을 목적으로 하는 흥미성 위주의 소설이 시작되었다는 점이다.

사회가 상업화하면서 많은 사람들이 여가를 누릴 수 있게 되었다. 이로 인해 사람들은 여가를 즐겁게 보낼 방법을 나름대로 모색하기 시작했다. 일부 자본가들이 그 같은 사회의 변화에 맞춰 여가를 상품화하려고 시도했다. 이로부터 소위 여가를 활용하려는 상업적 활동이 나타나기 시작했다. 이 여가의 상품화 과정에서 일부 상인들이 문학의 상품화에 눈을 돌리면서 대중문학이 시작되었다.

문학의 상품화에 가장 적절한 장르가 소설이었다. 그 까닭은 앞에서 언급한 바와 같이 소설은 흥미성을 중시하는 이야기이기 때문이다. 이로 인해 문학성보다는 흥미성을 중시하는 상업주의적 대중소설이 유행하기 시작했다.

한국에서도 조선 후기에 이르러 대중소설인 방각본 소설이 등장했다. 조선 후기에 방각본 소설이 등장할 수 있었던 요인은 사회적으로 경제적 여건의 변화에 기인한다. 곧 농업 중심의 경제가 상공업 위주의 상품 경제화함에 따라 중인계층을 중심으로 한 상업자본 집단이 형성되면서 여가를 가진 계층이 수적으로 증가했다. 이로 인해 유한 계층이 증가하면서 여가를 위한 유흥업이 발달했다.[273] 방각본 소설도 이러한 사회의 변화에 따른 일종의 유흥 가운데 하나로 유한 계층의 오락성을 높이기 위하여 등장한 문화 상품이었다.

주지하듯이 한국의 소설은 17세기에 이르면 장편화의 경향을 보인다. 이 같은 소설의 장편화는 17세기에 이르러 본격적인 소설의 시대를 열었다는 점에서 문학사적 의의를 갖는다. 그러나 17세기의 소설은 사대부 여성들처럼 주로 귀족층이라는 한정된 독자층만을 그 대상으로 삼았다는 점과 교훈성 위주의 내용이 주류를 이루었다는 점에서 18세기에 시작된 대중소설과는 구별된다. 특히 대중소설이 다중을 상대로 하는 상품으로서의 소설이라는 점을 고려하면 18세기의 방각본 소설의 등장은 다중을 위한 오락성 위주의 문학의 시작이라는 점에서 문학사적으로 매우 중요한 의의를 갖는다.

---

273) 조선 후기의 유흥을 주도했던 계층은 역시 중간계층이었다. 당시 유흥의 발달에 대해서는 강명관, 「조선후기 서울의 중간계층과 유흥의 발달」, 『민족문학사연구』 제2호, 민족문학사연구소, 1992를 볼 것.

둘째, 상품성을 중시하기 때문에 소설 구매자인 독자층의 열망을 반영한 소설이라는 점이다.

상품은 당대 소비자의 기호를 반영하여 제작된다. 소설의 상품화 과정에서도 예외가 아니다. 앞에서 살핀 바와 같이 방각본 소설은 조선 후기의 사회적 관심사였던 북벌론을 소설의 소재로 삼았다. 그래서 영웅의 출현에 대한 열망과 숭명배청 의식을 작품화함으로써 독자들의 관심사를 충족시켰다. 또한 당시 독자층의 주류를 형성했던 여성들의 출신의 욕구를 작품에 반영하였다. 당시 여성들은 가정과 사회의 억압 때문에 출신의 욕구와 남편과 시어머니에 대한 불만이 매우 컸던 것으로 보인다. 이러한 당대 여성들의 욕구를 소설에 반영함으로써 상품성을 높이려는 소설이 등장했다. 그 같은 여성들의 욕구를 모두 포괄하고 있는 대표적인 작품이 〈정수정전〉이다.[274]

또한 방각본 소설은 독자층의 열망을 충족시키기 위해서 바로 독자를 소설의 주인공화한다. 조선 후기의 방각본 소설에 여성 영웅이 등장하는데, 이것도 그러한 맥락에서 이루어진 것이다. 이것은 독자가 될 수 있는 모든 계층의 인물들을 소설의 주인공화함으로써 서민들의 삶의 이야기로 발전한다. 곧 귀족층 위주의 주인공에서 벗어나 아전을 주인공화한 〈신유복전〉과 같은 작품의 등장이 그 같은 예이다. 이처럼 평민들의 삶을 그린 소설들의 등장을 촉진함으

---

[274] 이것은 대중소설이 갖는 현재성이다. 대중소설은 독자들의 현재 관심사를 작품화한다. 신소설은 당대 관심사였던 개화문제를 소설의 소재로 삼고 있다는 점에서 대중소설이라 할 수 있다. 물론 대중소설의 특징 가운데 하나는 이국 취향인데, 신소설도 예외가 아니다.

로써 서민들의 삶을 작품화한 사실주의 소설의 등장이 가능하도록 한다는 점에서 문학사적으로 중요한 의미를 갖는다.

셋째, 독자의 흥미를 유지하기 위한 기교를 발전시킴으로써 소설 구성의 발전을 촉진시킨다는 점이다.

소설이 흥미성을 중시하는 문학이라는 점에서 대중소설은 오락성을 높이기 위한 소설 기교의 발전에 크게 기여했다. 전기수에서 효과적으로 활용된 요전법(邀錢法)은 그 대표적인 것이다. 방각본은 이를 중단기법이나 장면전환의 기법으로 발전시켰다. 곧 이야기를 진행하다가 결정적인 위기의 순간에 이야기를 중단하거나 장면을 전환하는 기법이다. 이것은 그 전까지 고전소설에서는 잘 활용되지 않았던 새로운 기법이었다. 이 기법은 독자의 긴장감을 고조시켰다가 위기를 해소시켜 통쾌감을 맛보도록 함으로써 감정의 카타르시스를 느끼도록 한 것이 특징이다. 그 같은 중단기법은 후일 신소설과 같은 연재소설의 선구가 되었다는 점에서 문학사적 의의가 크다.

또한 이 같은 독자의 흥미를 끌기 위한 기교의 발전은 구성의 방식을 발전시키는 역할을 한다. 작가가 독자들의 흥미를 끌기 위한 여러 종류의 기법을 계속 추구하면서 새로운 기법의 활용 과정에서 등장한 것이 소설 구성의 다양화이다. 예를 들어 신소설 〈혈의누〉의 서술 시간의 역전 구성 방식이나 서두의 변화는 조선 후기 방각본 소설의 독자의 흥미를 유지하려는 기법의 발전 과정의 연장선상에서 나온 것으로 볼 수 있다. 그런 점에서 방각본 소설의 기법의 발전은 소설 구성방식의 발전이라는 점에서 문학사적으로 중요한 의의를 갖는다.

 넷째, 사실적 표현법을 발전시킨 소설이라는 점이다.

 문학이란 정서의 표현이다. 이 정서를 잘 표현하기 위해서는 사실성에 토대하여 실감나게 표현할 때 호소력의 효과가 큰 법이다. 그런데 방각본 소설은 독자들의 동정심을 유발하기 위해서 감정에 호소하는 표현법을 적절히 활용하고 있다. 곧 주인공의 어려운 처지를 독자에게 사실적으로 호소함으로써 독자의 관심을 끌어보려는 표현법을 이미 앞에서 살핀 바와 같이 작품 곳곳에서 활용하고 있다. 방각본 소설의 이 같은 사실적 표현법의 활용은 표현력의 발전을 촉진시켰다. 신소설에서도 독자의 동정심을 유발하려는 표현법을 찾아볼 수 있는데,275) 이것은 사실적 표현으로 발전한다.276) 이로 보면 방각본 소설의 표현법은 신소설에도 영향을 끼친 것으로 보인다. 그런 점에서 방각본 소설의 사실적 표현법의 개발은 신소설과 그 이후의 사실주의 문학의 발전에 기여한 문학사적 의의를 갖는다.

 조선 후기 방각본 소설이 대중소설로서 문학사적으로 볼 때 이 같은 문학사적 의의를 가짐에도 불구하고 다음과 같은 점에서는 문제점을 지닌 것으로 보인다.

 첫째, 조선 후기 방각본 소설의 대부분은 지나친 도식화로 이루

---

275) 신소설에서 이 같은 표현법은 수없이 많다. 〈혈의누〉에서 하나 예를 들면 다음과 같다. "처량ᄒ 두이밤이여 평양빅셩은 어더가셔 스싱즁에 드럿스며 아귀갓튼럽나더 왕은 어느구셕에빅엿스며 우리쳐ᄌᄂᆞᆫ엇쩌케되얏는고"(이인직, 〈혈의누〉, 『신소설·번안(역)소설』1, 아세아문화사, 1978, 13쪽.)

276) 신소설에서 사실적 표현법은 수없이 많다. 〈혈의누〉 가운데서 하나 예를 들면 다음과 같다. "우짜쓴 벙거지쓰고 감장 홀티바지 져구리입고 가죽쥬머니머이고 문밧게와셔 안즁문을 기웃기웃ᄒ며 편지바다드려가오 편지바다드려가오 두셰번 소리ᄒᄂᆞᆫ거슨 우편군ᄉᆞ라"(윗책, 89쪽.)

어졌다는 문제점을 안고 있다. 이미 앞에서 살핀 바와 같이 방각본 소설은 줄거리의 전개 구조가 천편일률적으로 도식성을 벗어나지 못하고 있다. 또한 표현법에서도 같은 상황에서는 같은 표현법을 그대로 사용함으로써 작품의 독자성과 작가의 개성을 상실하고 있다. 물론 이러한 경향이 관습을 중시하던 문학적 전통과 관련된 것이기는 하겠지만 문학이 독자성과 개성을 중시하는 예술이라는 점을 고려할 때 문제점을 지닌 것으로 볼 수 있다.

둘째, 조선 후기의 방각본 소설의 주제는 권선징악에 토대한 지배 이데올로기의 수호에 치중되어 있어서 사상적 제약성을 벗어나지 못했다는 문제점을 갖고 있다. 조선 후기 사회는 경제적 변화에 따른 중인층의 대두와 같은 사건으로 인해 신분제도의 변화가 나타나고 있었다. 그럼에도 불구하고 방각본 소설은 사회 변화를 사상적으로 충분히 작품화하지 못하고 기득권층의 권리 옹호에 영합해 버렸다. 이러한 현상은 방각본 소설의 독자층이 주로 경제적으로 여유 있는 기득권층이었으므로, 작가가 상품성을 높이기 위하여 소비자인 이들에게 영합하려는 의도를 드러냈기 때문인 것으로 보인다.

# 맺는말

　지금까지 필자는 한국의 대중소설을 그 성립부터 방각본 시대의 소설에 이르기까지 대체적인 윤곽을 살펴보았다. 그 과정은 대중소설의 성립 배경인 소설 독자층의 확대 과정을 중심으로 전기수와 세책가의 등장을 통해 상업적 목적에서 출발한 초기 작품과 본격적인 상업주의 소설이라 할 수 있는 방각본 소설이 어떤 점에서 대중소설인가에 초점을 두었다. 특히 조선 후기의 작품 대부분은 작자가 알려지지 않았는데, 이 점을 주로 방각본 업자들의 정형화된 제작과 관련시켜 논의하였다.

　한국의 대중소설을 이해하기 위해서는 조선 후기의 사회와 문학에 대한 예비지식이 필요하다. 조선 후기의 사회에 대해서는 두 차례의 전쟁으로 다수의 몰락 양반과 신흥 부호의 등장으로 인해 지배 체제의 변화가 일어났다는 점과 전쟁의 책임 회피를 위한 북벌론이 백성들의 자존심을 자극함으로써 열망을 받았다는 점, 농민층의 분화로 인구의 도시집중화가 나타나고, 상업 자본의 등장과 수공업의 발달로 상품화가 촉진되면서 유한계층이 늘어난다는 점, 유한 계층의 소일거리를 위해 문학이 상품화하면서 대중소설이 등장했다는 점을 이해할 필요가 있다.

　조선 후기의 문학을 이해하기 위해서는 첫째, 대부분의 작품이 작자가 알려지지 않았다는 점, 둘째, 한국의 고전소설은 일대기 구조의 소설과 단면 구조의 소설이 존재한다는 점, 셋째, 대부분의 소설은 행복한 결구로 작품이 마무리된다는 점, 넷째, 병자호란과 관련이 있는 영웅소설이 조선 후기 대중소설의 주류를 이룬다는 점에 대한 사전 지식이 필요하다.

　한국에서 대중소설은 대체로 18세기에 중인 세력의 부상 등의 사회 변화와 관련이 있다. 이 시기에는 판소리의 등장과 전기수와 세책가의 출현을 통해 소설의 독자층이 확대되면서 17세기까지의 교훈성 위주의 소설이 오락성 위주의 소설로 변화를 일으킨다. 전기수(傳奇叟)는 18세기 사람들의 소설에 대한 관심을 상업적으로 활용하면서 등장한 직업 이야기꾼이다. 그들은 소설에 대한 독자들의 흥미를 끌기 위하여 나름대로 재미있는 소설 낭독 기법을 개발하여 이를 독자들 앞에서 활용함으로써 소설의 독자층 확대에도 기여했다. 그들이 주로 쓴 방법은 요전법(邀錢法)인데, 독자의 긴장을 최대로 고조시킨 후 이야기를 중단하여 돈을 받는 방법이었다. 그들은 이 방법을 활용하여 경제적 자립의 토대를 마련함으로써 소설 낭독을 하나의 직업화하는 데 기여하였고, 이로써 대중소설의 시대를 열었다. 판소리는 창(唱)이라는 새로운 이야기 전달 방식을 활용했기 때문에 독자들의 인기를 얻었다. 또한 그 특성이 열린 공간에서 다중을 상대로 이야기를 전달하는 방식이었기 때문에 다양한 계층의 사람들을 독자로 확보하는 데 기여하였다.

한편 세책가는 소설에 대한 대중들의 관심을 이용하여 등장한 직업이다. 세책가가 등장하면서 독자들은 비교적 싼 값에 소설을 즐길 수 있었다. 그 이용자는 주로 사대부 여인들이 많았다. 세책가에서는 여성 독자들의 흥미를 끌기 위하여 애정류 따위를 주로 많이 구비해둔 것으로 보이며, 여성들을 소설의 독자화하는 데 큰 역할을 했다.

이와 같은 다양한 형태의 소설에 대한 관심은 방각본 소설의 등장으로 이어졌다. 방각본 소설은 대중들의 소설에 대한 관심을 상업적으로 활용하면서 등장한 대중소설이다. 따라서 방각본 소설이 등장하면서 본격적인 대중소설의 시대가 열렸다.

대중소설은 독자의 인기를 끌기 위하여 나름대로의 소재와 기법을 활용하였다. 대표적인 소재는 결연과 복수이다. 그런데 복수가 대중소설의 소재가 된 것은 병자호란의 패배 후에 대두된 북벌론과 밀접한 관련이 있다. 특히 정치적으로 이용된 북벌론은 민족의 자존심을 살리기 위한 열망에 찬 당시 사람들에게는 대단한 흥미거리였고, 이를 소설의 소재로 활용한 방각본 소설은 독자들의 큰 호응을 받았다. 이것이 결국 대중들의 사회적 열망을 상업적으로 활용한 대중소설의 발달과 성행을 가져왔다.

초기 대중소설은 전기수의 낭독 목록에 올라 있는 〈숙향전〉과 〈소대성전〉, 〈임장군전〉을 꼽을 수 있다. 〈숙향전〉은 결연을 소재로 하여 독자들의 인기를 얻은 작품이다. 이는 주인공이 온갖 고난 끝에 배우자를 찾아 결연을 성취하도록 함으로써 사랑의 고귀함에 감동받도록 했다. 또한 보은을 강조함으로써 권선징악의 주제를 통해 독자들의 소박한 도덕주의에 영합하고자 했다. 〈숙향전〉은 중간부터 듣는 독자들의 작품 이해를 돕기 위하여 줄거리 전개 방법으로 같은 내용이 반복해서 나타나도록 했다. 또한 독자들의 감정에 호소하는 표현을 활용하여 작품의 흥미를 유지하려고 했다. 이러한 요인들 때문에 〈숙향전〉은 대중들의 인기를 얻은 대중소설인 것으로 보인다.

〈소대성전〉은 결연담과 주인공의 감추어진 능력을 발휘하는 데 초점이 놓여 있다. 이는 걸인의 처지로 몰락한 주인공의 추루한 모습에서 그의 잠재 능력을 발견한 사람과 그렇지 못한 사람의 갈등을 표면화함으로써 인물 평가에 대한 사회의 문제점을 지적하려고 했다. 이 같은 사회의 문제에 대한 비판은 임·병 양란 이후 대두되었는데, 〈소대성전〉은 이런 사회의 분위기를 작품화함으로써 독자들의 흥미를 끌었다. 또한 이 작품은 독자들의 흥미를 유지하기 위하여 줄거리 전개 과정에서 선인의 위기 상황을 설정하여 독자들의 긴장감을 최고로 고조시킨 후 주인공을 등장시켜 이를 해소시킴으로써 감정의 카타르시스를 통한 통쾌감을 맛보는 기법을 활용했다. 그 내용에서도 주인공이 오랑캐를 물리치고 복수하도록 하여 병자호란에서 패한 수치심을 극복하고 민족적 자존심을 살림으로써 독자의 인기를 얻을 수 있었다.

병자호란의 패배로 인한 수치심을 극복하고 민족적 자존심을 살리려는 대중들의 열망을 작품화한 대표적인 소설이 〈임장군전〉이다. 〈임장군전〉은 호국의 오랑캐성을 폭로하고 숭명배청의 화신으로서의 임경업의 활약을 대비시킴으로써 민족적 자존심을 살리려는 독자들의 열망을 충족시키고 있다. 임경업은 당시 최고의 가치였던 충효의 덕목을 실천한 인물의 표상이었지만 그의 뜻을 펴지 못한 채 불운하게 죽었다. 〈임장군전〉은 바로 이 같은 그의 억울한 죽음을 대중들의 공분으로 적절히 작품화하여 독자들의 시대적 열망에 영합함으로써 대중소설로 성공할 수 있었을 것이다.

방각본 시대의 대중소설에 대해서는 먼저 복수를 위주로 한 소설, 곧 〈유충열전〉과 〈조웅전〉을 살폈고, 다음으로는 결연을 중시하면서 복수를 보조적으로 다룬 소설, 곧 〈이대봉전〉과 〈황운전〉, 〈정수정전〉을 살폈다. 이 작품들은 얼치기 작가들이 당시 대중들의 소설에 대한 욕구를 상업적으로 충족시키기 위하여 나름대로 독자들의 흥미를 유발하는 기법을 개발하여 제작되었다. 또한 비교적 짧은 기간에 많은 작품을 제작했기 때문에 여러 면에서 정형성을 보이고 있다.

〈유충열전〉에서는 주인공이 미약한 명을 재건하는 데 초점을 두고 부친의 원수에 대한 복수심을 자극하여 독자의 흥미를 끌려고 했다. 〈유충열전〉은 독자들의 흥미를 유지하는 기법을 몇 가지 활용하고 있다. 첫째는 선인의 극적 위기를 설정하여 작품의 긴장감을 조성한 후 주인공을 등장시켜 이를 해소함으로써 감정의 카타르시스를 맛보도록 한 것이다. 둘째는 회장 형식의 중단기법을 활용했다. 셋째는 고난 받는 주인공의 모습을 통해 독자의 감정을 자극하여 연민을 불러일으키는 수법을 썼다. 넷째는 독자의 관심사인 결연과 숭명배청 의식을 작품화했다. 특히 적대자를 부친의 원수이자 결연의 방해자이며 국가의 반역자로 설정하여 주인공의 복수가 모든 문제의 해결이 되도록 한 것은 독자들의 흥미를 집중시켰다가 한 꺼번에 문제를 해결하여 통쾌감을 맛보도록 하려는 구성 방법인 것으로 보인다. 〈유충열전〉은 이 같은 방법 외에도 다양한 기법을 활용함으로써 독자의 인기를 끈 대중소설이 된 듯하다.

〈조웅전〉은 부친의 원수를 주인공이 갚는 복수담이다. 그런데 독자의 흥미를 끌기 위하여 주인공의 적대자를 부친의 원수이자 국가의 반역자로 설정하였다. 독자의 흥미를 유지하기 위한 대표적인 방법으로 선인에게 위기를 설정하여 긴장감을 고조시킨 후 주인공을 등장시켜 이를 해소하는, 긴장과 이완의 반복을 통해 감정의 카타르시스를 맛보도록 하는 기법을 활용하였다. 또한 자유의사에 따른 결연과 만난 첫날부터 정을 통하는 파격적인 내용의 남녀 결합을 통해서 독자들의 인기에 영합하려고 했다.

위의 작품들은 부친의 원수를 갚는 주인공의 행위를 정당화하기 위하여 적대자를 반역자로 설정하였다. 그리고 주인공이 반역자를 물리치고 승리함으로써 체제 수호자의 위치에 서도록 했다. 이는 주인공의 행위를 통해 대중소설의 통상적 주제인 권선징악을 실현함으로써 독자들의 소박한 도덕주의에 영합하려는 의도를 드러낸 것이다.

다음에는 여성 영웅들의 활약이 등장한 작품들이다. 여기서 다룬 작품은 〈이대봉전〉과 〈황운전〉, 〈정수정전〉으로, 주로 결연을 중요 소재로 다루면서 복수를 부수적으로 다루고 있는 작품들이다. 이 작품들은 어린 시절에 이룬 정혼을 성취하기 위하여 남녀 주인공이 전장에서 영웅으로서의 활약을 보이고 있다는 점에서 공통된다.

〈이대봉전〉은 남녀 주인공이 어린 시절에 이룬 정혼을 고난 끝에 성취하는 과정을 그린 작품이다. 주인공은 부친의 정치적 패배로 시작된 고난을 극복하고 위기에 빠진 국가를 구하는 공을 세움으로써 부친의 정적을 물리치고 자신의 배우자를 찾아 결연을 성취한다. 이 과정에서 독자의 흥미를 유지하기 위하여 여러 기법을 활용하고 있는데, 대표적인 것은 중단기법이다. 또 독자들의 복수와 해원에 대한 욕구를 충족시키는 내용을 작품화함으로써 독자들의 인기를 얻으려고 했다. 또한 여성의 영웅적 활약을 통해서 당시 현실적으로 제약받았던 여성들의 출신의 욕구를 충족시킴으로써 대중소설로 성공을 거두고 있다.

〈황운전〉은 남녀 주인공이 어린 시절에 이룬 정혼을 결연의 방해자를 물리치고 성취하는 과정을 그린 작품이다. 또한 부친의 정치적 패배로 시작된 고난을 극복하고 위기에 빠진 국가를 남녀 주인공이 구하는 공을 세움으로써 부친의 정적에게 복수하고 결연을 성취한다는 점에서 〈이대봉전〉과 유사한 줄거리로 이루어진 작품이다. 이 작품에서 독자의 흥미를 유지하는 대표적인 방법은 선인에게 위기를 설정하여 긴장감을 고조시킨 후 주인공을 등장시켜 그를 구하고, 이를 해소시킴으로써 감정의 카타르시스를 맛보도록 하는 기법이다. 그 외에도 독자의 궁금증을 자극하거나 은수자 삽화 같은, 신기성에 대한 호기심을 자극하는 기법 등 몇 가지 기법을 활용하고 있다. 그러나 무엇보다도 당시 다수를 점하던 여성 독자들의 출신의 욕구를 충족시키려는 의도에서 설정된 여성 영웅의 활약이 대중소설로서의 특징과 관련이 깊다.

〈정수정전〉은 남녀 주인공이 어린 시절에 맺은 결연을 외적의 침략을 물리치는 공을 세움으로써 성취하는 이야기이다. 여기에 부친의 복수담이 부수적으로 등장한다. 이 작품에서 가장 중요한 점은 여주인공인 정수정이 남편과 시어머니를 굴복시키는 파격적 행동이다. 당시 여성들은 가정적으로나 사회적으로 많은 제약 속에서 살았다. 그런데 정수정이 우월한 지위를 이용하여 남편과 시모를 굴복시킨 사건은 당시의 고정관념을 훨씬 뛰어넘는 행동이었다. 당시 독자들의 다수를 점하던 여성들은 자신들의 억압된 심정을 표출할 수 있는 곳이 소설이었고, 소설 속의 정수정의 행동은 불만에 찼던 그들의 욕구를 대리 충족시켰을 것이다. 이는 결국 그녀들의 불만과 출신의 욕구를 정수정의 행동이 충족시킴으로써 〈정수정전〉은 인기를 얻었을 것이다.

이들 작품에서 공통적으로 강조되고 있는 것은 결연 후의 여성들의 행동이다. 대체로 여성들은 영웅적인 활약을 보이다가 결연 후에는 현모양처로 돌아가는 것이 보편적이다. 그런데 〈이대봉전〉의 장애황과 〈황운전〉의 설월중단, 〈정수정전〉의 정수정은 모두 결연 후에 전장에 나가 영웅적 활약을 통해 국가의 위기를 극복하고 있다. 특히 장애황과 설월중단은 임신한 몸으로 출전하여 적을 물리치고 있는데, 이는 여인들의 신체적 조건이 출신의 제약이 될 수 없음을 증명함으로써 여성들의 출신의 욕구를 대변하려는 의도로 보인다. 그리고 세 여주인공들이 모두 결연 후에도 영웅으로서의 활약을 보이는 점은 여성 독자들의 출신의 욕구를 상품화하려는 방각본 업자들의 의도와 밀접한 관련이 있는 것으로 보인다.

한국의 대중소설은 방각본 소설에서 본격화되었다. 그런데 방각본 소설은 소설에 대한 독자들의 욕구를 상품화하려는 방각본 업자들의 상업주의적 산물이다. 이에 따라 방각본 소설은 독자들의 흥미를 유지하기 위하여 그 나름의 기법을 개발하여 활용하고 있다. 그럼에도 불구하고 방각본 소설은 비교적 짧은 기간에 집중적으로 양산됨에 따라 여러 면에서 비슷한 양상을 보이고 있다. 그 같은 예로 비슷한 소재와 줄거리, 인물 묘사의 정형성과 도식적 표현 따위가 모든 작품에 나타난다는 점이다.

방각본 소설에서 대표적으로 이용된 소재는 결연과 복수이다. 그런데 그 결연 내용이나 방법이 대체로 틀에 맞춰져 있다. 복수의 경우에도 부친의 정적에 대한 복수와 결연의 방해자에 대한 복수로 정형화되어 있다. 이 같은 현상은 표현법에서 쉽게 발견할 수 있는데, 비슷한 상황인 경우 작품의 종류에 관계없이 대체로 유사한 표현을 사용하고 있다. 또한 방각본 소설은 단락의 배열 순서에 따라 줄거리의 유형이 정해져 있지만 동일한 단락에서는 줄거리의 차이와는 관계없이 그 내용이 대체로 정형화되어 있다.

이 같은 현상은 방각본 업자들의 요구에 맞춰 얼치기 작가들이 일정한 틀을 만들어 놓고 작품을 그 틀에 맞춰 제작했기 때문에 일어난 것으로 보인다. 곧 짧은 기간에 많은 작품을 제작하기 위하여 일정한 틀을 정해 놓고 인물과 줄거리의 배열만 변화를 시키고 나머지는 정해진 틀에 맞춰 작품을 제작하여 독자들에게 공급하였기 때문에 이런 현상이 나타났을 것이다. 그리고 바로 이 같은 점이 조선 후기의 방각본 소설이 상업주의적 성격을 지닌 대중소설임을 증명하는 증거이다.

대중소설은 상업주의적 문학의 시대를 열었다는 점에서 문학사적 의의를 갖는다. 그것은 첫째, 오락을 목적으로 하는 흥미성 위주의 소설이 시작되었다는 점, 둘째, 독자층의 열망을 반영한 소설이라는 점, 셋째, 독자의 흥미를 유지시키기 위한 기교의 발전이 소설 구성의 발전을 가능하게 했다는 점, 넷째, 사실적 표현법을 발전시켰다는 점에서 그 의의를 찾을 수 있다. 그러한 문학사적 의의에도 불구하고 첫째, 지나친 도식화로 작품의 독자성과 개성을 상실했다는 점, 둘째, 독자층의 인기에 영합함으로써 권선징악에 토대한 지배 이데올로기의 수호라는 사상적 제약을 벗어나지 못했다는 문제점을 안고 있다.

지금까지 필자는 조선 후기의 대중소설에 대하여 논의하였다. 필자의 이러한 작업은 물론 조선 후기에 발생한 방각본 소설을 한국의 초기 대중소설이라는 시각에서 살피려는 의도에서 시작한 것이다. 이러한 작업은 대중소설을 어떻게 정의할 것인가에 따라 그 결과가 얼마든지 달리 나타날 수도 있다. 그럼에도 불구하고 필자의 이 같은 작업은 조선시대의 소설을 순문예학의 시각에서 접근했던 그동안 학계의 연구 태도에 대한 비판에서 시작되었다. 물론 필자의 이런 시각은 아직 한국 고전소설 전반에 대한 본격적인 검토 작업 없이 일부의 작품만을 대상으로 하고 있다는 점에서 문제가 없는 것은 아니다. 앞으로 이와 같은 문제점은 더 많은 작품의 분석과 검증을 통해서 보완해 나가야 할 것이다.

# 찾아보기

**타**



**파**



**하**

# 【참고문헌】

강만길, 『한국 근대사』, 창작과비평사, 1984.

강명관, 「조선후기 서울의 중간계층과 유흥의 발달」, 『민족문학사연구』제2호, 민족문학사연구소, 1992.

국사편찬위원회(편), 『한국사』 12, 13, 14, 탐구당, 1981.

김동욱, 『영인 고소설 판각본 전집』 5vols. 연세대 인문과학연구소, 1973.

김동욱, 「판소리사 연구의 제문제」, 『판소리의 이해』, 창작과비평사, 1982.

김동욱, 「한글소설 방각본의 성립에 대하여」, 『증보 춘향전연구』, 연세대학교출판부, 1976.

김열규, 『한국 민속과 문학 연구』, 일조각, 1975.

김흥규, 「판소리의 사회적 성격과 그 변모」, 정양·최동현(엮음), 『판소리의 바탕과 아름다움』, 인동, 1986.

모리스 꾸랑, 『한국의 서지와 문화』, 박상규(역), 신구문화사, 1976.

박황, 『판소리 200년사』, 사사연, 1987.

서대석, 『군담소설의 구조와 배경』, 이화여대출판부, 1985.

아놀드 하우저, 『예술의 사회학』, 최성만·이병진 역, 한길사, 1983.

大谷森繁, 『조선후기 소설독자 연구』, 고려대 민족문화연구소, 1985.

유탁일, 「고소설의 유통구조」, 한국고소설연구회(편), 『한국고소설론』, 아세아문화사, 1991.

유탁일, 『완판 방각본 소설의 연구』, 학문사, 1981.

이가원, 『연암소설 연구』, 을유문화사, 1965.

이가원, 『이조 한문소설선』, 교문사, 1984.

이가원(역), 『국역 열하일기』I, 민족문화추진회, 1977.

이상택, 「조선후기 중인층의 판소리 문학」, 『한국문화』13, 서울대 한국문화연구소, 1992.

이우성, 『한국의 역사상』, 창작과비평사, 1983.

이우성·임형택, 『이조 한문 단편집』(상), 일조각, 1981.

이윤석, 『임경업전 연구』, 정음사, 1985.

이이화, 「북벌론의 사상사적 검토」, 『창작과비평』 38호, 창작과비평사, 1975.

임성래, 「고전소설의 유형 분류 시론」, 『논문집』 제4집, 순천대학교, 1985.

임성래, 『영웅소설의 유형 연구』, 태학사, 1990.

임형택, 「18·9세기의 〈이야기꾼〉과 소설의 발달」, 김열규 외3인(편), 『고전문학을 찾아서』, 문학과지성사, 1976.

정규복, 「제일기언에 대하여」, 『한국 고소설의 조명』, 아세아문화사, 1990.

정노식, 『조선창극사』, 조선일보사, 1940.

정신문화연구원(편), 『한국민족문화대백과사전』10, 1994.
조동일, 「영웅의 일생, 그 문학사적 전개」, 『동아문화』10집, 서울대 동아문화연구소, 1971.
조동일, 『한국소설의 이론』, 지식산업사, 1977.
조윤제, 『한국문학사』, 탐구당, 1976.
한국학문헌연구소(편), 『신소설·번안(역)소설』1, 아세아문화사, 1978.
황패강, 「고소설의 서지 및 유통」, 한국고전소설편찬위원회(편), 『한국고전소설론』, 새문사, 1990.

■ **저자 임성래**

1952년에 태어남.
연세대학교 국어국문학과와 같은 학교 대학원 국어국문학과에서 석사, 박사 과정을
마치고 1986년에 문학박사 학위를 받음.
순천대학교 사범대학 국어교육과 교수를 거쳐 지금은 연세대학교 원주캠퍼스 국어
국문학과 교수로 있음.
저서로 〈영웅소설의 유형 연구〉, 〈조선후기의 대중소설〉, 〈완판 영웅소설의 대중성〉
등이 있고, 〈대중문학의 이해〉를 비롯한 8권의 공저가 있음.

조선 후기의 대중 소설

2008년 3월 12일 초판 발행

지은이　임성래
펴낸이　김흥국
펴낸곳　도서출판 **보고사**

등록　1990년 12월(제6-0429)
주소　서울시 성북구 보문동 7가 11번지
전화　922-5120~1(편집부), 922-2246(영업부)
팩스　922-6990
홈페이지　www.bogosabooks.co.kr
메일　kanapub3@chol.com

ISBN 978-89-8433-630-8

정가 12,000원

잘못된 책은 교환하여 드립니다.